Noëlle Revaz
Das unendliche Buch

Noëlle Revaz
Das unendliche Buch

Roman

Aus dem Französischen
von Ralf Pannowitsch

WALLSTEIN VERLAG

I

Das dritte Buch der Romanautorin Jenna Fortuni war am 3. Januar erschienen. Die genaue Stunde seines Erscheinens war schwer zu bestimmen, denn wie gewöhnlich hatte der Verlag darauf bestanden, das Geheimnis so lange wie möglich zu hüten. Dann aber, irgendwann am Vormittag, schoss das Buch in den Schaufenstern plötzlich zu Tausenden empor. An den Supermarktkassen erblühte es in üppigen Kaskaden. Es prangte auf den Verkaufsständern. Trauben von Büchern türmten sich in den Freizeitabteilungen. Es wurde in den Läden gesichtet, und natürlich entdeckte man es bald in Bussen und Bahnen, wo es die Plastiktüten einer wachsenden Zahl von Käufern schmückte.

Dank seines fein ausgearbeiteten Umschlags, auf dem Rottöne vorherrschten, ließ sich das Buch auf den ersten Blick erkennen. Seine Oberfläche war ein Relief mit verschiedenen Höhenlagen, und der Finger konnte darauf herumwandern. Eine dieser Lagen wirkte wie Zinn oder Blei. Der eigentliche Untergrund des Umschlags war glatt. Rechterhand changierte das Rot in manchen Höhlungen zum Orangen hin. In anderen Vertiefungen wirkten winzige Silberseen wie Spiegel, in denen man seine Augen erblicken konnte. Das am deutlichsten erkennbare Motiv war eine Schlange mit kantigem Kopf, die sich waagerecht über zwei Drittel des Umschlags schob. Ihr Haupt war nur schemenhaft ausgearbeitet, aber das störte nicht, denn auf diese Weise erinnerte sie eindeutig an die Schlangen der Azteken oder Inkas. Über ihren Rücken lief ein Grat aus rechteckigen, ungleichen Zinnen, der an Kinderzeichnungen denken ließ. Manche Kritiker sprachen bereits von der Schlange der Erkenntnis, andere vom Baum des Lebens. Der Name der Autorin stand neben dem Verlagsnamen und war mit den Fingern zu ertasten. Allerdings konnte man diese beiden Namen gar nicht verwechseln, denn die Gewohnheiten und die Kenntnis des Buchmarkts waren derart ausgeprägt, dass die Käufer sie instinktiv auseinanderzuhalten wussten.

Wenn man das Buch um neunzig Grad drehte, bot es seinen Rücken dar. Er bildete eine Übergangszone zwischen dem Cover und der Rückseite. Auch er war sorgfältig durchgestylt, allerdings auf eine schlichtere Weise, die keinen Zweifel daran ließ, welche Seite man bewundern sollte. Von oben nach unten folgten vier stilisierte Motive aufeinander. Wenn man das Buch noch ein wenig drehte, gelangte man zum Umschlagrückseite. Sie war mit goldener Farbe überzogen und in Weiß, Grün, Purpur und Zinnoberrot illuminiert. Darauf die Worte *Bezauberung*, *verblüffend*, *Buch*, *überwältigend* und *schön*. Man spürte sofort, dass sie in den Mündern eine Menge Wasser zusammenlaufen lassen würden. Auch die Namen mehrerer bekannter Fernsehmoderatoren waren dort aufgeprägt. Diese Texte hatte man im oberen Teil der Seite platziert. Die beiden Drittel darunter waren leer. Eine goldfarbene Substanz, die glänzte und dennoch nicht blendete, bedeckte diese Fläche.

Der Buchschnitt schließlich wirkte kompakt und gedrängt. Das Buch hatte gewiss viele Seiten. Auch das Lesebändchen war goldfarben. Es ragte ungefähr vier Zentimeter aus dem Buch heraus und gabelte sich unten auf. Die Farbe des Lesebändchens wechselte mit jeder Auflage. Verfasst hatte das schöne Buch die Schriftstellerin JENNA FORTUNI.

Diese Romanautorin war von der Literaturkritik schon vor Langem entdeckt worden. Bereits in der Vergangenheit hatte sie gute Verkaufszahlen gehabt, und man durfte damit rechnen, dass ihr Erfolg noch wachsen würde.

2

Das Erscheinen des Buches wurde gefeiert. Die Buchpremiere übertrug man live im Fernsehen. Das Event fand im Museum der Buchbindekunst statt, dessen alte und reizende kleine Treppen man hinaufsteigen musste. Für das Fest hatte man einen der größten Ausstellungsräume reserviert. Es summte darin wie in einem Bienenstock. Die Romanautorin Jenna Fortuni schlenderte mit strahlendem Lächeln, ein Glas Sekt in der Hand, inmitten einer Gruppe von Freunden herum. Die Kameras zoomten die Szene heran. Sie erstatteten Bericht über den Erfolg.

Den Umschlag von Jenna Fortunis Buch hatte man kunstvoll auf die vier Wände projiziert. Auch auf den Tischen war das Buch präsent, in hunderten Exemplaren, die man zwischen den Blätterteigpastetchen des Buffets verteilt hatte. Die zahlreich erschienenen Freunde und Bewunderer griffen nach der Neuerscheinung. Sie ließen an den Bänden Fingerspuren zurück, die von zusätzlich angeheuerten Assistentinnen eilends abgewischt wurden.

Einer der Geladenen, ein etwa sechzigjähriger Herr mit Brille, begann plötzlich mit lauter Stimme zu erklären, dass ein so weit verbreitetes Objekt wie ein Buch schon an sich ein magischer Gegenstand sei. Es sei eins, und zugleich sei es Tausende. Es könne sowohl einzigartig sein als auch weltweit in den Läden existieren. Und das, bitteschön, im selben Moment. Ein Buch besaß die Gabe, sich zu vermehren. Es besaß jene Gabe der Allgegenwart, die die Menschen so oft herbeisehnten. Und zum Abschluss fragte der Herr: Wünschte der Mensch sich im Geheimen nicht, Buch zu sein?

Die Menge applaudierte wie ein Mann. Der Herr tat ein paar Schritte zur Seite, und nach und nach wurde den Zuschauern klar, dass das, was sie für eine spontane Wortmeldung gehalten hatten, die offizielle Festrede gewesen war, rezitiert von einem Schauspieler.

Jenna konnte nichts davon hören. Sie war auch nicht in der Lage, die Fragen ihrer treuen Käufer zu beantworten. Man hatte sie gebeten, vor einem Objektiv stehen zu bleiben, und nun war sie einer Fernsehsendung in Kanada live zugeschaltet. Die geladenen Gäste hinter ihr bildeten die perfekte Kulisse. Das Diskussionsthema wurde erst zu Beginn der Sendung festgelegt. Jenna hatte an diesem Abend kein Glück; es sollte um wildlebende Biber gehen, und darüber wusste Jenna überhaupt nicht Bescheid. Auch ihren Bildschirm konnte sie nicht zurate ziehen, denn sie hatte das Gerät in ihrer Handtasche vergessen. Also sprach Jenna über Ahornsirup und hoffte, dass die Wörter hinter ihrer Maske unbemerkt durchrutschen würden.

Schließlich ging die Sendung zu Ende. Eine Assistentin nahm Jenna das Ansteckmikrofon ab, und dann brachte man sie mit dem Auto in ein Fernsehstudio, wo sie zu einer Sendung stieß, die bereits begonnen hatte. Jennas Auftritt hatte etwas Improvisiertes. Die Talkmaster empfingen sie mit lauten Ausrufen und taten so, als würden sie mit ihr schimpfen. Trotzdem dankte man ihr fürs Kommen.

Jenna ließ sich auf dem ihr zugewiesenen Platz nieder und nahm die anderen Gäste unter die Lupe. In dieser Sendung saßen Schriftsteller und mehrere Stars auf dem Podium. Wie gewöhnlich waren es allesamt in die Falle gegangene Stars. Jenna Fortuni sagte sich, dass man inzwischen nur noch selten auf einen Star traf, der nicht in die Falle gegangen war. Und war das nicht auch völlig normal? In die Falle zu gehen war für einen Star so etwas wie eine Bestätigung: die Gewissheit, wirklich ein Star zu sein.

Einer der anwesenden Stars war erstaunlicherweise noch nicht eingefangen worden. Es handelte sich um einen ganz jungen Schauspieler mit heller Haut. Die beiden Talkmaster waren ihm gegenüber besonders eifrig und beflissen. Sie fragten ihn, wie es sein könne, dass er niemals in die Falle gegangen war. Dieser junge Mann trat seit fast zwei Jahren in den Kreisläufen in Erscheinung. Man konnte ihn häufig in Talkrunden sehen, und doch hatte niemand auch nur den geringsten Beweis ausfindig machen können, der belegt hätte, dass er schon einmal in eine Falle getappt war. Die Talkmasterin fragte den jungen Schauspieler, ob er etwa versuchen wolle, ein Star zu sein, ohne den wahren Preis dafür zu zahlen. Ihr Kollege sagte die Zukunft voraus: Der junge und hübsche Schauspieler werde sich nicht so einfach aus der Affäre ziehen können. Sämtliche Stars waren in die Falle gegangen, selbst die legendärsten. Es gab sogar welche, die man posthum reingelegt hatte, indem man Jugendbilder von ihnen hervorgezaubert hatte, auf denen ein beträchtlicher Teil ihres Wesens offengelegt wurde – und das natürlich in unvorteilhafter Perspektive.

Jenna beteiligte sich an diesem Wortwechsel nicht. Als Romanautorin brauchte sie sich keine Sorgen zu machen. Romanautorinnen wurden nicht in die Falle gelockt. Jenna glaubte, dass es an den Büchern lag, die so etwas wie Wandschirme waren. Schauspieler hingegen standen mit ihren Körpern und Gesichtern sofort an vorderster Front. Freilich, in letzter Zeit waren auch ein, zwei Romanautorinnen reingelegt worden. Verwechslungen waren unvermeidlich; Moderatoren und Fernsehzuschauer mischten so schnell alles durcheinander, und es konnte vorkommen, dass man einen Schauspieler für einen Maler hielt, einen Maler für einen Schriftsteller oder einen Schriftsteller für einen Experten. Im Grunde änderte sich dadurch nicht viel. Es waren immer noch liebenswürdige und gut gekleidete Leute, und jeder Zuschauer kannte ihre Gesichter, ihre Namen, ihre heimlichen Wunden und ihre bevorzugten Urlaubsorte.

Als Jenna gerade über diese Dinge nachdachte, wurde sie vom Talkmaster angesprochen. Er fragte sie, wann ihr nächstes Buch erscheinen werde. Jenna wusste die Antwort: Ihr nächstes Buch war für heute in achtzehn Monaten programmiert. Der Talkmaster ließ nicht locker: Durfte man denn auch schon die Stunde erfahren? Jenna sagte, dies müsse wie üblich geheim gehalten werden. Die Talkmasterin schaltete sich ein und erlaubte es sich, noch einmal nachzubohren: Konnte Jenna es ihren treuen Fernsehzuschauern denn wirklich nicht verraten? Leicht genervt gab Jenna nach. Sie enthüllte, dass das Buch mitten am Vormittag herauskommen werde, und zwar fünfzehn Minuten nach einer vollen Stunde. Die Talkmaster jubelten und sprachen ihr Schlusswort, und dann lief auch schon der Abspann.

3

Da man den Erfolg vorausgesehen hatte, war dem dritten Buch von Jenna Fortuni eine gewisse Anzahl von Fernsehsendungen gewidmet. Derweil das Buch von den Moderatoren in die Kameras gehalten oder auf den niedrigen Tischen des Podiums zur Schau gestellt wurde und Jenna es sich angelegen sein ließ, auch noch die trivialsten Fragen zu beantworten, wurden ihr erstes und zweites Buch in Spätherbstfarben und fünffacher Vergrößerung an die Rückwand des Studios projiziert. Auch sie waren erfolgreich gewesen.

Jennas erstes Buch zeigte eine strenge Oberfläche, die mit Samt gepolstert und mit kleinen Perlen bestückt war. Das zweite war ganz in Orangetönen gehalten und wies eine gewisse Verwandtschaft mit dem dritten auf. Daher waren die Kommentatoren auch nicht überrascht gewesen, als das dritte Buch angekündigt worden war und die Exemplare dann in den Schaufenstern wie Pilze aus dem Boden schossen.

Die Romanautorin Jenna Fortuni wandelte von einem Podium zum nächsten. Wenn sie sich müde fühlte, schottete sie sich einfach für eine Weile ab und verschwand in ihrer Wohnung, wo sie sich, wie es in den Zeitungen hieß, gemeinsam mit ihrem Mann entspannte. Am nächsten Tag oder auch nur ein paar Stunden später konnte man sie schon wieder in den Fernsehmagazinen erleben.

Im tiefsten Herzen hätte Jenna es gern gesehen, wenn ihr die Moderatoren manchmal auch andere Fragen gestellt hätten. Sie fand es in Ordnung, präsentiert zu werden und einem jeden ihr Gesicht zu zeigen, auf das bisweilen der Umschlag ihres Buches projiziert wurde, was dann wie Rouge aussah. Aber manchmal verspürte sie so etwas wie den Wunsch, die Sendung kippen zu lassen, indem sie beispielsweise eigenmächtig das Wort ergriff und womöglich Dinge sagte, die nicht auf dem Buch standen. Die Moderatoren waren geduldig. Sie regten sich nicht auf, wenn Jenna die Antwort nicht fand. Sie stellten ihre Frage dann noch einmal. Da sie sonst keine Sendungen guckten, waren sie in Sachen Fernsehen jungfräulich und frei.

Was Jenna an den Moderatoren am meisten mochte, war ihre Fähigkeit, einfach alles zu schlucken. Auf ihren Stirnen stand die ganze Zeit geschrieben: *Tief bewegt*. Was Jenna an den Moderatoren weniger gefiel: Sie waren nie zufrieden. Immer wollten sie mehr. Sie waren bereit, einen völlig ausbluten zu lassen. Wenn man erst einmal begann, einem Fernsehmoderator zu antworten, kam man nie irgendwo an.

Wenn sich Jenna mit ihrem Mann unterhielt, sprach sie manchmal von dem Moment, an dem sie eine endgültige Antwort finden würde. Sie wusste nicht, was geschähe, wenn sie diese Antwort eines Tages formulieren würde. Sicher käme ein unendliches Schweigen auf. Der Moderator würde wahrscheinlich vom Stuhl fallen. Der Regisseur wäre wie vom Blitz getroffen. Auf jeden Fall, sagte Jenna zu ihrem Mann, war diese Antwort noch nie ausgesprochen worden, denn würde es sonst überhaupt noch solche Fernsehsendungen geben?

Jennas Mann nickte. Er war derselben Meinung. Auch er war ein Erfolgsautor. Er hatte Bücher veröffentlicht. Inzwischen war das nicht mehr nötig. Die Welt fraß ihm aus der Hand, und wenn ihm danach war, konnte er zu jeder Sekunde den Fuß auf ein beliebiges Fernsehpodium setzen. Sein Name konnte nicht ausgesprochen werden, ohne Wirkung zu erzeugen. Jennas Ehemann hieß ÉDEN FELS.

Die Wohnung, in der Jenna und ihr Mann lebten, war ganz und gar cremefarben gestrichen. Entlang der Innentreppe, die kein Geländer hatte, folgten den Stufen an der Wand kleine vergoldete Bilderrahmen. Die Küche hatte farbige Gipswände. Auf den Flechtstühlen des Wintergartens lagen kleine Kissen, darunter ein türkisfarbenes. An den Fenstern gab es einfarbige Rollos, die ein schönes japanisches Licht in die Wohnung dringen ließen. Das Badezimmer war ein weiträumiger Hafen des Lichts.

Das Bett im Schlafzimmer des Ehepaars schien genau wie das im Gästezimmer noch keine einzige Nacht benutzt worden zu sein. Die Tagesdecke war schön glatt gestrichen. Wenn man sie sah, verließ einen der Mut bei dem Gedanken an all die Mühe, die bei jedem Zubettgehen und Aufstehen aufgewendet werden musste, um das feinsinnige Arrangement aus Kissen, Blumensträußen und Stoffen fortzuräumen oder wiederherzustellen. Der Fußboden der Wohnung war nicht richtig zu erkennen. Die Reportage endete damit, dass man die Bodenfliesen aus unbehandeltem Tuffstein (praktisch und nicht so schnell verschmutzend) mit den Alpakateppichböden verglich, die überall sonst in Mode waren.

Die zweite Etage von Jennas und Édens Wohnung wurde in den Reportagen nicht gezeigt. Natürlich erwähnte man sie an der entsprechenden Stelle, aber man sprach von ihr wie von einem unzugänglichen Ort. Man fügte stets hinzu, dass sich in jenem Stockwerk die gemeinsamen Arbeitszimmer der beiden Schriftsteller befanden. Auch erklärte man, dass sich die Bewohner einen kleinen Teil von dem bewahren wollten, was man *ihre Privatsphäre* nannte.

Die meisten Moderatoren und Fernsehzuschauer respektierten diese Entscheidung. Eine solche Zurückhaltung war nicht allzu bedenklich, da man sicher sein durfte, dass es ein Fotoapparat oder eine Filmkamera irgendwann doch einmal schaffen würde, in jenen Bereich hineinzuspähen.

4

»Wie viel wiegt Ihr Buch eigentlich?«, fragte eine alte Frau, von der jeder wusste, dass sie nicht intelligent war;

aus gutem Grund, sie war Schauspielerin. Sie hatte eine Hasenscharte aus Plastik. Der Talkmaster wandte sich amüsiert dem Publikum zu und wiederholte mit einem Augenzwinkern: »Na, wie viel wiegt es wohl, das neue Buch von Jenna Fortuni?« Das Publikum applaudierte und rief im Chor: »1850 Gramm.« Das war ungefähr das Gewicht eines Frühchens von sechs Monaten.

Jenna gab über ihr Buch Auskunft. Außer ihr und der alten Schauspielerin waren noch zwei Schriftsteller eingeladen. Jenna sah schon mit Verdruss den Moment nahen, wo der Talkmaster ihr die unvermeidliche Fragen nach den Werken der beiden Kollegen stellen würde. So lief es nämlich, kein Autor konnte dem entrinnen, und dennoch fielen weder den einen noch den anderen jemals große Kommentare zu den fremden Büchern ein. Jedenfalls war Jenna nie einem Schriftsteller begegnet, dem die Sache leichtzufallen schien. Es lag nicht nur an mangelndem Interesse, sondern auch daran, dass es so eine heikle Aufgabe war. Mehr als einen exzellenten Satz zu finden war wirklich große Kunst.

Zum Glück waren die Talkmaster gut eingearbeitet; sie brillierten in dieser Praxis. Eine ihrer bevorzugten Figuren war der Vergleich. Die Talkmaster waren der Meinung, dass kein Autor ganz für sich dargestellt werden durfte, und daher setzten sie ihre volle Kraft ins Verringern der Unterschiede. Sie ebneten die Besonderheiten so sehr ein, dass sie es schafften, zwei Bücher einander ähnlich werden zu lassen, die auf den ersten Blick nichts miteinander gemein hatten. Das sollte vor allem dem Publikum dienen, denn eine zu große Vielfalt konnten die Fernsehzuschauer als bedrohlich empfinden.

Der Talkmaster fragte Jenna, welches Gefühl sie bei dem Buch ihres Nachbarn zur Rechten habe. Dieser Nachbar war bekannt, aber Jenna hatte sich für seine

Werke nie interessiert. Jenna sagte, dass das neue Buch ihres Nachbarn, das gerade erst am Vormittag erschienen war, schnörkellos sei, ohne dabei simpel zu wirken. Dem Prinzip des Vergleichens treu, hakte der Talkmaster nach: Glaubte Jenna, dass auch sie dieses Buch hätte schreiben können? Er führte seine Merkmale an. Glaubte Jenna nicht, dass ein Buch mit solchen Merkmalen auch aus ihrem Geist hätte hervorsprühen können? Jenna zog sich aus der Affäre, indem sie mit dem Kinn eine Geste machte, die man als Ja oder als Nein deuten konnte. Sie sagte, sie wolle darüber nachdenken.

Der Talkmaster rief den dritten Schriftsteller zu Hilfe: Hätte denn er genau dieses Buch erschaffen können? Dieser Schriftsteller war kooperativer und antwortete, er könne es sich durchaus vorstellen. Übrigens habe er wirklich schon fast daran gedacht, denn solche schlichten und schnörkellosen Bücher waren genau das, was er mochte. Er fügte hinzu, er spüre eine tief gehende Verwandtschaft zwischen sich selbst und dem ersten Schriftsteller, dessen Buch, er wolle das noch einmal betonen, genau die Art von Werk sei, wie er sie selbst gern geschaffen hätte. Der erste Schriftsteller nickte dazu. Sein Werk sei schlicht und schnörkellos, und ihm selbst falle eine gewisse Verwandtschaft mit der Schöpfung seines Nachbarn auf. In diesem Augenblick wurden im Hintergrund Bilder von ihren beiden Büchern projiziert: Auf dem grauen Umschlag des ersten waren nur die Namen des Autors und, fettgedruckt, seines Verlages zu sehen. Dieses Buch war etwa 15 Zentimeter hoch. Das andere Buch war wassergrün. Die Namen waren in den Umschlag punziert, aber eine Illustration sah man auch hier nicht. Dieses Buch war deutlich dicker. Sein Rücken war ungefähr fünf oder sechs Zentimeter breit. Die Projektionen der beiden Umschläge wurden übereinandergeblendet und verschmolzen miteinander, bis sie nur noch ein einziges Buch bildeten.

Der Talkmaster war immer noch nicht zufrieden: Jenna Fortunis Buch blieb für sich stehen, und das war für die Zuschauer nicht angenehm. Er versuchte es noch einmal: Welche Ähnlichkeiten konnte Jenna zwischen ihrem Buch und denen ihrer Kollegen finden? Jenna, die heute widerspenstig und wohl auch müde war, brachte eine schlechte Antwort hervor. Sie sagte, sie sehe keine Ähnlichkeiten. Das führte die Sendung auf einen falschen Pfad. Mit einem Engelslächeln schnitt ihr der Talkmaster das Wort ab und spielte den Ball zu einem ihrer beiden Kollegen zurück. Der sagte, dass Jennas Buch außergewöhnlich sei. Und unter gewissen, unter ganz bestimmten Gesichtspunkten könne man es mit seinem eigenen Buch in Verbindung bringen.

Dann ergriff der Talkmaster wieder das Wort: Was denn Jenna von dieser Analyse halte? War es nicht schmeichelhaft, dass ihr Werk mit dem eines großen Schriftstellers in Verbindung gebracht werden konnte (einem Werk, das immer noch auf dem Bildschirm zu sehen war) – und all das über mehr als achthunderttausend Seiten hinweg?

Jenna musste es einräumen: Der Vergleich war schmeichelhaft. Sie spürte, dass ihr daraus bereits Interesse zuwuchs. Und doch müsse sie, falls der Talkmaster es erlauben wolle, auch zugeben, dass sie nicht so richtig sah, unter welchem Blickwinkel sich die beiden Bücher ähneln sollten. Ihr Buch war kunstvoll ausgearbeitet, während das des ersten Schriftstellers schlicht und schnörkellos war. Der erste Schriftsteller erhob lautstark Einspruch: Gewiss sei sein Buch schlicht und schnörkellos, aber die Ähnlichkeit im Format bewirke, dass sich beide Bücher gut miteinander vergleichen ließen. Und wenn man sie halb aufgeschlagen hatte, konnte man sie sogar verwechseln.

Nun übernahm der Talkmaster wieder das Kommando. Es war gewagt und bedenklich, davon zu reden, ein Buch halb aufzuschlagen – erst recht in einer Livesendung. Er fragte die alte Schauspielerin in ihrer Ecke, was sie von den drei Büchern halte. Die Schauspielerin sagte, alle drei seien gleichermaßen gut und schön. Der Talkmaster wollte das überprüfen: Wenn sie auf eine menschenleere Insel reisen müsste, welches der drei Bücher würde sie dann mitnehmen? Die alte Schauspielerin zögerte; eine Entscheidung schien ihr nicht möglich. Letztendlich würde alles von der Größe ihrer Handtasche abhängen. Bei einer kleinen wäre es wohl besser, das schlichte und schnörkellose Buch mitzunehmen. In eine mittelgroße würde auch Jennas Buch passen oder das des dritten Autors. Der Talkmaster schlug der Schauspielerin daraufhin die Lösung vor, doch einen Koffer mitzunehmen und auf diese Weise alle drei Bücher einpacken zu können.

Die Schauspielerin fügte noch einen Satz hinzu, aber der Talkmaster schnitt ihr das Wort ab und bat sie, noch einmal die Anekdote von den Dreharbeiten zu jenem Meisterwerk der siebten Kunst zu erzählen, in dem sie vor fünfzig oder sechzig Jahren die Titelrolle gespielt hatte. Dann erwähnte man ihre späteren siebenundzwanzig Filme, um klarzumachen, dass kein einziger von ihnen etwas zählte, wenn man ihn mit der Rolle verglich, welche die Schauspielerin als Zweiundzwanzigjährige in ihrem Debütfilm verkörpert hatte. Um den Nagel vollends einzuschlagen, erinnerte der Talkmaster die Schauspielerin daran, dass sie damals überwältigend gewesen sei und dass es nicht einfach sein müsse, ständig als Darstellerin einer einzigen Rolle betrachtet zu werden. Die Schauspielerin erstarrte; sie musste zugeben, dass er recht hatte, fügte aber auch hinzu, dass all ihre Erinnerungen schön seien und sie sich nicht beklagen könne und man das Leben einfach segnen und preisen müsse. Der Talkmaster beschloss die Sendung, indem er die Zuschauer zur nächsten Folge einlud, die kurz darauf beginnen sollte, gleich nach dem Abspann.

5

Ein junger Talkmaster, dem es wirklich noch sehr an Erfahrung mangelte, formulierte eine Frage: Was gab es eigentlich genau auf Seite 3 des Buches?

Jenna schlug verlegen den Blick nieder und schaute auf ihre Hände. Es war schon peinlich genug, wenn sie mit anhören musste, wie eine Seitenzahl genannt wurde. Aber in ihrer Gegenwart über das Innere ihres Buches zu sprechen, war schlichtweg unanständig.

Der Talkmaster ließ nicht locker. Zum Glück aber kam Jenna ein Kollege zu Hilfe geeilt, ein alter Schriftsteller mit strahlendem Blick. Über seine Bücher ging das Gerücht um, sie wären eigentlich nur Pappschachteln. Mit einem breiten Lächeln erklärte er, dass es gar nichts bringe, eine Seite aus einem Buch zu erwähnen. Man müsse vielmehr das große Ganze betrachten. Und was ihn selbst betreffe, so halte er das Buch der Romanautorin Jenna Fortuni für rundum gelungen.

Gerade in diesem idealen Augenblick wurde Jennas Buch im Hintergrund eingeblendet. Sein Umschlag zeigte immer noch schönste Wirkung, obgleich manche Käufer, wie zahlreiche Nachrichten verrieten, bereits begonnen hatten, sich daran zu gewöhnen.

Die übrigen anwesenden Autoren räusperten sich voller Unbehagen; sie tätschelten die Bücher, die sich noch immer treu an ihrer Seite hielten, oder schoben sie auf der Tischplatte zurecht. Die Schriftsteller traten stets in Begleitung ihres letzten Buches auf, das gemeinhin auf dem niedrigen Tisch neben ihnen lag. Es waren immer Couchtische, damit man die Beine übereinanderschlagen und wieder entflechten konnte und damit auch die unteren Körperpartien von Zeit zu Zeit flüchtig ins Bild gelangten.

Ein Schriftsteller war einfach so erschienen, ohne sein Buch. Ihm musste ein Missgeschick widerfahren sein. Er wirkte gezwungen und nervös, und Jenna hatte den Eindruck, dass sein Körper schmaler als üblich war. Ohne Buch war ein Schriftsteller nicht viel. Wenn sein Buch nicht zugegen war, begann sich der Autor aufzuräufeln und verlor den Großteil seiner Substanz. Aber auch ein Buch ohne Schriftsteller war nicht mehr groß was. Es wurde zu einem Block aus Seiten, der dem Schredder entgegenrutschte. Jenna war sich dessen bewusst: Am Ende starb der Schriftsteller, und dutzende Bücher standen auf der Stelle als unbrauchbare Waisen da, oder man schob sie höchstens noch unter wackelnde Tische oder, was nur ein kleines bisschen besser war, man quetschte sie zusammen und ließ sie als Hintergrunddekoration für die Fernsehsendungen verbleichen.

Bei alledem durfte man aber nicht glauben, dass das Buch wichtig war. Das war ein lachhafter Irrtum. Dieser Fehler konnte einigen Moderatoren passieren, die noch der alten Schule anhingen, oder einem unhöflichen Literaturkritiker, aber alles in allem wussten die meisten Leute vom Fach, worum es sich handelte: Das Buch war ein Podest. Das Buch war eine simple Trittleiter, auf die man sich so lange stellte, wie man brauchte, um Fragen zu beantworten, die das Etikett »Für Schriftsteller« trugen. Danach ging es erst richtig los. Das Buch war der

Zugangspass, mit dessen Hilfe man Interviews in Gang halten und Fernsehsendungen besuchen konnte, indem man auf Fragen aller Art antwortete: nach Zeit, Dauer, Umständen, Augenblick oder Ort seiner Erschaffung; nach Situation, Standpunkt, Bedingungen, Modalitäten oder Klima seiner Erschaffung; nach Besonderheiten, Disposition, Instrumenten oder Überraschungen bei seiner Erschaffung; nach Vorbildern, Ereignissen und Anekdoten bei seiner Erschaffung. Und auf alle möglichen anderen Fragen, die es einem erlaubten, auf Sendung zu bleiben. Die höchste Frage war natürlich die nach der Botschaft. Aber nicht jedem Autor wurde diese Frage gestellt.

Die Sendung nahm ihren Fortgang, und der debütierende Talkmaster brachte den Schriftsteller, der ohne sein Buch erschienen war, ordentlich in Bedrängnis. Der eine wie der andere verlor zunehmend den Boden unter den Füßen. Das Buch war nicht zugegen, und als wie schwierig erwies es sich doch, ohne seinen Beistand ins Leere zu treten! Der Talkmaster unternahm große Anstrengungen, um sich selbst davon zu überzeugen, dass das Wesen, welches dort vor ihm saß, tatsächlich ein Schriftsteller war. Nichtsdestotrotz sah man, wie sein Blick immer skeptischer wurde und so oft wie möglich an den Büchern haften blieb, die in der Sendung anwesend waren.

Der Schriftsteller wiederum sah unglücklich aus. Wie er erklärte, war sein Buch zu Hause geblieben, was jedoch nicht weiter schlimm sei, weil er ja alles im Kopf habe. Das stimmte aber offensichtlich nicht. Der Zweifel breitete sich aus wie eine ansteckende Krankheit. Einer der eingeladenen Autoren, der sich immer sehr für die anderen aufopferte, entschloss sich endlich, die Frage zu formulieren: War ein Schriftsteller ohne sein Buch überhaupt geeignet für das Podium? Wie konnte man sich dessen, was man da sah, noch sicher sein? Der debütierende Talkmaster erging sich in Entschuldigungen.

Das ganze Podium hielt den Atem an. Es war wirklich so etwas von gefährlich, sich ohne sein Buch zu präsentieren. Ein Versäumnis dieses Schlages, und eine ganze Karriere konnte im Eimer sein. Jenna lief es kalt den Rücken hinunter. Sie erinnerte sich an die Grundregeln: Man musste sein Buch in den Händen haben oder wenigstens in Reichweite. Musste häufig an ihm herumfingern, sodass die Kameras gleichzeitig Hand und Buch einfingen. Man musste regelmäßig lächeln. Auf die Existenz des eigenen Werkes hinweisen. Verdammt noch mal, das war wirklich anstrengend! Manchmal hatte auch Jenna einen blitzartig kurzen Moment lang Lust, sich ohne jedes Buch zu zeigen. Einfach nur, um zu spüren, was das bewirkte. Aber als sie sah, wie der Talkmaster und sogar die anderen Gäste auf den armen Schriftsteller losgingen, begriff sie, wie halsbrecherisch es sein konnte, sich ganz allein zu präsentieren. Das Buch signalisierte den Schriftsteller. Wenn es fern war, gab es keine Sicherheiten mehr, und genau daran lag es auch, dass dieser Gegenstand regelmäßig aufs Podium projiziert wurde, auf alle verfügbaren Unterlagen.

Es gab natürlich auch widerborstige Leute. Manche Schriftsteller hatten versucht, von den Moderatoren zu erreichen, dass sie über ihr Buch diskutierten, ohne dass die Autoren selbst anwesend waren. Diese Schriftsteller hatten sinngemäß gesagt: Wir kommen nicht zu Ihnen, aber Sie haben trotzdem das Recht, über unsere Bücher zu sprechen.

Was für eine Dreistigkeit das im Grunde war! Glaubten diese Schriftsteller denn, man würde sich die Mühe machen, ihre Bücher zu zeigen und zu präsentieren, ohne dass sie selbst sichtbar waren? Und was würden sie vielleicht als Nächstes fordern? Dass man in ihrer Abwesenheit über ihre Person sprach? Dass man Diskussionsrunden über sie ins Leben rief, ohne dass sie daran mitarbeiteten? Dass man ihre Bücher bewahrte? Dass man sie zergliederte?

Solche Schriftsteller waren verpönt. Für das Podium existierten sie nicht. Ohnehin gingen ihre Verkaufszahlen gegen Null.

6

Eine Schriftstellerin war dafür bekannt, dass sie nie ohne ihre Bücher aus dem Haus ging, Taschenbuchausgaben und Übersetzungen in zwanzig Sprachen inbegriffen. Auf dem Podium breitete sie sie zu ihren Füßen aus. Diese Büchermengen hatten ihren Ruf begründet und ihr gleichzeitig Gewicht und Konsistenz verliehen. Die Moderatoren, wegen der quietschbunten Umschläge zunächst nicht so richtig überzeugt, waren durch diese Zurschaustellung allmählich erobert worden.

Ohne ihre Bücher konnte die Schriftstellerin gar nicht mehr eingeladen werden. Es war eine Bürde, denn sie hatte schon zweihundertdreißig. Einmal war es geschehen, dass sie geglaubt hatte, sich bei einer Sendung ohne Bücher präsentieren zu können. Die Sendung war ein Fiasko geworden. Die Zuschauer fanden sich nicht mehr zurecht, und den Moderatoren gingen sehr bald die Fragen aus. Sie hatten beinahe wortlos dagesessen, und daraufhin hatten zwei Schauspielerinnen die ganze Aufmerksamkeit an sich gerissen, indem sie berichteten, wie sie es anstellten, den Anschein zu erwecken, sie würden sich alle Tage ein neues Kleid kaufen.

Das Thema war als nicht literarisch genug bewertet worden, und die Leitung hatte zwei der vier Moderatoren entlassen. An der Schriftstellerin war der Ruf einer Kopfabschneiderin hängen geblieben. Immerhin war sie nie wieder ohne ihre Bücher erschienen.

Die Kleiderfrage mochte erst einmal nichtig klingen, und doch hatte sie nichts Belangloses. Durch die Wiederholung der Bilder konnten die Schauspielerinnen den Anschein erwecken, in ein und derselben Minute auf dem gesamten Erdball präsent zu sein. Durch ihre Kleider wurde die Abfolge der Tage stofflich fassbar. Sie markierten das Verstreichen der Zeit, die ohne sie so etwas wie ein über alle Bildschirme breitgezogenes Marshmallow geblieben wäre. Hatte ein aufmüpfiger Schriftsteller nicht auf einem Podium geäußert, Schauspielerinnen seien heute für den Fernsehbildschirm, was für den Kalender einst die Heiligen gewesen waren? Man musste dazu aber sagen, dass dieser Autor nie großen Eindruck hinterlassen hatte. Selbst seine Bücher ähnelten Wracks.

Als Schriftstellerin konnte Jenna Fortuni es sich erlauben, auf dem Bildschirm zwei- oder dreimal dieselbe Bluse zu tragen. Danach schien die Bluse von ganz allein dahinzuwelken und altmodisch zu werden. Bei den Schauspielerinnen, die an Jennas Seite saßen und in gewisser Weise ihre Kolleginnen waren, verhielt es sich ganz anders. Jenna wusste nicht, was sie mit ihren alten Schuhen machten, die sie nur einen Tag getragen hatten. Vielleicht warfen sie sie in den Müll, oder sie gaben sie ihren jüngeren Schwestern. Oder vielleicht trugen sie sie zu Hause beim Kochen. Wie kummervoll es doch sein musste, neue Sachen so rasch wieder abzulegen! Jenna beglückwünschte sich oft dazu, keine Schauspielerin geworden zu sein. Im Prinzip hätte sie nichts daran gehindert, aber sie war besonnen genug gewesen, diesen Weg nicht einzuschlagen.

7

Eigentlich war es überhaupt nicht schwer, über Bücher zu sprechen. Es lag für niemanden außer Reichweite. Es genügte schon, wenn man ein paar Standardsprüche über zumindest einen sehr bekannten Autor draufhatte – Wu-Li-Ha-Lem beispielsweise oder Annie Bariole. Dann konnte man alle übrigen Bücher mit denen dieses Autors vergleichen. Genauso verhielt es sich mit mythischen Figuren, die so reichen Stoff lieferten, dass man im Grunde auf gut Glück hineingreifen konnte. Die im Repertoire am häufigsten wiederkehrenden Namen waren: A) Lorito und A 1) Der Fürst von Motte Crusto.

Wenn man auf dem Podium einen Namen zitierte, gewann man damit in jedem Fall die Oberhand. Wer auch immer es schaffte, sein Zitat als Erster anzubringen – er konnte dabei zuschauen, wie seine Nachbarn auf ihren Sesseln zusammenschrumpften. Jenna hatte es einmal mit dem Mädchennamen ihrer Mutter versucht. Er hatte wie ein Dolch gewirkt. Die anwesenden Stars und Künstler hatten sich gekrümmt und mit dem Kinn gezuckt. Ein Einziger hatte sich wie ein Hahn aufgerichtet und allen Kameras zum Trotz direkt nachgefragt: Von wem sprach Jenna Fortuni da eigentlich? Jenna hatte erwidert, es handle sich um eine kaum bekannte Dichterin aus einer nördlichen Weltgegend. Als die Sendung zu Ende war, hatte sie sich mit dem jungen Mann angefreundet.

Dieser junge Mann hieß Larsen Frol. Man lud ihn genau wegen dieser Haltung, alles infrage zu stellen, in die Fernsehstudios ein. Eine solche Haltung war gefürchtet, denn sie war gefährlich und konnte die Sendungen in einen Abgrund kippen lassen. Aber gleichzeitig war sie für Moderatoren, die logischerweise keinen kritischen Verstand besaßen, ein kostbares Himmelsgeschenk.

In einem Gespräch über Bücher gab es riskante Stellen. So war es eine gefährliche Situation, wenn man ein Buch an der Seite seines Schöpfers zeigte, ohne dass irgendwelche Vergleiche möglich schienen. Das hieß ja, dass niemand wusste, womit man es hier zu schaffen hatte. Dieses schreckliche Unbekannte ließ eine Bedrohung im Raum schweben. In solchen Fällen hätten die Kameras am liebsten eine Kehrtwendung vollführt, und beinahe hätte man den Regisseur in seiner Kabine beim Nägelkauen zu sehen bekommen.

Aus diesem Grund stiegen, wenn überhaupt kein spontaner Vergleich möglich schien, die Gäste der Talkshow alle gemeinsam auf die Barrikaden und halfen dem Talkmaster mit vereinten Kräften, wieder einen Orientierungspunkt zu finden. Jeder von ihnen brachte einen Namen ins Spiel, und dann versuchte man, das frei umherschwebende Buch an einem dieser Namen festzunageln.

Jenna Fortunis Bücher hatten schon dutzende Male solche Vergleiche miterlebt. Jedes der drei war bei seinem Erscheinen auf ein anderes Buch zurückgeführt worden, das man seinerseits mit einem anderen Buch in Verbindung gebracht hatte. Jennas Bücher waren davon in jeder Sendung ein wenig zerquetscht worden. Aber man konnte eindeutig erkennen, dass es für alle Welt einfacher und beruhigender war, sich auf diese Weise zurechtzufinden.

Auch als Person gab Jenna zu Vergleichen Anlass. Seit dem Erscheinen ihres ersten Buches hatte sich die Romanautorin Jenna Fortuni daran gewöhnen müssen, dass ihr Name automatisch neben den einer anderen jungen Romanautorin von einigem Talent gerückt wurde. Ihre Namen waren sozusagen aneinandergekoppelt.

Es gab dafür viele Gründe. Zunächst einmal hieß die andere junge und talentierte Romanautorin Joanna

Fortaggi. Ihre Familiennamen ähnelten sich, da schien ein Vergleich legitim zu sein. Zweitens brachten Jenna Fortuni und Joanna Fortaggi Bücher heraus, die ganz deutlich dieselben Farben und Formate aufwiesen. Auch das war verwirrend. Drittens schließlich waren sie beide Frauen, hatten braunes Haar, wollten schöne und praktische Bücher präsentieren und verfolgten in den Sendungen ungefähr den gleichen Kurs.

Diese zusätzlichen Gemeinsamkeiten ergaben eine hübsche Gesamtsumme. Jenna Fortuni hatte sich manchmal gefragt, ob es überhaupt noch nötig war, dass jede von ihnen ein Buch veröffentlichte. Sie hatte bereits darüber nachgedacht, sich mit Joanna Fortaggi zusammenzutun. Auf diese Weise hätte es weniger Verwirrung gegeben. Die Moderatoren hätten sich nicht mehr so sehr den Kopf darüber zerbrechen müssen, wie sie es anstellen sollten mit zwei jungen Romanautorinnen von einigem Talent, die das gleiche Buch veröffentlichten und in derselben Sendung saßen.

Das einzige Problem dabei war in Jennas Augen, dass Joanna Fortaggi und sie es aus einem Mangel an Sympathie nie geschafft hatten, miteinander zu reden oder die Adressen auszutauschen.

8

Das Leben der Romanautorin Jenna Fortuni spielte sich nicht nur in Fernsehstudios ab. Jenna stieg vom Podium hinab, um zu diversen Tages- oder Nachtzeiten zu ihrem Mann heimzukehren, der schon seit Langem kaum noch sichtbar war.

Von Jennas Mann hieß es, er habe etwas in Vorbereitung, ohne dass man mit Sicherheit hätte sagen können, was es eigentlich war. Aber wenn der Abstand zwischen zwei Veröffentlichungen das gewohnte Maß überschritt, wenn er immer größer wurde, wenn er erst zwei Jahre betrug und dann einfach nur noch »Jahre«, wenn er eine unendlich elastische Qualität annahm, dann konnten sich Bücherkäufer und Literaturfreunde einfach nicht täuschen: Dieses Intervall war ein Zeichen dafür, dass ein Schriftsteller etwas Großes vorbereitete. Natürlich gab es immer zwei oder drei Kritiker, die unterstellten, dass der Schriftsteller in diesem Zeitraum gar nicht in seinem Arbeitszimmer saß, sondern zum Angeln in Finnland war. Man versuchte, Indizien dafür zu finden, dass der Autor im Alkohol oder im Drogengenuss dahindämmerte – oder besser noch: in Selbstzweifeln und Depressionen. Besonders eingehend untersucht wurden berühmte Schriftsteller, die schon alle möglichen Erfolge zu verzeichnen hatten. Bei diesen fragte man sich, wovon sie noch träumen konnten und was das Leben ihnen noch zu versprechen vermochte. Der Ehemann der Romanautorin Jenna Fortuni machte in dieser Hinsicht neugierig. Er hatte zahlreiche Bücher veröffentlicht. Er hatte sie vor den Augen aller Moderatoren von Podiumstisch zu Podiumstisch herumgeführt. Gewiss, es gab eine ganze Menge Autoren. Und dennoch war den Kritikern allmählich aufgefallen, dass dieser eine Schriftsteller sich seltener präsentierte als zuvor. Die Kritiker hatten Nachforschungen angestellt, in deren Folge man hatte verkünden dürfen, dass Jennas Ehemann irgendetwas Großes vorbereitete.

Was genau Jennas Mann vorbereitete, war nicht bekannt. Er stieg die geländerlose Treppe hoch und schloss sich im zweiten Stockwerk im gemeinsamen Arbeitszimmer ein. Jenna verbrachte den Abend bisweilen mit Larsen Frol. Meistens machten sie dann gar nichts. Sie saßen im Wohnzimmer herum und ließen die Finger über ihre Bildschirme wandern. Oder aber sie redeten miteinander. Oder sie fuhren mit dem Auto in das geräumige Atelier, in dem Larsen Frol malte.

Larsen Frol war zwar kein Mickey Lanceolo, aber wenn es etwas gab, das ihn begeisterte, dann eindeutig seine Arbeit als Maler. Wenn es nötig gewesen wäre, hätte ihr Larsen seine Texte geopfert. Aber glücklicherweise war es nicht nötig, und Larsen Frol konnte die Malerei und seine Schriftstellerkarriere unter einen Hut bringen. Zum Maler fühlte er sich erst seit Kurzem berufen, während die Literatur, die in seinem Blut aufgekeimt und gewachsen war, für ihn etwas so Natürliches und Einfaches war wie das Leben.

Larsen Frol stieg aus seinem Auto und strebte, ohne auf Jenna zu warten, mit großen Schritten seinem Atelier entgegen. Dann blieb er in der Mitte des großzügigen Raumes stehen, in passender Distanz zu den Gemälden und Glasarbeiten. Die Glasarbeiten sahen schwarz aus, was angesichts der späten Stunde nicht verwunderlich war. Larsen hatte nur im Vorraum das Licht eingeschaltet. Im übrigen Atelier gab es keine Lampen. Jenna hatte keine Lust, weiter hineinzugehen. In Larsens Atelier war es immer kalt. Sie wusste nicht, wo sie hinsollte. Nirgendwo gab es etwas zum Sitzen. Larsen blickte zu seinen Bildern hinüber. Nachdem er eine Weile in schweigender Reflexion dagestanden hatte, sagte er, es sei schade, dass Jenna nicht am Tag vorbeigekommen sei. Jenna erwiderte, sie wolle sich in ihrem Terminkalender ein Feld anstreichen, um Larsens Bilder bei hellem Tageslicht betrachten zu können.

Larsen stand da, im Zentrum des Raumes, und hatte manches zu sagen, anders als Jenna, die in Nachdenken versunken war. Nach Larsens Worten machte es einen

Unterschied, ob er seine Bilder allein betrachtete oder in Jennas Gegenwart. Tagsüber, so erzählte er ihr, klebe er buchstäblich an seinen Leinwänden, er stecke sozusagen in seinen Bildern.

Larsens Bilder waren monumental. Jenna konnte sie von Weitem erahnen. Auf dem Boden stand eine Hebebühne für Fensterputzer, die er für seine Arbeit bestieg. Ein paar Mal hatte Larsen zur Fernbedienung gegriffen und auf irgendwelche Knöpfe gedrückt. Die leere Hebebühne war im Dunkeln nach oben gefahren und hatte sich wieder gesenkt. Bei diesem Aufstieg hatte Jenna befürchtet, gleich ein Geräusch von splitterndem Glas zu hören. Larsen hatte Jenna niemals angeboten, mit ihr nach oben zu fahren. Auf der Hebebühne war nur Platz für eine Person. Weil Larsen großgewachsen war, konnte sich Jenna nur schlecht vorstellen, wie er auf der Hebebühne stand. Der obere Rand des Geländers reichte wahrscheinlich nicht einmal bis zu einem Drittel seiner Körperhöhe hinauf. Es musste für Larsen gefährlich sein, sich in der Hebebühne nach vorn zu beugen. Er konnte dabei das Gleichgewicht verlieren.

Aufgrund ihrer Dimensionen ließen sich Larsens Bilder schwer transportieren. Er stellte sehr wenig aus. Jenna hatte den Verdacht, dass er diese Formate gewählt hatte, um keine Gedanken an Galeristen und Kataloge verschwenden zu müssen. Sie hatte ihn zu seiner ersten Vernissage begleitet. Im Hangar Sacreux hatte man seine Werke gezeigt. Er war berühmt für seine kathedralengleiche Raumhöhe. Larsens Bilder machten einen stolzen Eindruck. Das hatten jedenfalls die Leute um Jenna herum gesagt. Jenna selbst hatte eine schlechte Sicht gehabt. Die Farben hatte sie sehr gut erkennen können, aber was die Formen betraf, so war sie nicht nahe genug herangekommen. Es waren einfach zu viele

Leute da gewesen. Die Bilder hatten sich in den Höhen verloren, und der Blick hatte sie nicht umfangen können. Jenna setzte ihre Brille nur selten auf. Schriftstellerinnen wurde davon ausdrücklich abgeraten. Schlimmstenfalls konnte man sie sonst für Spaßverderberinnen halten, bestenfalls für graue Bibliotheksmäuse.

Larsen war quirlig und redselig. Seit Jenna ihn kannte, hatte sie sich schon dutzende Male angehört, wie seine Karriere verlaufen war, aber noch immer lauschte sie seinen Worten gern. Es gab jedes Mal neue Details.

Larsens Liebschaften waren von einem Geheimnis umgeben. Man wusste, dass er einst geliebt hatte, und zu manchen Zeiten wusste man sogar, dass er liebte und gerade jetzt auch geliebt wurde. Jenna selbst wusste über diese flüchtigen Episoden nicht Bescheid. So ausführlich sich Larsen über das Leben im Allgemeinen erging, so schweigsam war er in allen Dingen, die ihn wirklich berührten.

Larsen verschwand in regelmäßigen Abständen, aber meist nur, um danach auf spektakuläre Weise wieder aufzutauchen: mit einer neuen Erfindung, einem neuen Kunstwerk, einem neuen Buch, mit einem Künstler, den er entdeckt hatte, oder einem neuen Projekt für sein Leben. Manchmal war er aber auch vollständig und umfassend von der Bildfläche verschwunden, was bedeutete, dass er sich an einen ruhigen Ort, gleichsam in tiefsten Waldesgrund, zurückgezogen hatte, um dort eine Liebe zu leben. Und das Geheimnis um jede neue Liebe von Larsen war so undurchdringlich, dass sich Jenna ausmalte, er sei zu jenen Zeiten von einer vierfachen Hecke aus Brombeerranken und wilden Rosen umgeben.

9

Larsen Frols Karriere hatte begonnen wie drei herabfallende Wassertropfen. Er hatte ein Buch veröffentlicht. Dieses Buch war ein Gegenstand, wie ihn heutzutage niemand mehr herstellte, ein makelloses Bändchen, auf das eine einzigartige Kombination von Buchstaben gedruckt war: *Gedichte*. Bücher dieser Art hatten sich, soweit sich die Moderatoren erinnern konnten, noch nie auf ein Fernsehpodium emporgeschwungen.

Aber Larsen Frol war blond und hatte engelsgleiches Haar. Wenn er das Wort ergriff, bildeten seine Haare um den Kopf herum einen verrückten Glorienschein. Sein Verleger war sich dessen bewusst und hatte alles getan, damit auch die Fernsehproduzenten diese Tatsache ausreichend zur Kenntnis nahmen und den Autor in Talkshows einluden.

Larsen Frols erstes Podium war spärlich beleuchtet. Alles in allem war das ideal für ein Buch mit hellem Umschlag. Und doch leckten die Kameras, was ganz ungewöhnlich war, gar nicht so sehr an seinem Buch herum. Das Schicksal war von einer anderen Seite herangetreten. Larsen hatte das Glück gehabt, mit zwei Weltstars auf dem Podium zu sitzen, von denen man Fotos gesehen hatte, die sie ohne Bikini im Schwimmbad zeigten. Dazu kam noch, dass Larsen ein weißes Hemd trug. Der Larsen Frol von damals war ein junger Unbekannter, der dazu bestimmt war, gleich nach dem Abspann wieder in seine Unbekanntheit zurückzufallen. Die Gefahr, die er für die beiden Stars bildete, war gleich Null. Und so hatten sie sich auf ihn gestürzt und ihn als Instrument zur Selbstdarstellung benutzt. Sie hatten ihn ganz offen geneckt und sich um ihn gestritten.

Dies hatte Larsen Frol sofort den Ruf eines Frauenschwarms eingetragen. Künftig wurde sein Name immer mit dem Wort »Herzensbrecher« gekoppelt, obgleich niemand mehr in der Lage war, diesen altertümlichen Ausdruck zu erklären. Und als Herzensbrecher wurde Larsen logischerweise erneut in eine Sendung eingeladen.

Dann war ein weiteres Buch von Larsen Frol erschienen. Es hatte etwas mehr Aufsehen erregt, denn inzwischen war Larsen über die Hierarchie der literarischen Genres aufgeklärt worden. Auf dem Umschlag fand sich das Wort ROMAN. Er ließ die Talkmaster erröten, die sich darin gefielen, mit der rituellen Formel einzusteigen: »Dieses Buch, das Ihr erster Roman ist …«

Larsen Frol besaß die Gabe, sowohl Frauen als auch Männern zu gefallen, und das galt auch umgekehrt. Er hatte es seinem blonden Haar zu verdanken. Aber das erklärte nicht alles. Es waren auch seine Worte. Auch die erklärten nicht alles. Es waren ebenso seine Gesten. Aber auch die erklärten nicht alles. Vielleicht war es alles zusammen, sagten sich die Moderatoren, wenn sie die Sendung aufzeichneten. Die Regisseure fanden schließlich das treffende Wort: Larsen Frol gefiel den Fernsehkameras. Und war das nicht ausschlaggebend?

Larsen Frols drittes Signal war ein Bild gewesen. Er war auf eine Titelseite gekommen. Das allein hatte ausgereicht. Es hatte dazu nicht einmal ein neues Buch gegeben. Angesichts der Dimension von Larsens Blondheit war es nicht wichtig, dass die Augen genau mitbekamen, ob er Schauspieler oder Dichter war. Es ging nur darum, dank Objektiv und Rotationspresse gesehen zu werden. Allein seine Anmut, einfach nur gesehen werden. Danach konnte man natürlich auch über die auf die Seiten gedruckten Schriftzeichen sprechen und über die Spuren der Wörter auf dem Papier. Die Titelseite des Magazins war aus Glanzpapier. Sie glänzte gerade so sehr, dass sie, ohne zu trügen, das wahre Strahlen von Larsens Augen widerspiegelte, was äußerst selten gelang.

So hatte die Laufbahn des vielversprechenden Autors Frol begonnen. Danach ließ sich nicht mehr sagen, in welcher Reihenfolge alles abgelaufen war. Viele Interviews, viele Sendungen. Viele Bilder. Ein paar dutzend weiße Hemden und viele Durchläufe bei denselben Talkmastern, in denselben Studiodekors. Eine Variation brachten die Bücher, die Larsen Frol vor seinen Knien auf den niedrigen Tischen ablegte. Sie bildeten Farbflecken, mal gelb, mal braun, und rechtfertigten auf diese Weise die Einladung. Ob Larsen dann über das Buch sprach oder nicht, war nicht so wichtig. Er konnte über Gott und die Welt reden. Aber es war wichtig, dass dieses Zeichen präsent war, das schlicht und einfach besagte: Hier und jetzt ist ein Schriftsteller zugegen.

Die Moderatoren waren ganz vernarrt in Frol. Es war ein masochistisches Vergnügen, denn Larsen zögerte nicht, sie schlecht zu behandeln und in Situationen zu bringen, in denen sie nicht gut dastanden. Das geschah nicht aus Böswilligkeit. Larsen hatte einfach keine Zeit, sich um die Meinung der anderen zu kümmern. Er merkte gar nicht, welche Spitzen er austeilte. Er konnte die Leute beleidigen, ohne sich seiner Ruppigkeit bewusst zu sein. Manch einer hätte das vielleicht als einen Makel angesehen. Jenna aber schätzte diesen Charakterzug an ihm. Wenn Larsen Ja sagte, bedeutete es auch Ja. Sagte er Nein, war auch Nein gemeint. Er sagte niemals »vielleicht« oder »ich weiß nicht«. Larsen ging lieber das Risiko ein, falsch zu liegen, als dass er eine ausweichende Antwort gab. Er zögerte nie. Manchmal irrte er sich. Jenna fragte sich dann, ob Larsen Frol wirklich klar war, dass er sich geirrt hatte. Er schien das gar nicht mitzukriegen. Wenn ihm jemand sagte, dass er sich getäuscht hatte, hörte sich Larsen das an und führte die Diskussion dann zu einem ganz anderen Thema fort.

Anfragen vom Fernsehen beantwortete Larsen Frol grundsätzlich mit Ja. Er verschmähte kein einziges Podium. Er war immer aufmerksam und saß mit einem Lächeln da; er verlieh der Sendung ein Herz, gab Mark unter ihre Rinde, da er keine Angst davor hatte, einen Talkmaster zu tadeln, wenn der sich schlecht ausgedrückt hatte, und ebenso wenig hatte er Angst davor, in schallendes Gelächter auszubrechen, auch wenn die Leute um ihn herum reglos wie Marmor blieben, und er schreckte auch nicht davor zurück, unvermittelt von seinem Platz aufzustehen, um vorzuführen, welche Kapriolen er beim Malen machte, und manchmal fuhr er einem Star mitten in die Parade, um die Fernsehzuschauer darauf aufmerksam zu machen, wie das Licht in dem Edelstein spielte, der den Ohrring jener berühmten Schauspielerin zierte.

Die Kameraleute hatten mit Larsen Frol alle Hände voll zu tun. Sie mussten die eingefahrenen Gleise verlassen. Sie hatten ihn nicht gern auf dem Podium. Larsen Frol war wirklich nervenaufreibend. Man konnte nicht vorhersehen, was er als Nächstes tat. Er sprang in alle vier Ecken des Studios. Er ließ die Regie ins Schwitzen geraten. Oft trat er die Konventionen mit Füßen und ließ die Leute hochschrecken. Aber hätte Larsen es anders machen können? Seine Natur wollte es halt so.

10

Weshalb war es so gefährlich, wenn ein Buch nicht mit einem anderen verglichen werden konnte? Diese Frage beschäftigte Jenna. Sie glaubte, einige Bestandteile der Antwort in den Händen zu halten: Bücher waren Dinge, die von nirgendwoher zu kommen schienen. Wie Pilze schoben sie sich im Handumdrehen in allen Ecken nach oben. Es war schon nicht leicht zu verstehen, wo zum Teufel sie entsprossen sein konnten – vollständig und fertig seit dem Moment ihres Auftauchens. Aber darüber hinaus war es auch nicht leicht, sie so zu akzeptieren, wie sie waren, ohne noch etwas an ihnen ändern zu können. Das Publikum und die Fernsehmoderatoren konnten es nicht leugnen: Ein Buch hatte ein bestimmtes Format, eine bestimmte Dicke und eine bestimmte Illustration auf dem Umschlag. Das Buch wurde im Verein mit einem bestimmten Schriftsteller durch die Gegend geführt, und kein Fernsehsender der Welt hätte jemals etwas daran ändern können, dass diese Figur und dieses Gesicht ihm beigesellt waren.

Jennas Mann stimmte ihrer Analyse zu. In einem Punkt warnte er sie allerdings: Gewiss könne heutzutage kein Fernsehsender der Welt etwas daran ändern, und doch werde der Tag kommen, an dem die Fernsehsender der Welt sehr wohl etwas daran ändern würden. Es war schon spürbar, dass manche Bücher seltener gezeigt wurden als andere, weil man sie mit keinem bereits erfassten Gegenstand in Verbindung bringen konnte. Und Jennas Mann, der ein Pessimist war, sagte ihr vorher, wie es in Zukunft laufen werde: Es nahte die Zeit, in der es nicht mehr ausreichen würde, sein Buch mit in die Fernsehsendungen zu bringen und dort auf einem Podium zu thronen. Die Autoren würden dann mehr tun müssen, um Aufmerksamkeit zu erlangen: Sie würden selbst mit anpacken müssen. Würden in den Schulen Unterricht abhalten. Würden die Trantüten alphabetisieren. Würden alle Tage für Zeitschriften schreiben, mit denen die Leute hinterher ihre Schuhe trockneten. Würden mit ihrem Buch Abende veranstalten und sich Tricks ausdenken, damit ihr Werk auf die eine oder andere Weise zu einem einladenden Schauspiel wurde.

Éden Fels hatte recht: Schon heute gingen viele Schriftsteller für zwei oder drei Monate auf Lesereise. Sie produzierten sich an allen möglichen Orten. Er selbst hatte das freilich nicht nötig. Sein Name prangte voll ausgeschrieben auf allen Bildschirmen. Immer wenn ein Kritiker einen Autor erwähnte, zog man ihn zum Vergleich heran. Éden Fels war als Autor eine Art Messlatte. Die Welt der Literatur gliederte sich in zwei Phasen: vor ihm und mit ihm. Gewiss würden später andere Autoren kommen und mit ihnen andere Gliederungen. Nichts auf dieser Welt war immerwährend. Aber im Moment war es halt so. Jennas Mann bildete den Mittelpunkt, obwohl er unsichtbar blieb – und vielleicht gerade deshalb.

Larsen Frol hingegen machte viele Lesereisen. Er liebte es, alle möglichen Rollen zu spielen, selbst welche, die er nie gelernt hatte. Seine Auftritte waren wirre und zügellose Produktionen, bei denen sich das Buch irgendwo im Dekor verlor und die Zuschauer am Ende nicht so richtig beschreiben konnten, was sie eigentlich gesehen hatten. Dennoch dauerten sie bisweilen vier Stunden, was deutlich über dem Durchschnitt einer literarischen Darbietung lag. Und plötzlich fing Larsen Frol auf offener Bühne zu malen an. Eine große Stille verbreitete sich im Saal. Später, am Ausgang, sagten die Zuschauer mit feuchten Augen, dass sie ihr Lebtag noch keinen so berührenden und talentierten Autor gesehen hatten.

11

Vor lauter Reden über ihr Buch wusste Jenna Fortuni inzwischen nicht mehr so richtig, was eigentlich drinstand. Sie hatte bis zur Erschöpfung auf Fragen geantwortet, die auf seine Vorbilder zielten, seine Entstehung, die Entscheidung für das Format und den Grund für die rote Farbe. Sie hatte sogar die Herausforderung gemeistert, einigermaßen klar darzulegen, warum ein Buch »Buch« genannt wurde und zu welchem Zweck man all diese Bücher ersonnen hatte.

Jetzt aber streifte gelegentlich ein Gedanke ihren Geist: Was stand eigentlich in ihrem Buch? Jenna hatte es ständig bei sich, aber aufgeschlagen hatte sie es schon seit einer Ewigkeit nicht mehr. Es war wie ein Gewicht in ihren Händen. Um die ganze Wahrheit zu sagen: Jenna hatte schon seit Jahren in kein Buch mehr geschaut. Nur wenige Menschen wagten es, Bücher zu öffnen. Man machte das heutzutage eigentlich nicht mehr. Ein Buch war ein heikler Gegenstand. Es musste mit Vorsicht behandelt werden. Man konnte es nicht einfach bei jeder Gelegenheit aufschlagen. Von dem Augenblick an, wo man beschloss, seine Nase in ein Buch zu stecken, wurde alles so schwierig. In einem Buch gab es Dinge. Man musste sie fassen können. Vorher wusste man nicht, was auf einen zukam; und was würde geschehen, wenn diese Dinge nun ganz unbrauchbar waren? Wenn sie nebulös waren und unverständlich? Man durfte sich nicht täuschen, sondern musste verstehen, was es zu verstehen gab, und all das, was zu verstehen nicht erforderlich war, beiseitelassen.

Es war die Urangst aller Fernsehmoderatoren, vor dem Auge der Kamera ein Buch aufzuschlagen und zu entdecken, dass nichts darin war. Ein solcher Fall war schon einmal vorgekommen: einer dieser alten Schriftsteller (und zwar genau der, von dem es hieß, seine Bücher seien nur Pappschachteln) war entlarvt worden. Eine Schauspielerin, die besonders clever wirken wollte, hatte das Buch ergriffen und so getan, als wollte sie in ihm blättern. Unter den Augen der entsetzten Welt hatte sie es vergeblich versucht, und da der Talkmaster es nicht geschafft hatte, rechtzeitig einzuschreiten, war deutlich zu erkennen gewesen, dass das Buch nur eine Schachtel war. Eine Schachtel mit ausgeschnittenen Bildchen, die man sorgsam aufgeklebt hatte.

Der alte Schriftsteller hatte danach nicht aufgehört, sich in den Fernsehsendungen zu produzieren. Er veröffentlichte weitere Bücher, und es war nicht skandalös, wenn alle Welt in ihnen nichts als Pappschachteln sah. Die Umschläge waren wirklich hübsch. Die TV-Produzenten sahen es so: Wenn er es fünfunddreißig Jahre lang geschafft hatte, mit Pappschachtelbüchern an seiner Seite auf einem Podium zu sprechen, war das doch der Beweis dafür, dass er immerhin etwas zu sagen hatte.

Der alte Schriftsteller selbst hatte sich nicht gerechtfertigt. Er hatte ziemlich perplex gewirkt, als ihn die impulsive Schauspielerin demaskiert hatte. Erklärungen hatte er keine gesucht. Vier Sekunden lang hatte er ganz starr dagesessen. Dann hatte er gesagt, er verstehe die ganze Sache nicht. Schließlich habe er schon viele Bücher verfasst.

Später hatten die Umfragen ergeben, dass die Fernsehzuschauer dem Autor nicht feindlich gesinnt waren. Sie dachten, dass der Schriftsteller für all das gewiss eine Erklärung habe. Ein Teil der Zuschauer meinte, jemand müsse ihn bestohlen haben. Andere dachten, er sei verhext worden, auf einer schwarzen Insel, oder die ganze Szene sei von seinem Verlag von vorn bis hinten gestellt worden.

Wenn der alte Schriftsteller nunmehr vor den Kameras saß, machte sich der eine oder andere Talkshowgast gern einen Spaß daraus, irgendwann plötzlich nach seiner Buchschachtel zu greifen und so zu tun, als wollte er sie öffnen. Das gab viel Gelächter und war dabei vollkommen ungefährlich: Seine Schachteln waren gut versiegelt.

12

Es war nie klar, was sich im Innern der Bücher befand. Das Geheimnis war verborgen, und niemand hatte Lust, es zu ergründen. Es war möglich, manche Dinge vom Hörensagen zu erraten. Aber im Prinzip ging es nur den Autor etwas an, was in seinem Buch war. Es war eine ganz und gar persönliche Angelegenheit.

Jenna vermutete, dass gewisse Autoren ihre Bücher füllten, indem sie alte Bücher, die man in Bibliotheken fand, einfach abschrieben. Und Larsen Frol hatte ihr anvertraut, dass er aus dem Gedächtnis arbeitete: In seiner Kindheit hatte er Bücher gelesen, und das diente ihm als Vorrat für mehrere Bände. Jenna selbst verfasste ihre Bücher auf unterschiedliche Weise: Sie häufte auf Blättern so lange Zeichen an, bis es vierhunderttausend waren. Dann schnürte sie die Seiten zu einem Päckchen zusammen und schickte das Ganze an ihren Verlag. Die Adresse des Verlags bestand seltsamerweise aus einem Vornamen und einer Zahl. Wenn sich Jenna inspiriert fühlte, machte sie sich aber auch die Mühe, Stücke von alten Texten, die sie auf ihrem Bildschirm aufstöberte, zusammenzusetzen. Wie alle Autoren las sie ihre Werke nicht noch einmal durch; die Verlage hatten ja gute Assistenten, und ohnehin wurde der Text mit dem Faktor sechsunddreißig komprimiert.

Für Jenna war es nicht so leicht zu begreifen, welchen Zusammenhang es geben sollte zwischen diesen Seiten, die sie per Bildschirm abschickte, und jenem Ding in Form eines Kästchens, das sie später von einem Eilboten zugestellt bekam. Es war eine solche Verwandlung! Jedes Mal war es so, als wenn Aschenputtel seine Kutsche bekam.

In diesem Herstellungsstadium öffnete Jenna Fortuni das Buch nicht. Wozu denn auch. Der Umschlag war wundervoll. Genau, wie sie es sich gewünscht hatte. Ihr Verleger war wirklich eine Kanone. Er hatte ein besonderes Geschick dafür, genau zu verstehen, was Jenna dachte. Es hätte den Effekt verdorben, wenn sie das Buch aufgeschlagen hätte. Die Blätter, die Jenna dem Verlag geschickt hatte, waren so ungleichartig und chaotisch gewesen. Das Buch, das zurückkam, war unvergleichlich.

Natürlich hatte die Frage der Sammlungen die öffentliche Meinung ziemlich gespalten. Es hatte da eine Affäre gegeben, die Geschichte einer alten Instruktorin, die ihren ersten Roman verfasst hatte. Hinterher hatte man entdeckt, dass sie die Hausaufgaben ihrer Schüler abgeschrieben hatte. Das Buch war ein Bestseller geworden. Verraten hatte sich die Instruktorin durch die Namen und Vornamen ihrer Schüler; sie hatte vergessen, sie zu löschen.

Eine solche Affäre war zu jener Zeit möglich gewesen, als man noch alle Bücher unter die Lupe genommen hatte. Jenna war sehr zufrieden, dass so etwas heute nicht mehr üblich war. Wie unendlich mühsam es doch war, in allen Quellen nachforschen zu müssen, ob ein bestimmtes Wort irgendwo entliehen war oder ob eine Idee vielleicht etwas mit dem zu tun hatte, was irgend ein Autor vor zwanzig oder dreißig Jahren in ein Buch gesteckt hatte, von dessen Existenz heute niemand mehr wusste, ja von dem nicht einmal der Umschlag in Erinnerung geblieben war! Das musste wirklich eine Herkulesaufgabe sein. Jenna war den Schriftstellern der Vergangenheit dankbar, die »Stopp!« gerufen hatten. Sie hatten verlangt, dass man sie ruhig ihre Sammlungsarbeit machen ließ, ohne dass sie dafür jemandem Rechenschaft schuldig waren.

Die Galionsfigur dieser Bewegung war der Schriftsteller Helleui P. Vim gewesen. Der Angriffe und Spötteleien seitens der Literaturkritiker überdrüssig, hatte Helleui P. Vim eines schönen Tages erklärt, dass er sich dort bedient habe, wo er auf Ideen gestoßen war, die ganz nahe bei dem lagen, was er ausdrücken wollte. Darin sah er nichts Schlimmes. Er hatte sich einfach mit Proviant versorgt. H.P. Vim forderte die Freiheit, sich bedienen zu dürfen. Die Welt hatte sich weiterentwickelt. Man konnte keinen Unterschied mehr machen zwischen seiner eigenen Inspiration und der seines Nachbarn. Ja, H.P. Vim hatte dutzende Texte und Romane abgeschrieben. Na und? Er hatte es schließlich nicht aus Mangel an Phantasie getan, sondern weil er ihre Art, etwas zu sagen, ganz genau bewahren wollte. Wenn sich die Autoren, um nicht beeinflusst zu werden, in ihren kleinen Schädel hätten zurückziehen müssen, ohne einen anderen Text in die Hand zu nehmen, dann wären ihre Bücher laut H.P. Vim ganz schön monoton geworden. Durch das Kompilieren schaffte man es, nicht isoliert dazustehen. Zum Schluss hatte der Schriftsteller H.P. Vim ein paar Sätze gesagt, die dauerhafte Berühmtheit erlangen sollten: Originalität gebe es heute ohnehin nicht mehr. Alles, was bleibe, sei die Aufrichtigkeit. Helleui P. Vim sei nur einer der Mieter seines Geistes: Er bediene sich überall, wo er einen großen Atem und überzeugende Ideen finde.

Jenna hatte sich die Bilder dieses legendären Interviews dutzende Male auf ihrem Bildschirm angeschaut. Am Ende des Gesprächs war über Helleui P. Vims Gesicht ein Schatten gehuscht. Der Autor hatte Angst, dass man seine Worte aus dem Zusammenhang reißen würde. Er hatte verlangt, das gesamte Interview vor der Ausstrahlung noch einmal sehen zu können.

13

Ah, zum Glück waren die Zeiten vorüber, als Bücher noch dazu gedient hatten, die Leute auf einer Stufenleiter einzusortieren. Heutzutage hatte kein Mensch mehr ein Buch gelesen. Inzwischen gab es die Demokratie. Früher waren die Schriftsteller geschickt darin gewesen, ihr kleines System zu erschaffen, in dem Leute, die Bücher gelesen hatten, die besten waren und Leute, die nichts gelesen hatten, die mittelmäßigen. In jenen Zeiten konnte man vor den Kameras herumsülzen, sich ausbreiten, Tee schlürfen und sich quasi ausziehen – einfach nur, weil man ein paar dutzend oder hundert Bücher im Kopf hatte.

Ja, diese Zeiten waren verflossen. Jetzt ging es ehrlicher zu: Die Personen, die man vor die Kameras setzte, hatten etwas Handfesteres vorzuführen – ein Kleid, eine neue Brust, eine Goldmedaille, eine Statistik, einen inzestuösen Großvater, ein Buch, eine fehlgeschlagene Schönheitsoperation. Sie kamen nicht ins Studio, um dort Hahnenkämpfe oder Rangstreitigkeiten auszufechten. Sie kamen einfach nur, um etwas zu zeigen. Hinterher konnte man sie, wenn man nett sein wollte, noch von ihrem Alltag erzählen lassen oder ihnen erlauben, Sachen zu sagen, die ihnen zufällig in den Sinn gekommen waren.

Die Leute von früher waren arme Wichte gewesen. Sie hatten der Realität nicht ins Auge geblickt. Sie hatten sich unter ein Joch aus Wörtern begeben. Leute, die heute nur noch bleiche Knochen waren, hatten diese Wörter aufgeschrieben oder ausgesprochen. Man hatte sich jahrelang abrackern müssen, ehe man im Hinterkopf einen Vorrat beisammen hatte, mit dem man es wagen konnte, sich vor den Kameras auszudrücken. Und es war eine schwierige Aufgabe gewesen: Man musste seine Schubfächer im richtigen Moment öffnen und die passenden Zitate herausziehen; man durfte keine Grammatikfehler machen, die Begriffe nicht durcheinanderbringen und nicht nach dem gesunden Menschenverstand urteilen oder nach dem, was man vor Augen hatte; man musste sich stattdessen auf die Gebeine von Ni-Psé oder Ali Strotles berufen, die alles besser gewusst hatten als der Rest der Welt. Das war wirklich nicht jedem Dahergelaufenen gegeben.

Ja, diese Zeiten waren glücklicherweise vorbei. Jenna war sehr froh darüber. In einer solchen Epoche hätte sie nicht Schriftstellerin sein können. Heutzutage brauchte sie in die Sendungen kein geistiges Köfferchen mehr mitzuschleppen, das sie zuvor ängstlich beflissen mit allen möglichen Büchern gefüllt hatte. Es reichte schon, wenn sie einfach da war mit ihrer Handvoll Grips. Außerdem war es auch nicht wirklich notwendig, Grips zu haben. Es gab so viele Leute – Schauspieler, Schauspielerinnen, Sportler –, die vor den Kameras einfach irgendwann irgendwas sagten. Sie waren sogar die Publikumslieblinge. Die Zuschauer erkannten sich in ihnen wieder. Die Zuschauer hatten eine Vorliebe für freimütige Charaktere.

Jennas Ehemann war in dieser Hinsicht sehr, sehr stark. Er war Champion in der Kategorie »konzeptlose Bücher«. Es war ihm gelungen, alle Bücher zu vergessen, die er in der Schule noch hatte lesen müssen, zu Zeiten des alten Systems. Nun aber strömte die lebendige Erinnerung direkt durch sein Gehirn. Jenna hatte keine

Ahnung davon, was in seinen Büchern stand, aber ganz sicher brannten sie wie Ströme aus frischer Lava, die das Auge nicht blendeten.

14

In manchen Sendungen probten Schriftsteller der alten Schule den Aufstand, indem sie ankündigten, ihr Buch aufzuschlagen, die Nase hineinzustecken und – unter dem Vorwand, ihre Argumente wasserdicht zu machen – kleine Ausschnitte daraus vorzulesen.

In solchen Fällen rief der Talkmaster: »Vorsicht bitte!« Man durfte doch nicht in den Irrtum zurückfallen, ein Buch wäre unbegrenzt nutzbar! Gewiss war das Buch die Leitersprosse gewesen, die es diesen Schriftstellern erlaubt hatte, sich ins Scheinwerferlicht emporzuschwingen. Das war eine großartige Sache, und sie hätten sich damit zufriedengeben sollen. Inzwischen lagen diese Bücher aber hinter ihnen. Jetzt wurde von den Autoren verlangt, den nächsten Schritt zu gehen und eine Darbietung im Hier und Heute abzuliefern. Die Zeit des Fernsehpodiums war nämlich die Gegenwart. Jede Gegenwart in jeder Sendung wurde zu etwas Neuem. Die Zeit auf dem Fernsehpodium war immerfort neu.

Die Moderatoren waren solche Szenen gewohnt. Man fürchtete sie, aber sie ermöglichten es auch: N) auf die Spielregeln hinzuweisen und die Dinge auf den Punkt zu bringen; O) nach der Definition von »Literatur« und »Buch« zu suchen; P) daran zu erinnern, dass sich alles in der Gegenwart abspielte und nicht aus der Vergangenheit zu recyceln war.

Man brauchte die Schriftsteller nicht zu bedauern: Sie hatten diese Situation selbst hervorgerufen. Zu jenen

Zeiten, als man Bücher noch las und auf dem Podium noch öffnete, waren nämlich zahlreiche Schriftsteller dazu übergegangen, immer unverständlichere Werke zu schaffen. Niemand wusste den Grund dafür. Es war eine Massenbewegung, und sie ließ sich nicht wieder umkehren. Da wurde Text gedruckt, aber was in den Büchern stand, war struppig, schwarz, unmöglich zu entwirren. Die Autoren jener Tage gaben es bereitwillig zu: Was sie in ihre Bücher gepackt hatten, war voller Dunkelheiten. Sie hatten es mit Absicht getan. Sie selbst begriffen nichts von dem, was sie da gedruckt vor sich sahen. Es handelte sich um eine persönliche Erfahrung, in einer abgeschlossenen Welt. Solche Erfahrungen standen bei den Autoren hoch im Kurs und waren sehr beliebt. Die Nase vorn hatte der, der sich am tiefsten darin versenkte.

Die Verlage, von Panik ergriffen, hatten seinerzeit darauf reagiert, indem sie mehr und mehr Bücher gedruckt hatten. Diese Bücher wurden weniger und weniger gelesen. Natürlich war es den Moderatoren lästig geworden, sich ins Innere solcher Bände hineinzuwagen. Die Moderatoren jener Jahre waren nicht blöd. Sie wollten in den Livesendungen nicht dumm dastehen und sich in einem Buch nicht verirren. Also hatten sie sich lieber dort aufgehalten, wo die Wörter nicht so zahlreich waren und die Anordnung nicht so komplex. Sie hatten sich vorsichtigerweise auf die Umschläge beschränkt. Und dann hatten die Käufer es ihnen nachgetan und waren nicht mehr ins Innere der Bücher vorgedrungen.

15

Der Bogen eines Schriftstellers musste naturgemäß vielerlei Sehnen enthalten. Auf jeden Fall war es angeraten, etliche zu besitzen. Ein berühmter Prosaautor sammelte Teller und fand auch noch Zeit fürs Kochen. Eine Schriftstellerin machte Judo und Bildhauerei, schmiedete Verse auf Dänisch und – was wirklich bemerkenswert war – veröffentlichte alle sechs Monate neue Bücher im Doppelpack.

Anfangs hatte Jenna keine anderen Interessengebiete gehabt. Da ihr der Verlag aber nahegelegt hatte, sich irgendetwas Einfaches auszusuchen, hatte sie einen Vogel erworben. So konnte sie sich auf dem Podium über das morgendliche Gezwitscher auslassen. Oder sie konnte den Charakter ihres Vogels erklären. Oder aber noch präzisere Dinge. Sie konnte auch einen Gewissenskonflikt aufbauen: Sollte man den Vogel im Käfig halten oder nicht? Die Frage interessierte die Talkmaster; sie luden Experten ein, um darüber zu debattieren.

Jennas Mann hatte sich immer geweigert, über irgendwelche anderen Dinge zu reden. Er öffnete den Mund nur zum Thema Bücher. Die Moderatoren langweilte das. Dieser Künstler bildete eine Ausnahme. Manche Kritiker hatten vorgebracht, dass sich sein Ruhm gerade auf dieses Verhalten gründete. Andere hatten ihn an versteckter Stelle als Widerständler bezeichnet. Aber das war dem Publikum glücklicherweise nie vor Augen gekommen.

Lange vor dieser Zeit, bei ihrem Schulabschluss, waren Éden Fels und Jenna Fortuni gebildete junge Leute gewesen. Zumindest hatten sie Anstrengungen in dieser Richtung unternommen. Heutzutage war das altmodisch, und Jenna war nicht mehr gebildet. Wie alle Welt hatte auch sie stets ihren Bildschirm bei sich, auf dem sie in jedem gewünschten Augenblick überprüfen konnte, was sie sagen wollte, und mit dessen Hilfe sie nach zwei Minuten zehnmal so viel wusste wie ein Moebelpreisträger. Auch Jennas Mann wusste überhaupt nichts mehr, er konnte bloß noch Kunstwerke erschaffen, was ja die einzige Sache war, die man niemals von einem Bildschirm geliefert bekam, und daher auch die einzige Aktivität, die der Mühe wert war.

Die Bildschirme, so fanden Jenna und ihr Mann, waren eine großartige Sache. Weil es sie gab, brauchte man seine Zeit nicht mehr damit zu verlieren, sich den Kopf und die Nerven mit Begriffen zu verstopfen. Alles war gegenwärtig, und das überall. Alles wurde auf der Stelle geliefert. Nun hatte man Zeit, sich voll zu entfalten und das Leben zu nutzen. In den letzten Jahren hatte sich die Zahl der Kurse in Hand Touching und der epikureischen Klubs vervielfacht. Jenna und ihr Mann gehörten keinem an, aber im Fernsehen und in Zeitungsberichten wurde oft beschrieben, wie es dort zuging. Diese Zusammenkünfte fanden in Gewächshäusern statt. Die hohe Luftfeuchtigkeit und der dezente Geruch nach Dünger ließen die Leute in einen gewissen Zustand versinken. In manchen Klubs reichte man die Wasserpfeife herum. Viel Wert wurde auf das Licht gelegt, das mit Chlorophyll gesättigt sein musste. Es war angeraten, sich mit Vögeln zu umgeben, mit Schmetterlingen und Fröschen. Das Geräusch fließenden oder sprudelnden Wassers war erwünscht. Die Leute in diesen Klubs sprachen nicht. Sie absorbierten über die Haut. Es war ein bisschen wie beim Hand Touching.

Jenna ging fast gar nicht mehr zum Abendessen zu Freunden. Es war zu anstrengend geworden, die Gespräche immer wieder in Gang zu bringen. Ständig versandeten sie. Die Gäste prüften jedes Wort auf ihren Bildschirmen nach. Jedes Mal, wenn man den Mund aufmachte, fanden sich Freiwillige, die alle Behauptungen richtigstellten: Namen, Daten, Werklisten, Rezepte, die

Bezeichnungen für Straßen oder Wasserwege, die exakte Höhenlage. Man brauchte niemanden mehr vorzustellen. Es reichte schon, wenn Jenna ihren Namen sagte: Ihr Gegenüber griff reflexartig nach dem Bildschirm und machte sich mit ihrem Werdegang bekannt. Daran lag es auch, dass Namen und Vornamen in letzter Zeit so unglaublich wichtig geworden waren. Sie hatten praktisch den Status von Emblemen erlangt. Jenna und ihr Mann waren vernünftig geblieben, aber manche ihrer Bekannten hatten sich mit Zunamen ausstaffiert, die unwillkürlich an Motorradgangs denken ließen.

Jennas letztes Abendessen bei Freunden war ein Desaster gewesen. Zu ihrer Rechten hatte ein Mann gesessen, den sie nicht kannte. Der Mann hatte sie nach ihrem Namen und Vornamen gefragt. Jenna hatte sich vorgestellt, woraufhin der Mann seinen Bildschirm zurate gezogen und ihren kompletten Lebenslauf kommentiert hatte. Er hatte sogar an ihre nichtautorisierte Biographie gerührt, sodass sich Jenna lächerliche Episoden aus ihrem Leben mit anhören musste, die nichts mit ihrem Beruf zu tun hatten. Dann hatte sich der Mann vorgestellt. Auf Jennas Fragen hatte er nicht geantwortet – er habe ihr ja schon alle Informationen über seine Person geliefert. Seine Zunamen und Vornamen lauteten: Furious Vulturous Winged Wheel Jim. Jenna vermutete, dass er sie sich erst kürzlich zugelegt hatte.

Danach hatte Jenna drei weitere Personen kennengelernt. Die Konversation war angenehm gewesen. Sie war um Minarette gekreist. Das Hauptgericht war schon verschlungen. Beim Dessert hatte sich ein mächtiges Stimmengewirr erhoben, und Jenna hatte sich mit ihrem Nachbarn zur Linken unterhalten müssen. Sie hatte über ihre Bücher zu sprechen begonnen, aber der Mann war schon auf dem Laufenden gewesen. Er hatte sie an einen

Satz erinnert, den sie einmal in einer Sendung ausgesprochen und längst vergessen hatte. Der Mann hatte ihr die Bilder von dieser Sendung gezeigt und dann erklärt, er mache sich über jeden Gast kundig, ehe er zu solch einer Einladung erscheine. Dann hatte er Jenna noch zwei Fragen gestellt, um ein paar Dinge zu verifizieren. Und plötzlich, ganz ohne Vorwarnung, hatte die Gastgeberin Jenna vor allen Leuten gefragt, ob sie etwas dagegen habe, den Anwesenden ihr rosa Kästchen zu zeigen. Alle Blicke hatten sich auf sie gerichtet.

Für einen kurzen Augenblick hatte Jenna die Fassung verloren. Sie wusste nicht genau, was diese rosa Kästchen waren. Gewiss hatte sie schon von ihnen gehört, und wie allen Leuten war auch ihr zu Ohren gekommen, dass jeder so ein Kästchen besaß. Aber Jenna wusste nicht, wo es diese Kästchen gab und wozu sie dienen mochten. Als die Gastgeberin ihre Verlegenheit bemerkte, kam sie ihr zu Hilfe. Sie erklärte ihr eilends, dass die rosa Kästchen nur die Funktion hatten, solche Informationen aufzubewahren, die jeder gern für sich behalten wollte. »Ihre allergeheimsten Angaben«, unterstrich Furious Vulturous Winged Wheel Jim. Er schaute Jenna mit einem breiten Lächeln an. Das Licht der Lampe funkelte auf seinen Zähnen.

»Einen Rest Mysterium muss man sich ja bewahren«, rief die Gastgeberin, und alle gaben ihr recht. Man musste Geheimnisse behalten. Jeder fand sich täglich auf dem Bildschirm in Kategorien eingeordnet, und am Ende würden sich alle Menschen ähneln. Ein bisschen von sich musste man schon beiseitehalten. Sein kleines Ganz-Für-Sich schützen. Genau dafür gab es die rosa Kästchen.

Die Gastgeberin hatte Getränke serviert. Zum Ausklang des Abends hatte eine Frau vorgeschlagen, die Inhalte der rosa Kästchen miteinander zu teilen, um so richtig Freundschaft zu schließen. Die Gäste hatten das toll gefunden, und alle am Tisch waren zu einem riesigen Bildschirm hinübergegangen. Dann hatte man die rosa Kästchen eines nach dem andern geöffnet. Die Freunde hatten kleine Schreie ausgestoßen. Jenna hatte die Inhalte der rosa Kästchen ein wenig enttäuschend gefunden. Sie waren einander recht ähnlich.

Zum Glück hatte Jenna keine Ahnung davon, wie sie ihr rosa Kästchen öffnen konnte. Sie wusste von keinem Schlüssel und hatte auch selbst noch nie hineingeschaut. Um so besser. Sie hätte nicht die geringste Lust gehabt, ihr rosa Kästchen vor Furious Vulturous Winged Wheel Jim zu öffnen.

16

Jenna Fortuni und Joanna Fortaggi liefen schon seit Langem dicht nebeneinander her. Abgesehen davon, dass Joanna zwei Bücher mehr als Jenna veröffentlicht hatte, hatten sie alles zur gleichen Zeit getan. Ein Kritiker hatte sie eines Tages »Zwillingsautorinnen« genannt. Ein anderer hatte geschrieben, Jenna und Joanna seien wie die zwei Flügel eines schönen Schmetterlings. Joanna hatte empört geantwortet, dass ein Schmetterling vier Flügel habe und für den Vergleich infolgedessen noch zwei fehlten.

Jenna und Joanna hatten sich kennengelernt, als ihre ersten Bücher erschienen waren. Diese waren gleichzeitig herausgekommen, natürlich nicht genau am selben Tag und zur selben Stunde, aber doch so, dass sich die Verwechslung in den Köpfen der Leute bald immer weiter ausbreitete.

Am meisten sorgte für Verwirrung, dass sich ihre ersten Buchtitel auf seltsame Weise ähnelten – sie stimmten bis auf drei Silben überein. Es handelte sich um den Vornamen einer Frau. Und weil auch ihre eigenen Namen ähnlich klangen, war es unvermeidlich, dass die Kritiker, die Buchbranche und die Kameras ständig versuchten, sie zusammenzubringen.

Jenna Fortuni hatte sich damit abgefunden. Sie war berechnender und hatte rasch die Vorteile dieser doppelten Repräsentanz begriffen. Joanna Fortaggi hingegen war wütend. Ihr war es, als würde sie nicht mehr existieren. Sie unternahm alle möglichen Anstrengungen, um sich von Jenna abzusetzen, aber man hätte meinen können, das Schicksal, der Mond und die Sterne hätten sich gegen sie verschworen: Jedes Mal, wenn sich Joanna eine neue Frisur zulegte, änderte auch Jenna ihre Frisur, als hätten geheime Antennen sie davon benachrichtigt. Wenn sie ein neues Buch in einem ganz besonderen Format herausbrachte, machte auch Jenna eins, das praktisch genauso aussah. Joanna beschloss, sich ganz in Schwarz zu kleiden, weil man diese Farbe ihres Wissens nach an Jenna noch nie gesehen hatte. Aber Pech: Als sich Jenna auf dem Podium an ihre Seite setzte, trug sie Marineblau. In solchen Augenblicken hätte Joanna am liebsten ihren Namen geändert, um wieder sie selbst zu werden.

Ihre ersten Begegnungen im Fernsehstudio waren für Joanna höchst unerfreulich gewesen. Sie war die ganze Zeit auf der Hut gewesen und hatte die Talkmaster schroff zurechtgewiesen, wenn sie mit ihren Vergleichen begonnen hatten. Diese Haltung hatte ihr nicht geschadet, da die Fernsehzuschauer und die Käufer ganz versessen waren auf Schriftsteller mit starkem Charakter.

Gewiss hätte man sie gern noch weiter in diese Richtung gedrängt. Aber Joanna spürte, welcher Falle sie sich näherte, und besänftigte sich wieder. Sie hatte fünf

Bücher veröffentlicht. Die Nachwelt würde ihr Urteil zu fällen wissen und die Werke der beiden Autorinnen besser voneinander trennen. Jenna Fortuni war ja nicht unsympathisch. Sympathisch war sie auch nicht. Es kam nur darauf an, sie zu ertragen, und irgendwann würde diese Jenna Fortuni verschwinden, weggefegt von den Einschaltquoten oder einem fatalen Irrtum ihres Verlags.

Es gab auch noch andere Lösungen: Dass Jenna Fortuni krank wurde. Dass sie ihre Inspiration einbüßte. Dass sie noch einmal heiratete und ihren Familiennamen änderte. Dass sie ans andere Ende der Welt zog. Dass sie infolge einer Operation ihre Stimme verlor, dass sie hässlich, dumm und einarmig wurde.

Natürlich war Jenna Fortuni nichts von alledem. Sie brillierte in den Sendungen. Jenna hätte gern mehr Ellenbogenfreiheit gehabt, aber sie zerbrach sich deswegen nicht weiter den Kopf. Auch sie dachte, dass sich diese Joanna Fortaggi irgendwann einmal trollen würde. Nichts im Leben war beständig, und bestimmt würde einmal etwas geschehen, das Joanna vom Podium verschwinden ließe. Dann würde man nicht mehr sagen: »Jenna Fortuni, genau wie ihre literarische Schwester Joanna Fortaggi …« Man würde die Gewohnheit ablegen, sie ständig zusammenzubringen, indem man von Zwillingen oder Schmetterlingsflügeln redete. Nur Jenna würde noch auf dem Podium sitzen. Neben ihr säße natürlich immer noch der eine oder andere Star. Aber diese Personen zählten praktisch nicht. Sie waren nicht spannend, was man von ihnen übrigens auch gar nicht verlangte. Und natürlich gäbe es immer noch die Talkmaster. Auch sie glänzten nicht gerade, aber auch von ihnen verlangte man das heutzutage nicht mehr. Sie bildeten das Gerüst der Sendung. Da war es im Grunde ziemlich normal, wenn sie hohl waren.

17

Wie schon so oft, wurde Jenna Fortuni mit Joanna Fortaggi in dieselbe Sendung eingeladen. Dort sollten sie natürlich über ihre Bücher sprechen. An jenem Abend war Joanna Fortaggi ganz in Rot gekleidet, um sich von Jenna zu unterscheiden. Unglücklicherweise hatte sie nicht daran gedacht, dass der Umschlag von Jenna Fortunis Buch rot war, und so war die Farbe der Kleidung ein direkter und machtvoller Hinweis auf das Werk der anderen. Auch das Unbewusste des Talkmasters war dafür empfänglich: Im Laufe der Sendung verwechselte er die beiden Bücher dreimal, und die Mutterschaft an Jenna Fortunis Buch wurde Joanna Fortaggi zugeschrieben.

Jenna bewahrte ihre Ruhe, denn sie hatte sich einen Meditationskurs angeschaut und erst am Vorabend eine Dokufiktion über die Shaolin-Mönche gesehen. Joanna Fortaggi aber schäumte vor Wut. Sie vergaß die guten Sitten, die besagten, dass man die gröbsten Beleidigungen in alle Richtungen schleudern durfte, solange man es mit einem Lächeln tat. Ihre Augen loderten wie zwei Fackeln. Ihre Nasenflügel erbebten. Ihre Lippen, auf die sie vergebens biss, ließen schließlich eine Ungeheuerlichkeit passieren, die dem Talkmaster galt.

Der arme Talkmaster suchte in seinen Notizen nach einer passenden Entgegnung. Ein solcher Fall war noch nie vorgekommen. Er wusste nicht recht, was er sagen sollte. Jenna sah, dass die Sendung gleich kippen würde. Wenn nicht jemand das Ruder herumriss, würden sie alle bis auf den Grund sinken. Auch sie suchte nach einer Erwiderung. Aber die Kameras ignorierten sie und blieben auf Joanna Fortaggi geheftet, die nicht wusste, wie sie sich aus dem Trichter aus Wut, in den sie gerutscht war, wieder befreien sollte.

Es war ein Fehler der Produzenten gewesen, zwei Schriftstellerinnen auf ein Fernsehpodium eingeladen zu haben. So etwas machte man nicht. Es war niemand da, der als Vermittler hätte wirken können. Eine solche Konstellation gab es höchst selten. Normalerweise sahen die Produzenten einen oder zwei Stars vor oder sonstige Promis, die für Kurzweil sorgen, das Publikum unterhalten und die Optik aufwerten sollten, denn Schriftsteller brillierten bekanntermaßen nicht durch ihr Erscheinungsbild.

Joanna Fortaggi trat aus ihrem Schweigen heraus. Sie stammelte ein paar Worte in das glücklicherweise abgeschaltete Mikrofon. Und zum Glück hatte der Talkmaster zwischenzeitlich auch nach ihrem Buch gegriffen und begann es jetzt, ein bisschen Hals über Kopf, ein zweites Mal vorzustellen. Er erinnerte die Fernsehzuschauer daran, dass man dieses sehr schöne Buch in den Buchhandlungen finden könne und dass seine Autorin die Romanschriftstellerin Joanna Fortaggi sei. Dass Joanna Fortaggi talentiert sei und dass ihr Buch und das der Autorin Jenna Fortuni zwar oft vergleichbar scheinen könnten, in Wahrheit aber fast keine Gemeinsamkeiten hätten. Joannas Buch und Jennas Buch könnten wie Brüder wirken und gleichzeitig von Grund auf gegensätzlich sein. Es sei ein kurioses und paradoxes Phänomen, aber gerade das mache die beiden Bücher interessant. Und damit höre es ja noch nicht auf, denn mit den beiden Autorinnen verhalte es sich genauso. Diese Schriftstellerinnen seien vergleichbar, und doch widersetzten sie sich einem Vergleich. War das nicht interessant?

Joanna Fortaggi strich ihr rotes Kleid über ihren roten Knien glatt und musste zugeben: Zwischen ihr und Jenna Fortuni gab es viele Gemeinsamkeiten. Und dennoch, da es ja so seltsam war – beide Autorinnen könnten hundertmal versuchen, sich zusammenzutun, es würde immer ein kleines Etwas geben, das sie voneinander unterschiede. Joanna atmete geräuschvoll aus, und der Talkmaster bekam endlich wieder Boden unter die Füße und führte sie auf das Gebiet der Kinder und der Computerchips. Es war allgemein bekannt, dass einer der Söhne von Joanna Fortaggi gechipt war. Die Kinder waren übrigens eines der Unterscheidungsmerkmale, durch die Jenna und Joanna nicht völlig deckungsgleich wurden.

Jenna und ihr Mann hatten keine Kinder. Sie hatten das Problem gelöst, indem sie an zwei Fenster ihrer Wohnung Sticker geklebt hatten. So hatten die Autofahrer beim Vorbeirauschen den Eindruck, dass es Kinder im Haus gab. Zwei rothaarige Schlingel hinter der Scheibe machten ein Zeichen. Sie hatten Stupsnasen und ein paar Sommersprossen. Jenna und ihr Mann hatten ziemlich lange suchen müssen, damit ihre Sticker nicht denen der Nachbarhäuser ähnelten. Jenna war dagegen gewesen, dass ihr Mann ihnen Namen gab. Sie hatte befürchtet, er könnte eine Bindung zu ihnen aufbauen. Und doch hatte er sie im Scherz Jack und Pam getauft.

Pam hatte zwei rote Zöpfe. Die beiden Kinder waren viel größer als in echt, damit man sie von Weitem sehen konnte. Wenn Jenna im Zimmer stand, war sie deutlich kleiner. Ihre Köpfe waren riesig. Von Nahem betrachtet, sahen sie scheußlich und skizzenhaft aus. Jenna hatte vor ihnen Angst.

Joanna Fortaggi hatte inzwischen wieder auf die richtige Schiene zurückgefunden. Sie verbreitete sich über ihre Kinder. Selbst der letzte Kameraassistent kannte diese Geschichten schon auswendig, aber so waren halt die Gepflogenheiten, und worüber hätte Joanna erzählen können, wenn nicht über ihre Kinder, über ihren gechipten

Sohn? Unter diesen beiden Stichworten war sie auf den Handzetteln der Moderatoren einsortiert.

Joanna Fortaggi erzählte in gelassenem Ton: Die Kinder waren groß geworden und damit nicht mehr so spaßig. Der Ältere hatte sich zum Geburtstag gewünscht, einen Chip unter der Haut eingepflanzt zu bekommen, und sich nicht davon abbringen lassen. Der Talkmaster ergriff die Gelegenheit, Joannas Redefluss zu stoppen, und warf Jenna den Ball zu: Litt sie denn nicht unter ihrer Kinderlosigkeit?

Jenna zeigte ein Lächeln wie eine Göttin. Es war wichtig, ja sogar entscheidend, dass eine Frau bei dieser Frage wie eine Göttin lächelte. Ein herabhängender Mundwinkel, eine starre Wange, ein etwas zu trockenes Auflachen riefen sofort den Verdacht hervor, dass es da Bitterkeit und Verzweiflung gab, und führten zu bohrenden Nachfragen.

Jenna präsentierte ihre Antwort: Das Fehlen eines Kindes war kein Manko; außerdem gab es ja noch Jack und Pam. Jennas Augen funkelten, als sie diese Namen aussprach. Dazu kam auch noch ihr Vogel, den sie lieb hatte wie ein Kind.

»Ich hatte diese Antwort schon erwartet«, rief der Talkmaster aus; er hatte die Unschuldsregel vergessen, die besagte, dass man seine Gedanken nie nach außen kehren durfte, sondern so tun musste, als wären die Gehirne alle leer.

Jenna lächelte. Sie hatte das alles seit Langem im Blut: die Geschwindigkeit der ersten und der zweiten Kamera, den Rhythmus der Stichworte, die Dramaturgie der Livesendung. Sie spürte, dass sie noch einige Sekunden lächeln musste, damit die Kamera ein wenig Spielraum hatte; dann konnte sie wieder zu sich selbst zurück. Jenna ließ die Kameras vorübergleiten. Sie streiften mehrmals über ihre Haut. Alles in allem war es ein bisschen wie

Wind oder Sand. Tausende Augen in einer Linse. Tausende, ja Millionen Gesichtsausdrücke. Jenna Fortuni lächelte in die beiden Kameras. Als Joanna Fortaggi das sah, lächelte auch sie. Die beiden Romanautorinnen lächelten, von innerer Heiterkeit erfüllt, immer stärker. Es sah so aus, als würden sie einander gleich die Hand reichen. Auch der Talkmaster lächelte. Zwanzig Sekunden lang sagte er überhaupt nichts, und das war ein Rekord.

Der Kameramann nutzte den Schwebezustand für eine wunderbare Obersichtperspektive, einen Höhepunkt, der, wenn man es recht bedachte, wie ein Sonnenuntergang war.

18

Obgleich Jenna Fortuni und Joanna Fortaggi in den Fernsehstudios schon oft Seite an Seite gesessen hatten, hatte noch keine das Wort an die andere gerichtet. Sie hatten buchstäblich nie miteinander geredet. Die Talkmaster hatten immer wie Schleusen zwischen ihnen agiert. Wenn Jenna Fortuni sprach, richtete sich ihr Blick niemals in die Augen von Joanna Fortaggi, und auch die heftete während ihrer Redebeiträge nie die Pupillen auf Jenna Fortunis Pupillen. Das war auf dem Podium ein ehernes Gesetz. Die Talkmaster erteilten und lenkten das Wort. Soweit sich die Fernsehzuschauer zurückerinnern konnten, hatte man niemals gesehen, dass die Gäste es sich erlaubt hatten, untereinander zu diskutieren. Ein Gast durfte einen anderen nicht anherrschen. Bevor jemand eine Frage stellte, musste er die Erlaubnis dazu bekommen. Man konnte Gäste, die darauf warteten, eine Frage stellen zu dürfen, leicht an ihren eingezogenen Schultern erkennen, an ihren gekreuzten Armen und den unterwürfigen Schülermienen.

Es war tatsächlich so: In den Augen der Zuschauer schienen Jenna und Joanna Freundinnen zu sein, aber kaum dass der Abspann gelaufen war, erhoben sie sich von ihren Plätzen, knöpften sich die Mikros ab und wandten einander den Rücken zu. Sie lauerten mit einer Spur von Konkurrenzgeist darauf, wem die Assistentin wohl als Erste den Mantel reichen würde. Dann ließ jede ein paar vage Blicke in die Runde schweifen, und nach einem Abschiedsgruß in Richtung Kabel, Techniker, Stars und Reflektoren verschwanden die beiden Autorinnen pfeilschnell von der Bildfläche.

Jenna hatte die merkwürdige Empfindung, dass ihr Joanna im Scheinwerferlicht so nahe war, dass sie alles auf ihrem Gesicht sehen konnte. Wenn sie Joanna Fortaggi gegenübersaß, fühlte sie sich wie in einer Luftblase. Aber auch Joanna war in einer Luftblase. Joanna und Jenna achteten in ihren Luftblasen gewissermaßen darauf, dass sich ihre Stimmen nicht vermischten. Das war notwendig, denn was würde geschehen, wenn Jenna das Wort an Joanna richtete, wenn Joanna gezwungen wäre, irgendeine nette Antwort zu geben, wenn beide ein paar Sätze über das schöne Wetter wechselten – oder, schlimmer noch, über ihre nächsten Bücher? Ihrer beider Luftblasen würden zerplatzen, und Jenna und Joanna würden völlig ineinanderrutschen. Verloren wäre die ganz schmale Zone, die bewirkte, dass Jenna nicht Joanna war und Joanna nicht Jenna. Dass sie ganz unterschiedliche Leben führten: Die eine brachte ihre Kinder ins Bett, die andere rollte in ihrem Auto einer cremefarbenen Wohnung entgegen.

Jenna erklärte das ihrem Mann. Ihr Mann war anderer Ansicht. Er sagte, das seien alles bloß Neidgeschichten. Diese Blasen seien nichts als Ausreden. Jenna behauptete das Gegenteil: Die Luftblasen seien etwas Wichtiges. Sie müsse sich gut davor hüten, Joanna Fortaggi anzusprechen, denn sonst sei der Unterschied zwischen beiden Frauen dahin. Jenna fiel das zum Glück nicht schwer: Joanna war jähzornig. Sie war keine angenehme Person.

19

Joanna Fortaggi wohnte mit ihrem Mann und ihren drei Kindern zusammen. Das erste Kind war schon ziemlich groß; es hatte das Alter überschritten, in dem man noch gern mit seiner Mutter kuschelt. Das zweite Kind war Joannas Liebling. Es war zärtlich und friedfertig. Das dritte war noch ganz klein. Es konnte noch nicht richtig laufen.

Wenn Joanna nicht in einem Fernsehstudio saß, verbrachte sie ihre Zeit mit der Familie. Es war schwer zu sagen, wann sie ihre Bücher machte. Joannas Familie hielt sich hauptsächlich im Wohnzimmer auf, dem größten Raum der Wohnung. Es konnte auch vorkommen, dass sich die Familie zufällig in der Küche zusammenfand, aber dieser Raum war nur für zwei Erwachsene konzipiert worden. Joanna beklagte diese Tatsache: Das Wohnzimmer war geräumig, die Küche winzig. Was mochten sich die Architekten gedacht haben, als sie die Wohnzimmer und Küchen entworfen hatten?

Ihr Mann sagte, sie solle doch einen Roman darüber schreiben. Das war seine Standardantwort. Hinterher begann er meistens, auf zielgerichtete und präzise Weise zu sprechen. Joannas Mann hatte natürlich eine Arbeit, die ihn tagsüber von der Wohnung fernhielt. Er arbeitete viel. Weil sein Posten in der Hierarchie aber ziemlich hoch angebunden war und er seine Bürostunden selbst hin- und herschieben konnte, kam es häufig vor, dass er schon am Nachmittag mit einem Aktenstapel nach Hause fuhr. Auf diese Weise blieb er den Kindern nahe.

Neben seiner Arbeit war Joannas Mann auch ein bisschen ein Musiker. Er behielt eine Menge Töne im Ohr, mit deren Hilfe er alle möglichen Melodien wiedererkennen und erfassen konnte. Als Joanna ihn kennengelernt hatte, war sie von dieser Gabe bezaubert gewesen.

Die Sonntage verbrachte Joanna mit ihrem Mann. Sie waren selten allein. Im besten Falle hatten sie den einen oder anderen Kinderkörper auf den Knien. Im schlimmsten Falle pusteten sie dutzende Luftballons auf oder versuchten, Informationen über die neue Woche auszutauschen, während drei kleine Monster herumkrähten.

Joannas Mann wusste nicht viel über ihre Bücher. Er wusste, dass Joanna ihnen Zeit widmete. Er vermutete, dass sie sich am Vormittag damit befasste, aber sicher war das nicht. Seit er in einer Nacht, als er zu viel Tee getrunken hatte, Joanna einmal mit ihrem Bildschirm im Bad entdeckt hatte, verzichtete er auf alle Projektionen. Er äußerte lediglich den Wunsch, bei alledem außen vor zu bleiben. Alle achtzehn Monate oder jedenfalls in regelmäßigen Abständen erschien in den Läden ein neues Buch von seiner Frau. Joannas Mann sah ihren Namen auf dem Umschlag. Joanna kam auch im Fernsehen. Die Kinder johlten, wenn sie das Gesicht ihrer Mutter erkannten, und Joannas Mann konnte nicht richtig verstehen, was sie sagte.

Joanna war eine schöne Frau. Man durfte ihr nicht auf den Wecker fallen. Mit ihr war nicht gut Kirschen essen. Sie konnte plötzlich an die Decke gehen. Ihr Mann begriff nichts von alledem. Joanna war für die kleinen Details empfänglich. Man musste auf der Hut sein. Man musste ganz behutsam vorgehen, wenn man mit ihr sprechen wollte. Joanna ritt sehr auf den Adjektiven herum.

Ihr Mann vermied es, Komplimente zu machen, weil Joanna an ihnen stets etwas auszusetzen hatte und die zärtlichen Worte in Streitereien verwandelte.

Joannas Bücher waren im Wohnzimmer alle präsent. Die Erstausgaben bildeten eine brave, vielfarbige Reihe ganz oben im Bücherschrank. Dieser Schrank ließ sich abschließen. Man konnte die Bücher durch die leicht gewölbten Rauchglasfensterchen der Vitrinentüren sehen. Joanna öffnete den Schrank, wenn sie Besuch bekam oder wenn eine ihrer Freundinnen die Bücher gern sehen wollte, um Joanna zu schmeicheln.

Wenn so eine Situation eintrat, erhob sich Joanna und ging auf Strümpfen zum Bücherschrank hinüber. Sie wandte dem Gast den Rücken zu, drehte den Schlüssel herum und stellte sich auf die Zehenspitzen. Ihr Arm war ausgestreckt. Vor der Bücherreihe geriet ihre Hand ins Zögern: Sie wanderte nach links, wo drei grüne Bücher standen. Da deren Farbschattierungen fein austariert waren, wäre es Joanna sofort aufgefallen, wenn jemand einen dieser Bände umgestellt hätte. Dann fuhr ihre Hand wieder zur Mitte zurück. Joanna legte zwei Finger auf den Rücken eines Buches, das ein wenig höher war als die übrigen. Schließlich bewegte sich die Hand wieder nach links, um sich auf den Rücken eines gelben Buches zu senken, bei dem die Buchstaben auf dem Umschlag ein bisschen ungeschickt dastanden. Dieses Buch war ihr Erstlingswerk. Es war immer dieser Band, den Joanna aus dem Schrank zog und auf den Tisch legte, wo er dann dutzende Male hin und her gewendet und bewundert wurde. Natürlich enthüllte man dabei nie, was sich unter dem Umschlag befand.

In den Reihen unterhalb der Erstausgaben fanden sich die Taschenbücher und die Übersetzungen. Diese hatten keinen so großen Wert. Joanna Fortaggi bewahrte sie trotzdem auf, damit ihre Kinder die Existenz und die Masse ihrer Bücher in Erinnerung und vor Augen behielten. Diese Bücher füllten den Schrank bis zum Boden hinab. Ihre Anordnung folgte keiner Regel. Die liederlich gestalteten Umschläge und ihre nicht ernst zu nehmenden Illustrationen bissen sich mit den Pastelltönen und der vornehmen Zurückhaltung der Bücher aus der oberen Reihe. Joanna hatte nämlich Geschmack. Niemals hätte sie erlaubt, dass ihr Verleger Frauenschenkel auf ihr Buch pappt, wie es, wie sie feststellen musste, auf einigen Ausgaben nordeuropäischer Länder der Fall war.

Ungefähr einmal im Monat erhielt Joanna einen mit fremdsprachigen Büchern gefüllten Karton. Man brauchte einige Phantasie, um zu begreifen, dass die Bücher, auf denen man Affen in Ballettröckchen oder Bratpfannen sah, asiatische Ausgaben ihres letzten Romans waren. Die Kinder fühlten sich von solchen Bildern natürlich angezogen. Es waren genau diese Bücher, nach denen sie griffen und mit denen sie Schriftsteller spielen wollten.

20

Ein Gesetz machte Furore auf den Talkshowpodien: das Gesetz der Wahrheit. Dieses Gesetz besagte, dass man sich im Namen der Wahrheit alles erlauben durfte. Die Talkmaster hielten es beim geringsten Widerstand hoch, und mit seiner Hilfe konnten sie Jenna Fortuni dazu bringen, auf die Kinderfrage einzugehen. Die Talkmaster wussten die Existenz von Kindern zu schätzen. Kinder waren ein sicherer Hafen und wurden je nach Geschlecht des Talkshowgastes unterschiedlich hoch veranschlagt. Jenna hatte beobachtet, dass die in solche Sendungen eingeladenen Frauen ihre Kinder spontan zur Sprache brachten. Es dauerte im Durchschnitt drei oder vier Minuten, bis eine Frau, der man auf dem Podium das Wort erteilte, ihren Nachwuchs erwähnte. Jenna hatte es ausgerechnet.

Die Kinder wurden um ihre Mutter zusammengerufen, ohne dass sie deshalb körperlich präsent gewesen wären. Auf jeden Fall waren es ganz reizende Kinder, und ihre eingeladenen Mütter fühlten sich bei ihrer Nennung gleich um Schultern und Busen herum verstärkt. Ihr Oberkörper verdoppelte sein Volumen. Jennas Oberkörper hingegen war bloß eine Kombination von Muskeln, Knochen und Sehnen. Er wirkte zweimal magerer als der von jenen Autorinnen, die zur Verstärkung ihre Kinder aufgerufen hatten.

Inzwischen hatte eine neue Sendung begonnen, und schon wieder war Jenna Fortuni dran. »Madame Fortuni«, sagte der Talkmaster und drehte sich mit übereinandergeschlagenen Beinen zu Jenna hinüber. Mit dem *Madame* wollte er zu verstehen geben, dass Jenna verheiratet war. »Ich glaube zu wissen, dass Sie keine Kinder haben?«

Jenna brachte ein kurzes »Stimmt« hervor, das ein bisschen erstickt klang. Ja, sie hatte tatsächlich keine Kinder. »Und wie leben Sie damit?«, fuhr der Talkmaster fort und setzte dabei ein leichtes Stirnrunzeln auf, das sich je nach Jennas Antwort zu Mitleid oder Anerkennung auswachsen konnte.

Jenna wusste die richtige Antwort. Die richtige Antwort war, wenn sie sagte, dass sie das Fehlen von Kindern bedauere und dass sie und ihr Mann alles ihnen Mögliche dafür tun wollten, eines Tages ein Kind zu bekommen. Die gegenwärtige Lage sei hart, und doch sei sie gar nichts im Vergleich zu dem, was anderen Leuten in Armut oder Krankheit zustoßen konnte. Sicher werde im Herzen einer kinderlosen Frau immer etwas fehlen, und doch sollte Jenna sich glücklich schätzen, die Kunst und den Schöpfergeist für sich zu haben. Gewiss seien es Schöpfungen von einer anderen Art, und doch konnten sie den Mangel beinahe ausgleichen.

Jenna sagte diese Wörter her, ohne zu stammeln. Sie gab eine perfekte Antwort. Der Talkmaster hatte keine Argumente mehr. Er blickte kurz auf sein Kärtchen, wo mit leichtem Bleistiftstrich die beiden Namen geschrieben standen: Jack und Pam.

»Aber Sie haben doch Jack und Pam!«, rief er mit zwei Sekunden Verspätung und einem aufmunternden Lächeln aus.

Jenna verfluchte ihn im Stillen. Sie mochte Jack und Pam nicht. Nun würde sie das Gegenteil von dem sagen müssen, was sie wirklich dachte. Sie würde sagen müssen, dass diese Kinder drollig waren, dass sie ihr Gesellschaft leisteten, dass sie beinahe wie richtige Kinder waren und dass sie ihnen jeden Abend gute Nacht sagte. In Wahrheit ließ sie sie, wenn ihr Mann nach oben gegangen war, hinter den Vorhängen verschwinden.

Der Talkmaster hatte ihr Zögern bemerkt. Leider zwang ihn sein Instinkt dazu, der Sache nachzugehen: »Madame Fortuni, entschuldigen Sie, wenn ich nachhake, aber wir möchten wirklich gern die Wahrheit wissen: Warum haben Sie sich diese beiden Aufkleber ins Haus geholt?« Und dabei betonte er das Wort *Aufkleber* und ließ es wie etwas Banales und Billiges klingen.

So direkt war Jenna zu ihren Klebebildern noch nie befragt worden. Sie hoffte inständig, dass ihr Mann in diesem Moment nicht vor seinem Bildschirm saß. Aber jetzt war es sowieso zu spät. Wenn ihr Mann die Sendung nicht heute Abend sah, konnte er sie sich ja problemlos morgen anschauen oder in vierzig Tagen oder zweihundertsiebenundzwanzig Monaten. Er konnte auch eine automatische Kopie auf seinen Bildschirm geschickt bekommen, denn so hartnäckig und unbesiegbar waren die Bilder inzwischen geworden. Und hatte ein Spezialist mit Honoris-Causa-Titel nicht gesagt, dass die Bilder gerade dabei waren, die Oberhand zu gewinnen?

Jenna räusperte sich. Sie musste jetzt dringend eine Antwort finden, denn sonst würde der Talkmaster noch weiter in die Bresche vorstoßen, und sie würde Einzelheiten preisgeben müssen, die noch tiefer vergraben waren. Jenna schaute auf ihre Hände hinab und nahm die Haltung einer Frau an, die etwas gesteht, das sie lieber nicht gesagt hätte, und die doch im Grunde erleichtert und dankbar ist, sich davon befreien zu können. Dann öffnete sie den Mund.

»Nun ja«, sagte Jenna Fortuni, wobei sie den Kopf hob und ihren Blick direkt in die Pupille von Kamera 1 richtete, »es stimmt, mein Mann und ich haben unter unserer Kinderlosigkeit schon ein bisschen gelitten.« Dann erzählte sie, wie sie beide eine Spezialistin aufgesucht hatten. Es betraf vor allem Jennas Mann. Diese Spezialistin war wunderbar, und sie war es auch gewesen, die ihnen die Idee mit den Klebebildern eingegeben hatte. Plötzlich hatten Jenna und ihr Mann bemerkt, dass sie nicht die Einzigen waren und dass viele Häuser in ihrem Viertel solche Bilder aufwiesen. Das war trostreich gewesen. Jenna zog daraus den Schluss, dass die Zahl der Ehepaare ohne erfüllten Kinderwunsch bemerkenswert hoch war.

Diese Worte klangen nur zu wahr, und doch hatte Jenna ihre Geschichte ein wenig zurechtgemacht. Als Fernseh- und Podiumsexpertin wusste sie, dass es nichts Endgültigeres und Überzeugenderes gab als eine Fabel. Der Talkmaster stellte noch zwei Fragen zu Jack und

Pam (Welchen Charakter hatten sie? Machten sie denn auch Dummheiten?). Jenna ging bereitwillig darauf ein, und dann beschloss der Abspann die Sendung in aller Schönheit.

Später an diesem Abend betrat Jenna ihre Wohnung und tastete sich ins Innere voran. Wenn sie das Licht angeschaltet hätte, wäre der Vogel aufgewacht. Im Halbdunkel zog sie sich die Schuhe aus. Oben auf dem Treppenabsatz erschien ein Viereck aus Licht. Jenna sah den Oberkörper ihres Mannes, der sich an die Tür seines Arbeitszimmers lehnte. Den Kopf zum Dunkel hingeneigt, fragte er Jenna, warum sie all diese idiotischen Dinge über die Klebebilder erzählt habe.

21

Manche Sendungen wurden auch tagsüber aufgezeichnet. Joanna war dann früher zu Hause als ihre Kinder. Sie setzte eine Ladung Wäsche an, unterhielt sich mit ihrer Freundin in China oder spazierte mit den Fingern auf ihrem Bildschirm herum. Dann kehrten die Kinder von der Schule heim. Ihr Mann kam mit dem dritten Kind, das er von der Tagesmutter abgeholt hatte. Joanna kochte Tee und Kakao. Ihr älterer Sohn verfasste auf dem Bildschirm eine Enzyklopädieseite. Nachdem er seiner Mutter mit D minus C bewiesen hatte, dass er nicht zu essen brauchte, schloss er sich in seinem Zimmer ein. Der mittlere Sohn rief nach ihm und hämmerte dabei gegen seine Tür.

Joanna weigerte sich, an Mittwochnachmittagen ins Studio zu gehen. Sie wollte bei ihren Kindern sein. Sie schaute ihnen dabei zu, wie sie auf dem Teppich spielten. Es war ein sehr dicker Teppich. Er hatte ein Vermögen gekostet. Joanna hatte ihn nach Maß anfertigen lassen. Bei den gewaltigen Abmessungen des Wohnzimmers hätten auch die größten Teppiche aus dem Handel noch wie Konfettischnipsel gewirkt. Joanna hatte einen richtig weichen und abpuffernden Teppich gewollt, damit es die Kinder gemütlich hatten.

Die Kinder spielten Schriftsteller. Als Joanna für einen Augenblick im Bad war, nutzten sie das sofort aus, um den Schlüssel herumzudrehen und im Bücherschrank zu stöbern. Joanna kam noch rechtzeitig zurück. Der Ältere war auf einen Stuhl gestiegen und schickte sich gerade an, ein Buch zu öffnen und seinen Finger hineinzustecken. Und nicht in irgendein Buch, sondern in eine Erstausgabe. Joannas älterer Sohn fragte seine Mutter, weshalb sie diese Bücher nicht nehmen durften und was das für ein Geruch in ihnen war. Joanna erklärte ihm, dass man diesen Geruch »abgestanden« nannte und dass ein Buch kein Spielzeug war.

Angesichts des Drängens ihrer Söhne gab Joanna am Ende wie gewöhnlich nach. Sie erlaubte ihnen, mit zwei Taschenbuchausgaben zu spielen. Eine davon war die Übersetzung ihres ersten Romans in Hindi. Auf dem Umschlag gab es einen Elefanten auf Rollschuhen. Die andere war in Kroatisch, oder war es Norwegisch? Joanna waren die Sprachen ziemlich egal. Was sie irritierte, waren die Bilder. Auf diesem Buch hier war ein Ast zu sehen.

Für Joanna war es amüsant, den Kindern beim Spielen zuzuschauen. Vor allem, wenn sie Schriftsteller spielten. Der ältere Sohn verkörperte den Autor. Er saß im Schneidersitz auf dem Teppich. Der jüngere gab den Moderator. Er nahm die beiden Bücher in Augenschein. Dann fragte er seinen Bruder, wie der Elefant auf dem Umschlag hieß und warum er auf Rollschuhen lief.

22

Joannas Mann schenkte ihr dreißig Freunde zum Geburtstag. Joanna sagte, dass ihr fünf lieber gewesen wären, und verschwand im Badezimmer. Die Freunde würden bald eintreffen, und Joannas Bild würde auf allen Bildschirmen zirkulieren.

Die Auswahl der Freunde war für Joannas Mann kein Zuckerschlecken gewesen. Es gab ja so viele davon. Die Freundeskataloge waren derart zahlreich. Freunde tauchten auf unendlich vielen Bildschirmen auf. Und einer sah großartiger aus als der andere. Joannas Mann hatte keinerlei Erfahrungen, was Freunde anging. Zuerst hatte er seine Zeit damit vergeudet, ganze Bildschirmkilometer vor seinem Auge vorüberziehen zu lassen. Die auf gleiches Maß gebrachten Bilder der Freunde waren allesamt verlockend. Um seine Auswahlkriterien zu verfeinern, hatte er sodann beschlossen, von vornherein alle Freunde auszusondern, bei denen mehr als zwei Merkmale zutrafen. Er hatte auch alle brünetten Freundinnen ausgesondert. Er hatte jene Freunde ausgesondert, deren Gesichter unrasiert oder von einem Stück Stoff bedeckt waren oder von denen man die Genitalpartien sehen konnte. Er hatte alle Tiere ausgesondert. Er hatte die allzu bizarren Namen ausgesondert. Er hatte alle ausgesondert, die nicht lächelten, die nicht mitteilten, was sie gern hatten, oder die es mit allzu vielen Worten mitteilten oder dabei Begriffe benutzten, die von den gängigen Ausdrücken abwichen. Was Joannas Mann auswählen wollte, waren Freunde der grundlegendsten Art, mit denen es sich am fröhlichsten leben ließ.

Es hatte alles nichts genutzt. Trotz seines strikten Vorgehens hatte Joannas Mann immer noch fünf oder sechs Millionen Freunde am Hals gehabt. Schließlich hatte er sich entschieden, drei Suchmaschinen zu starten, die aber nie fertig geworden waren. Vor lauter Verzweiflung und angesichts des nahenden Geburtstags hatte Joannas Ehemann letztlich alles dem Zufall überlassen. Immerhin hatte er sich noch nie über seinen Glücksstern zu beklagen brauchen. Und so hatte er das Ultranett-Glücksroulette in Gang gesetzt, und es waren vierunddreißig sorgfältig ausgewählte Freunde in seinen Warenkorb gefallen.

Die Freunde hatten sich allesamt eilends herbemüht. Freunde kamen praktisch immer. Sogar wenn sie das Schiff nehmen mussten. Sogar wenn sie das Flugzeug nehmen mussten. Gerade das war ja das Gute an Freunden. Sie waren stets präsent und solidarisch. Sie ließen ihre Mission niemals scheitern. Sie wussten, was eine Zusage bedeutete. Sie wussten, was Freundschaft war. Sie waren von Menschlichkeit durchdrungen. Ja, auf diese Kataloge konnte man sich echt verlassen.

Die Freunde waren eingetroffen. Der Geburtstag hatte begonnen. Joannas Bild zirkulierte in allen Häusern, auf allen Bildschirmen. Joanna war im Kreise ihrer dreißig oder vierunddreißig Freunde zu sehen. Sie trank ihren Champagner mit höchster Vollkommenheit. Die Freundinnen, die Joannas Mann bestellt hatte, waren besonders gut. Joanna hatte sie um ihre Schultern beneidet und um ihre Art, schlangengleich das Becken zu bewegen.

Wenn Joanna an den folgenden Tagen mit ihrem Mann noch einmal über den Geburtstag sprach, waren sich beide darin einig, dass der hübscheste Moment jener gewesen war, als die Freunde Joanna umarmt und ein paar nette Worte an sie gerichtet hatten. Das große Thema des Geburtstags war das Geschlecht der Schlangen gewesen. Joanna und ihr Mann lachten, als sie auf den meisten Bildern herausgestreckte Zungen entdeckten.

»Dieses hier mag ich sehr«, sagte ihr Mann und wies mit dem Finger auf ein Bild, auf dem man die beiden zusammen mit einer Freundin sah. Genau wie Joanna mochte er vor allem jene Bilder, auf denen die Freundinnen in Fünfertrauben die Hüften schwenkten. Ihre Kleider waren aus glänzenden Materialien und lagen den lianenhaften Körpern eng an. Obwohl es eine ausgelutschte Metapher war, schloss sich Joanna den Worten ihres Mannes an, der von »schlanken Lianenleibern« gesprochen hatte.

Joanna und ihr Mann schauten sich die Bilder noch einmal genau an: Inzwischen waren die schlanken Freundinnen leider schon nicht mehr sichtbar. Überhaupt waren die Bilder gerade dabei, sich in Unmengen anderer Bilder von Festen und Geburtstagen zu verlieren, und Joanna und ihr Mann sahen mit Bedauern, wie sie verschwanden.

23

Joanna Fortaggi hatte eine Vorliebe für knielange Kleider. Sie besaß dasselbe Modell in sechs Farbtönen. Sie hatte keine Bedenken, mehrere Male im gleichen Aufzug vor den Kameras zu sitzen. Das unterschied sie von den Schauspielerinnen. Diese Kleider waren unter der Brust zusammengerafft und fielen dann glockenförmig herab. Sie konnten die Illusion erzeugen, dass Joanna Fortaggi schwanger war. Die Talkmaster waren das schon gewohnt, aber es gab immer mal einen Neuling, der in die Falle ging. Auf seine Frage hin errötete Joanna zart und entgegnete, dass sie zwar nicht froher Hoffnung sei, das Eintreten einer solchen Lage aber stets freudig begrüßen würde. Durch diese Kleider machte sie gegenüber Jenna Punkte gut, denn die konnte die Aufmerksamkeit nicht auf ihre Gebärmutter lenken.

Dennoch lief für Joanna nicht alles ideal mit ihren Kindern. Wie alle Mütter der Welt machte sie sich Sorgen. Es konnte vorkommen, dass sie nachts keinen Schlaf fand. Ihr Mann hatte ihr verboten, beim Zubettgehen an die Kinder zu denken. Besonders der älteste Sohn war eine Quelle ihrer Besorgnis. Dieser Junge hatte sich in einen Schlingel verwandelt, und das sogar in den Augen seiner Mutter. Joanna erkannte das ganz deutlich und hatte auch keine Angst mehr, es auszusprechen: Ihr Ältester war zu einem Schlingel geworden. Seit der Junge damit durchgekommen war, sich zu seinem Geburtstag einen Chip unter die Haut pflanzen zu lassen, ließ er nur durch seine Willenskraft die Jalousien hoch- und runterfahren. Das war inzwischen Joannas Alltag: Ihr ältester Sohn setzte mit seinem Chip den Herd in Gang und versäumte es, ihn wieder abzustellen. Die Deckenleuchte wurde per Chip pausenlos angeschaltet und ausgeschaltet, wieder angeschaltet und wieder ausgeschaltet. Eine überhitzte Herdplatte hatte schon zu brennen begonnen. Und doch schwor der Junge, mit alledem nichts zu tun zu haben, und kündigte an, richtig Feuer legen zu wollen, sobald er spüren sollte, dass man ihm misstraute. Eines Abends war der Boiler abgestellt, und es erwies sich als unmöglich, ihn wieder in Betrieb zu nehmen. Der Chip ließ den Fernsehbildschirm gerade in dem Augenblick dunkel werden, als der Moderator die Ergebnisse der Steuerschätzung verkünden wollte. Die kurzen Haare des Kindes wurden heftig Richtung Nacken gezogen. Aber der Junge mit der Piraten-Augenbinde ließ nicht locker: Er sagte, mit diesen Aktionen werde er erst aufhören, wenn man ihm mehr Optionen unter die Haut pflanzte.

Am Abend, wenn die Jungs im Bett waren, sprach Joanna auf dem Bildschirm mit ihrer chinesischen Freundin.

Die Freundin führte ihren Bildschirm spazieren, und Joanna spazierte mit ihr durch eine Landschaft. Das Übersetzungsprogramm war (wie eigentlich immer seit Erschaffung der Welt) nicht auf der Höhe, und so amüsierten sich Joanna und ihre Freundin über die zahlreichen Unstimmigkeiten. Joanna richtete ein paar Worte an ihre Freundin. Die lachte schallend los, und Joanna begriff, dass das Übersetzungsprogramm wieder mal einen seiner üblichen Streiche gespielt hatte. Die Freundin wandte sich Joanna zu. »Hase zu dir«, sagte sie. Es war schwierig, sich mit dieser Freundin zu unterhalten. Aber Joanna hatte sie schon mehrmals getroffen, und eine Trennung wäre bedauerlich gewesen. Vielleicht würden die Übersetzungsprogramme ja – wie alles andere auch – gewaltige Fortschritte machen, damit Joanna künftig ohne Hindernisse mit ihren Kontakten schwatzen konnte. Joannas Mann zeigte sich skeptisch. Das Ding heißt nicht zufällig Babel, sagte er und brachte aus dem Gedächtnis ein Bibelzitat hervor, was bei Joanna Erstaunen auslöste und zugleich ein Gefühl von Unbehagen und Enttäuschung.

24

Jenna Fortuni war zu einer Bunten Sendung eingeladen. Sie mochte das Genre nicht besonders, und doch waren es gerade solche Sendungen, in denen sie sich am besten erholen konnte. Es gab dort wirklich nichts zu sagen. Gleich bei ihrer Ankunft wurde Jenna von einer Assistentin übernommen, die ihr den Mantel abnahm und sie zur Kostümschneiderin führte. Sie legte Jenna Kleidungsstücke an, die genau zu ihrem Teint und ihrer Funktion passten. Dann wurde sie mit dem Fahrstuhl zur Maskenbildnerin gebracht, die schon in Rio tätig gewesen war, und endlich zur Perückenmacherin, die ebenfalls mit Sambaschulen gearbeitet hatte. Das Anlegen der falschen Wimpern dauerte seine Zeit. Man musste eine ganze Weile vor der Sendung da sein. Schließlich wurde Jenna ins Vorzimmer des Studios geführt, wo man ihr Petits Fours, Sekt, Toasthäppchen, Verrinen und Cremes servierte, alles von armseliger Qualität und echt schicki. Kurz bevor Jenna ihren Auftritt hatte, reichte ihr die Assistentin eine Tüte, in der sich ihr Buch befand.

Jenna Fortuni betrat das Podium. Sie hatte nicht verstanden, was der Moderator gerade gesagt hatte, aber es mussten Lobesworte gewesen sein, soweit man das nach dem Applaus beurteilen konnte und nach den aufgezeichneten Begeisterungsschreien, die aus dem Halbrund der ansteigenden Zuschauerreihen zu ihr hinabrieselten. Der Moderator begrüßte Jenna Fortuni und wies ihr einen Platz neben ihm und den übrigen Gästen zu. Er fragte sie, ob es ihr gut gehe. Im Prinzip musste sie das bejahen. Er fragte sie, was sie da mitgebracht habe, und Jenna konnte ihr Buch zeigen. Der Moderator fragte sie, an welchem Tag das Buch erschienen war. Dann hielten andere Gäste ihren Einzug, und die eigentliche Sendung konnte beginnen.

Joanna Fortaggi saß unweit von Jenna Fortuni, ganz am Rand des Podiums. Sie musste schon eine Weile vor Jenna eingetroffen sein. Jenna betrachtete sie aus den Augenwinkeln heraus. Ein aufgestellter Kragen aus Straußenfedern umgab Joannas Kopf wie ein majestätischer Fächer. Die langen weißen Federn begannen beim kleinsten Schwenk ihres Kopfes zu wogen. Die Perückenmacherin hatte Joanna ein bisschen zu viel Glitzerzeug auf die Wangenknochen geklebt. Jenna fragte sich, wie sie selbst wohl aussehen mochte. Sie hatte gut daran getan, die Federn abzulehnen. Damit Joanna Fortaggi die anderen Gäste überhaupt sehen konnte, musste sie den Kopf hoch erhoben halten und mit dem ganzen Oberkörper herumschwenken.

In diesem Moment, zum ersten Mal in ihrem Leben, prallten Jennas und Joannas Blick aufeinander. Es war Jennas Schuld. Sie hatte sich so gelangweilt, dass sie ihre Augen vage auf Joannas Gesicht gerichtet hatte. Joanna hielt ihrem Blick stand. Durch die falschen, mit Flitter verstärkten Wimpern hindurch funkelten Joannas Augen. Sie waren erstaunlich samtig und tief. Jenna Fortuni war überrascht. Sie hätte nicht sagen können, was genau sie darin sah, aber sie war beeindruckt von allem, was diese Augen enthielten. Verlegen wandte sie den Blick ab und konzentrierte sich auf die Diskussion.

Der Moderator präsentierte gerade ein paar Zuschauer, denen die Ehre zuteil geworden war, das Podium betreten zu dürfen. Sie sollten gleich einem Experten überantwortet werden. Die Zuschauer lächelten und saßen stocksteif auf ihrem Sofa. Man hatte sie nach ihrem Aussehen ausgewählt und nach ihrer Fähigkeit, bestimmte Phänomene zu verkörpern. Nachdem der Moderator abwechselnd grobe und schleimige Worte an sie gerichtet hatte, forderte er sie plötzlich auf, sich auszudrücken. Die Zuschauer kamen einer nach dem anderen seiner Aufforderung nach. Es war eine gut einstudierte Inszenierung. Der Moderator sagte seinen Text her, und die aufs Podium gebetenen Allerweltspersonen brauchten ihre auswendig gelernten Antworten einfach nur in die Lücken zu setzen. Eine Zuschauerin verriet, dass sie bestimmte Störungen hatte. Der eingeladene Spezialist wies ihr nach, dass dies völlig normal sei; ein gewisser Prozentsatz aller Fernsehzuschauer zeigte exakt dieselben Störungen. Auf die Bitte des Moderators hin erzählte ein weiterer Zuschauer, dass er vierzehn Mal nachprüfen müsse, ob die Tür tatsächlich abgeschlossen sei; ansonsten könne er kein Auge zutun. Das alles war aber überhaupt nicht bizarr. Der Experte erklärte, dass ein solches Verhalten schon vor Jahrzehnten auf den Bildschirmen beschrieben worden sei, und am Ende musste der Mann zugeben, dass es normal war.

Dann, bei einer jungen Frau, die Frage der Einsamkeit. Worauf der Experte antwortete, dass dies eine weitverbreitete Erscheinung sei; fünfzehn Millionen Menschen teilten dieses Schicksal. Nachdem die junge Frau erst einmal getröstet war, rief ein Fernsehzuschauer an, um ihr anzubieten, im Tausch gegen eine Stunde Büroarbeit die Nacht in seinem Bett zu verbringen. Die junge Frau nahm das Angebot an. Der Moderator war hellauf begeistert und schlug ihnen vor, Fotos von ihren Wallungen vorbeizuschicken.

Ein Promi wollte aufspringen. Mehrere Promis sprangen auf, und die Kakophonie war auf dem Gipfelpunkt. Der Moderator sprang auf und bat um ein wenig Ruhe, wobei er aber durchblicken ließ, dass der Erfolg der Sendung dem heftigen Gerangel geschuldet war.

25

Jenna war eine einsame Seele. Sie hatte nur einen Freund. Das war natürlich Larsen Frol. Wenn sie nicht allein in ihrem Arbeitszimmer oder aber in einem Fernsehstudio saß, verbrachte sie die Zeit mit ihm oder mit ihrem Mann.

Bei Larsen wusste man nie, was passieren konnte. Es kam vor, dass er Tag für Tag an Jennas Tür klingelte und dann stundenlang blieb, sodass in Jenna der Eindruck entstehen konnte, er wohne bei ihr. Sein Gequassel ermüdete sie manchmal. Aber dann konnte sich Larsen plötzlich auch als ausweichend und ungreifbar erweisen und von sonst wo Nachrichten auf ihren Bildschirm schicken. Oder auch überhaupt keine Nachricht. Es geschah, dass Larsen ganz allein verreiste oder aber mit einem Geschöpf, über dessen Existenz Jenna nur mutmaßen konnte. Oder vielleicht beides zusammen. Larsen konnte so sein, wie Jenna ihn seit jeher kannte. Oder ein vollkommen Anderer. Oder wieder ganz anders. Oder aber wie üblich und dann plötzlich anders. Jenna nahm an, dass es Larsen Spaß machte, sich nicht zu entscheiden, wie er sein wollte.

Jedenfalls tauchte Larsen gewöhnlich ohne Vorankündigung bei Jenna und ihrem Mann auf. Jenna bat ihn hinein. Wie üblich begann Larsen erst einmal mit dem Vogel zu spielen und zu gurren. Jenna hatte sich zu gedulden. Das war schon zu einem Ritual geworden: Larsen trat ein und widmete sich mit einem langgezogenen Pfiff dem Vogel. Der Vogel hüpfte nach links und nach rechts und sagte mit rollendem R: »Hallo Schrrriftsteller!« Larsen begrüßte ihn lachend, und der Vogel sagte Wörter in einer Sprache, die Jenna nicht verstand. Jenna zwang sich zu einem Lachen. Aber im Grunde war sie leicht verärgert, weil sie diese Sprache nicht verstand. Vielleicht war es ja Italienisch oder Okzitanisch.

Es nervte und war nicht zu ändern: Der Vogel spielte mit Larsen, aber sobald er mit Jenna allein war, drehte er ihr den Rücken zu. Jenna hatte es nicht geschafft, eine Bindung zu ihm aufzubauen. Der Vogel gehörte zu einer sprachbegabten Art. Aber wenn lediglich Jenna oder Éden Fels zu Hause waren, war aus seinem kleinen Körper nie auch nur ein einziges Wort gekommen. Nichts als durchdringendes Gepfeife. Dabei gab sich Jenna alle Mühe, die Abfälle, die der Vogel täglich um seinen Käfig herum verstreute, wegzufegen. Jennas Mann wiederum wischte stets beflissen die Pfützen weg, nachdem der Vogel sein Bad genommen hatte. Der Vogel badete voller Seligkeit und stundenlang, wobei er den Boden rund um den Käfig so lange vollspritzte, bis seine Badeschüssel leer war. Danach stieg er wieder pfeifend auf seine Stange.

Wenn Larsens Austausch mit dem Vogel vorüber war, konnte Jenna ihn vom Käfig wegführen und ihn dazu bringen, sich aufs Sofa zu setzen. Larsen hatte immer irgendwelche höchst wichtigen Dinge mitzuteilen. Er redete und redete. Plötzlich wurde ihm bewusst, dass er schon seit einer ganzen Weile nicht mehr zu Jenna gekommen war. Er hatte gearbeitet wie ein Verrückter. Er hatte gemalt, gemalt und nochmals gemalt, bis ihm schwindlig geworden war. Einmal wäre Larsen fast auf der Strecke geblieben. Er hatte Jenna die Prellungen gezeigt, die er sich bei einem Sturz zugezogen hatte. Seine Hebebühne war umgekippt. Vielleicht hatte sich Larsen die Rippen gebrochen. Jedenfalls hatte er wochenlang weder lachen noch niesen können.

Larsen sprach natürlich gern über die Methode der Komposition im Raum, die seiner eigenen Phantasie entsprungen war. Er hatte Vorstellungen von Choreographien und dynamopyrokulinarischen Installationen, zu deren Erprobung ihm bisher die Zeit gefehlt hatte. Aber sein Lieblingsthema waren all die Veränderungen, die es in letzter Zeit beim Bücherschreiben gegeben hatte. Sie lösten bei ihm Begeisterung aus. Wenn er darauf zu sprechen kam, war sein Redefluss unversiegbar. Ein großer Fortschritt waren die kürzlich eröffneten Ausdrucksbanken. Früher war es harte Arbeit gewesen, all die Wörter selbst zusammenbringen zu müssen, eins nach dem anderen. Aber diese Mühen hatten sich nun erledigt: Dank der neuen Ausdrucksbanken waren die

Anstrengung und der Aufwand viel geringer geworden. Gegenwärtig brauchte niemand mehr seinen eigenen Entwurf zu schreiben. All das gehörte der Vergangenheit an. Das Prinzip war ganz einfach: Statt ein Buch von Anfang bis Ende selbst zu verfassen, brauchten die Autoren unter den in diesen Banken vorhandenen Wortkombinationen nur noch eine Auswahl zu treffen. Wenn die Schriftsteller meinten, genügend Ausdrücke zusammengetragen zu haben, konnten sie ihr Buch fertig machen. Larsen zählte die Vorteile dieser neuen Institution auf; es war nun viel einfacher, ein Buch zu schreiben.

Éden Fels, der aus seinem Arbeitszimmer hinuntergekommen war, um mit den beiden über Literatur zu sprechen, hörte Larsen hingebungsvoll zu. Auch er dachte, dass die Satzbanken eine revolutionäre Neuerung waren. Sie bedeuteten einen gewaltigen Schritt nach vorn. Und künftig würde es unmöglich sein, das Rad wieder zurückzudrehen. Endlich waren nun alle Wortkombinationen bekannt und sichtbar, schwarz auf weiß. Endlich standen sie alle zur Verfügung. Die Schriftsteller brauchten fortan nur noch aus diesen neuen Banken zu schöpfen. Es war nicht mehr nötig, sich den Kopf zu zerbrechen, um schöne Ausdrücke zu finden. Man musste sich nur noch über seinen Bildschirm beugen, um sie Revue passieren zu lassen und sich die Kombinationen auszusuchen, die einem adäquat erschienen. Nunmehr ging es ums Auswählen; es war wie ein Marktbesuch.

Und als Jenna einwendete, dass dabei im Grunde immer nur Sammlungen herauskamen, bewiesen ihr Éden Fels und Larsen Frol das Gegenteil: Sie zeigten Jenna auf ihren Bildschirmen, wie man die Ausdrücke anordnen konnte, wie man die Fugen heller oder dunkler machte, wie man einen Satz schärfer oder verschwommener werden ließ und wie man etwas so lange umformte oder verformte, bis man genau den gewünschten Effekt erzielt hatte. Vorausgesetzt natürlich, man hatte eine genaue Vorstellung von diesem gewünschten Effekt.

26

Es geschah nicht oft, dass man ein frisches und neues Wort vernahm. Wenn sich auf einem Podium eine solche Stimme erhob, sträubte sich allen Leuten die Körperbehaarung. Aus diesem Grund arbeiteten die Talkmaster in langärmeligen Jacken und in Hemden, die bis zum Adamsapfel hinauf zugeknöpft waren. Die Talkmasterinnen konnten ein Dekolleté wagen, denn sie waren ja nicht behaart.

Wenn sich in einem Fernsehstudio eine frische und neue Stimme vernehmen ließ, änderte sich die Beleuchtung. Das Licht der Spots wurde schwächer und schien überall die gleiche Dichte zu erreichen. Es gab keinen richtigen Schatten mehr. Das Studiopublikum selbst wurde angeleuchtet. Der Talkmaster stand nicht mehr im Zentrum. Plötzlich schienen all die Kabel und Maschinen viel mehr ins Auge zu fallen. Der Kameramann war nicht mehr auf der Höhe. Er zog sich in den Hintergrund zurück. Er blickte jetzt direkt auf das Podium, statt durch den Sucher seiner Kamera zu schauen.

Jenna hatte im Studio niemals eine solche Szene miterlebt. Sie erinnerte sich nur, eines Tages eine frische Stimme auf dem Bildschirm empfangen zu haben. Eine frische und wahrhaftige Stimme sagte die Dinge so, dass alles zu leben begann. Die Worte, die sie transportierte, hatten sofort drei Dimensionen. Eine solche Stimme sprach von den Wurzeln der Dinge aus. Gewiss, die Sprechweise war zögerlich, und es konnte sein, dass die

Leute deshalb gar nicht merkten, dass es eine neue Stimme war. Sie blieben an der Grammatik hängen. Eine frische Stimme war logischerweise erfrischend. Sie drehte den Wasserhahn auf.

In den Mikros vernahm Jenna den Tonfall ihrer eigenen Stimme. Er hatte nichts Frisches oder Muntermachendes. Ihre Stimme glitt dahin, viel zu schnell. Natürlich hätte auch Jenna gern ein frisches und lebendiges Wort zu Gehör gebracht. Aber dafür hätte es Mut gebraucht. Man hätte Sätze sagen müssen, die weder Jenna Fortuni noch irgendein anderer Schriftsteller oder Künstler oder Star je ausgesprochen hatten. Sätze, die die Romanautorin Jenna Fortuni als alleralleralleralllererste gesagt hätte.

Ein Gefühl, das mehr als schwindelerregend war. Jenna Fortuni glaubte nicht, dass sie es wagen würde. Sie hätte dabei lächerlich gewirkt. Die Leute wirkten immer lächerlich, wenn sie unerwartete Dinge sagten. Wenn sie aus ihrer Rolle fielen, wurden sie lächerlich. Jenna fühlte sich gut in ihrer Rolle. Diese Rolle war aus Beton. Jenna glaubte nicht, dass sie es ertragen könnte, wenn sich ihre Zuhörer ungläubig ins Ohrläppchen kniffen und dabei amüsierte Blicke um sich warfen.

In den ersten Sekunden ihrer Begegnung hatte Jenna denken können, dass Larsen Frol fähig war, solche frischen und lebendigen Worte hervorzubringen. Sie hatte geglaubt, in seinen ersten Silben einen solchen Tonfall zu erkennen. Aber dann hatte sich dieser Tonfall verflüchtigt. So tollkühn war Larsen Frol nun auch wieder nicht. Er konnte die Talkmaster attackieren und auf seinem Hocker wie ein schöner Teufel herumtoben; sein weißes Hemd pluderte sich dann auf wie das eines Stierkämpfers, und seine Haare begannen zu fliegen. Aber auch er hätte gewiss nicht den Schneid gehabt, neue Sätze auszusprechen. Diese Sätze hätten sein Hemd zusammenfallen lassen und seine Haare flach gelegt. Die Talkmaster und das Publikum hätten seine Blondheit vergessen und sich an seinen Worten festgeklammert. Larsen war fulminant, und trotzdem gab es einen feurigen Reifen, durch den selbst ein junger Löwe vom Kaliber eines Larsen Frol nicht zu springen wagte.

In ihrem tiefsten Innern fragte sich Jenna Fortuni, ob es nicht an ihr war, eines dieser Worte zu wagen. Ihr Mann hatte ihr unzählige Male von den zwei oder drei Anlässen berichtet, bei denen in seiner Gegenwart in einem Studio plötzlich ein frisches Wort hervorgetreten war. Er hatte ihr in allen Einzelheiten die Wirkung beschrieben: wie eine kalte Dusche. Mit der Zeit war es fast so weit gekommen, dass Jenna Sehnsucht nach einer solchen Szene verspürte.

27

Joanna Fortaggi saß im Wohnzimmer vor ihrem Bildschirm. Sie unterhielt sich mit ihrer chinesischen Freundin. Ihr älterer Sohn ging zu ihr hinüber. Er rieb sich an ihrem Ärmel; man fühlte sich an eine Katze erinnert. Aus seinem Mund kam ein unverschämtes Wort. Dann war eine Melodie zu vernehmen. Es dauerte ein paar Sekunden, ehe Joanna und ihr Sohn begriffen, dass es sich um die Klingel an der Haustür handelte. Diese Melodien wechselten bei jedem Besuch. Sie waren mithilfe von Algorithmen geschaffen worden. Keine von ihnen erschallte ein zweites Mal. Sie waren einzigartig. Joannas Ehemann hatte es so gewollt und die Klingel entsprechend eingerichtet, damit seinen Kindern bewusst wurde, dass ein Tag, der vergeht, nie wiederkehrt und dass die Existenz in jeder Minute eine andere ist und dass die Zeit wie Sand zwischen den Fingern verrinnt und dass etwas Gutes auch geschätzt und auf der Stelle geliebt werden muss. Außerdem entzückten die Melodien auch noch den Geist.

Joannas ältester Sohn ging öffnen. Einer seiner Freunde trat ein. Die beiden Jungen setzten sich auf den Teppich. Joanna beobachtete sie von ihrem Sessel aus, schaute mit einem Auge aber weiterhin auf die chinesische Landschaft mit ihrem üppigen Grün, den Büffeln, den Reisfeldern und den aufgerichteten Hinterteilen der Reispflanzerinnen. Es war immer amüsant, den beiden Jungen, die noch zur Schule gingen, bei ihren Gesprächen zuzuhören. Ihre Streitereien und intellektuellen Scharmützel waren einfach reizend. Joanna hatte ihrem Ältesten gesagt, er solle seine Zeit lieber jetzt für solche Dinge nutzen, denn wenn er erst einmal erwachsen sei, könne er diese Philosophen nicht mehr ständig zitieren. Er würde sonst ziemlich blöd wirken. Die Leute würden ihn fragen, was er dahinter verbergen wolle. Man würde ihm unweigerlich Fragen stellen. Man würde ihn für gestört halten, und irgendwann bekäme er den Tipp, sich zu einem Heiler zu begeben.

Joanna sagte zu ihrem Ältesten, er solle sich das mal vorstellen: Als Erwachsener würde er zu einem Vorstellungsgespräch gehen, und im Laufe dieses Gesprächs würde er unabsichtlich damit beginnen, Worte von Theoretikern zu zitieren, statt seine eigenen Worte vorzubringen. Man würde ihn unverzüglich ablehnen! Oder vielleicht würde er Schriftsteller, und auf dem Podium kämen ihm plötzlich Zitate von dem einen oder anderen Denker aus dem Mund. Man würde sich über ihn lustig machen! Würde ihn für einen Faik halten! Die Faiks waren das unterste, was es auf Erden gab. Sie waren der Abschaum der Menschheit. Nie im Leben für einen Faik gehalten zu werden – das war eines der erzieherischen Grundprinzipien, die Joanna an ihre Söhne weitergab.

Ihr Sohn entgegnete darauf stets hochmütig, dass ihm das schnurz sei. Er wollte auf seinem Bildschirm Texte lesen und noch einmal lesen, und wenn möglich, wollte er sie auswendig können. Joanna und ihr Mann wussten zwar, dass ein solches Verhalten typisch für sein Alter war, aber trotzdem hatten sie ein bisschen Angst, ihr Sohn könnte durch seine Lektüre fürs ganze Leben vergiftet werden. Viele Kinder wurden so verdorben, und dann war es eine harte Nuss, sie wieder zu sich selbst und zu ihrer Authentizität zurückzubringen.

Der herangezogene Instruktor hatte es bestätigt: Dieses Verhalten sei für das Alter ihres Sohnes normal. Man brauche sich nicht zu beunruhigen. Man müsse ihm eine Menge Material geben und in den Keller gehen, um ihm dort welches zu suchen. Ihr Sohn sei genau in dem Alter, wo es wichtig war, sich mit anderen zu messen. Und wozu dienten diese Zitate und Wissensinhalte, wenn nicht dazu, sich mit anderen zu messen? Später natürlich, wenn ihr Sohn wie jeder reife und gut erzogene Erwachsene begriffen haben werde, was sein Wert war, werde er ganz von selbst diese toten Sätze abstreifen wie eine abgelegte Haut und mit sicherem Schritt ins aktive Leben treten.

Momentan allerdings war Joannas Ältester noch damit beschäftigt, sich das Hirn vollzustopfen und mit Begriffen um sich zu schlagen, die all die Mühe nicht wert waren. Gerade wieder herrschte er seinen Freund an und zitierte dabei aus einem Buch. Joanna fragte sich wirklich, wo er all diese Dummheiten aufgesammelt hatte. Sie beschloss, nicht einzugreifen. Der Freund ihres Sohnes rezitierte: Die Kunst ist ein Objekt. Sie ist kein Lebensmittel. Joannas Ältester erwiderte, er kenne das Zitat. Er hatte ein besseres parat. Er zitierte einen gewissen Ruke Raiss. Der Freund konterte mit einer ganzen Passage aus dem Thorin, und beide Kinder verfielen in Zank und Streit. Joanna taten schon die Ohren weh. Sie war verärgert. All dieses Larifari musste am Ende das Hirn ihres Sohnes verschmutzen. Bildung war natürlich etwas anderes. Gewiss mussten die Kinder lesen und zählen lernen. Aber all diese Texte – wirklich, was für eine Zeitverschwendung! Was für ein sinnloses Vollstopfen des Schädels! Was für eine Faikerei!

Aus dem Gesichtsausdruck ihrer chinesischen Freundin erriet Joanna, dass diese sie zu beruhigen versuchte. Die Freundin sagte, dass der gleiche Ding ganz für ganz war in dem Nation, aber auch Chinas. Ihre Klein sehr gebildet und jetzt finden Weg für sich sauber machen. Ihr Abkömmling war wirkliche Faik, fast keine Erwartung zum noch Zurückholen. Welche Schwarterei mit all diesen Kleinen, sagte die Freundin und zeigte dabei ein breites Lächeln. Das Übersetzungsprogramm funktionierte an diesem Tag außergewöhnlich gut.

Joanna schob ihren Bildschirm zur Seite. Ihr älterer Sohn wollte ausgehen. Er hatte gerade Geld von ihr verlangt. Bestimmt, um wieder die Trödelläden abzuklappern. Dieser Junge wies ein solides Wachstum auf. Er sah bereits zum Fürchten aus. Joanna hatte Angst, ihm eines Tages im Streit die Stirn bieten zu müssen.

28

So eine Fernsehsendung war im Grunde nur eine Frage des Gleichgewichts. Der Talkmaster trumpfte groß auf, denn weil er den Vorhang auf- und zuzog, glaubte er der

Wichtigste zu sein. Er machte auf kleiner König und vergaß dabei, dass die Gäste nicht seinetwegen gekommen waren. Die Stars strahlten, denn sie sahen ja, dass ihnen, was Frisur, Schuhe, Kleidung und Körperformen anging, auf dem Podium niemand auch nur bis zum Knöchel reichte. Die Promis waren aufgeregt. Sie dachten, dass sie nun endlich angekommen wären, obwohl sie in Wahrheit keinen Millimeter vorgerückt waren. Die Künstler waren herablassend und hatten auch den Stolz, das offen zu zeigen. Die Schriftsteller saßen ganz ruhig da, denn sie waren überzeugt, inmitten dieses ganzen Gesindels die einzigen erlesenen Gäste zu sein. Und selbst der Kameramann dachte im tiefsten Innern, ohne ihn hätten alle diese Leute ihre kleine Zusammenkunft in einem Keller abhalten müssen. So spielte jeder seine Rolle und seine Partitur; Überraschungen gab es kaum einmal. Neuigkeiten und Veränderungen wurden mit offenen Armen aufgenommen. Wirklich, man nahm jede neue Erscheinung mit weit geöffneten Armen auf. Das war beispielsweise auch der Fall, als Joanna Fortaggis sechstes Buch erschien.

Joanna Fortaggi ließ ihr sechstes Buch erscheinen. Diesmal waren die Vorbereitungen sehr im Verborgenen gelaufen. Von ihrem Verleger abgesehen, war niemand eingeweiht gewesen, nicht einmal Joanna Fortaggi selbst. Wie groß war ihre Verblüffung gewesen, als ihr der Verleger im Restaurant beim Dessert verkündet hatte, er werde schon sehr bald ihr sechstes Buch erscheinen lassen. Joanna hatte ihre Kaffeetasse mit einer hastigen Geste abgestellt. Sie hatte sich die Hände wie einen Kelch um die Wangen gelegt und mitten im Restaurant aufgeschrien. Der Restaurantchef war an den Tisch gekommen, und der Kaffeelöffel hatte einen Fleck auf Joannas Hose gemacht. Von diesem Fleck abgesehen, war Joanna mehr als entzückt. Sie hatte diese Neuerscheinung nicht vorausgeahnt, und plötzlich war das Buch fast schon da, ganz überraschenderweise. Joanna hätte niemals geglaubt, dass das sechste Buch so schnell kommen würde! Das fünfte war ja gerade erst fertig, und seinetwegen tourte sie noch durch die Fernsehsendungen.

Der Verleger erklärte ihr, es handele sich um eine Strategie mit dem Ziel, die Fortuni aus dem Rennen zu werfen. Er habe die Nase voll davon, ihre beiden Namen immer miteinander verbunden zu sehen. Wovon übrigens Jenna Fortuni profitiere. Das solle nun ein Ende haben.

Der Verleger sagte Joanna nicht, dass er zunächst daran gedacht hatte, Jenna Fortuni mit in seinen Rennstall zu holen. Er hatte bereits Probestücke anfertigen lassen, bei denen Jennas und Joannas Bücher in mancherlei Hinsicht aufeinander antworteten, indem beispielsweise eines das Pendant zum anderen bildete und beide dieselben Farben und Motive aufnahmen. Die Umschläge dieser Musterstücke zeigten ein Gesicht, das aus einer Hälfte von Joannas Gesicht und einer Hälfte von Jennas Gesicht gemacht war. Die beiden Hälften waren perfekt aneinandergefügt.

Wenn der Verleger noch einmal darüber nachdachte, fand er dieses Projekt gar nicht so blöd. Es musste nur noch ein wenig ausreifen. Der Verleger behielt es als Trumpf in seinem Ärmel; wenn die Umstände es erlaubten, konnte er es immer noch hervorziehen. Das aus den beiden Hälften zusammengefügte Gesicht war vielversprechend. Und wenn sich der Verleger bis auf den Grund seiner Gedanken vorwagte, musste er zugeben, dass es tausendmal mehr zu versprechen schien als das Gesicht von Joanna Fortaggi aus einem Stück.

Joanna und ihr Verleger trafen sich regelmäßig. Der

Verleger lud sie zu Mittagessen ein, an deren Ende er demonstrativ und mit einem breiten Lächeln die Rechnung beglich. Er bestand darauf, dass Joanna noch ein Dessert nahm – ein Tartufo oder ein Schokoladeniglu.

Dieser Verleger war ein Profi. Wenn er Joanna in seinem Verlagshaus empfing, richtete er es immer so ein, dass auch gerade ein anderer Autor vorbeikam. Der Verleger stellte die Schriftsteller einander vor. Er präsentierte Joanna Fortaggi mit den Worten, sie sei die beste Autorin aller Zeiten. Und den anderen Autor präsentierte er mit den Worten, er sei der umwerfendste Schriftsteller seit Jahrzehnten. Joanna und der andere Autor beäugten einander argwöhnisch und grüßten sich auf distinguierte Weise. So behielt der Verleger die Kontrolle über seine Autoren und schürte ihr unauslöschliches Verlangen, ihm zu gefallen.

29

Joanna Fortaggis Verleger war ein hagerer, großgewachsener Mann. An Palavern beteiligte er sich nicht. Er tat einfach seine Meinung kund. Er war listig wie eine Schlange, kalt und berechnend. Aber kaum jemand erriet seine Absichten, da er sehr wenig redete.

Der Verleger ließ Joanna Fortaggis sechstes Buch erscheinen. Das Buch kam am 10. August heraus, mittags um zwölf. Diese Neuerscheinung war überraschend und überrumpelte einfach jeden. Joannas Mann begriff das alles nicht: Das fünfte Buch lag noch nicht einmal richtig in den Schaufenstern, da zeigte sich bereits das sechste. Es wirkte wie eine Verschwendung von Platz und Zeit. Joanna verschoss ihr ganzes Pulver, und während sie den Einsatz in die Höhe trieb, setzte sie sich der Gefahr aus, künftig immer zwei Bücher zugleich herausbringen zu müssen. Tat sie das nicht, würden die Literaturkritiker sagen, dass Joanna nicht mehr in Form sei, und noch mehr dummes Zeug von diesem Kaliber loslassen.

Joanna begnügte sich mit einem Auflachen. Sie beruhigte ihren Mann. Er solle sich keine Sorgen machen, ihr Verleger wisse sehr gut, was zu tun war. Ihr Mann könne sich freuen. Joanna hatte künftig sechs Bücher auf der Habenseite, Jenna Fortuni bloß drei. Außerdem hatte Jenna Fortuni keine Kinder. Joanna frohlockte. Sie tanzte mit ihrem Mann einen Walzer quer durchs Wohnzimmer. Ihr Mann musste das mit sich geschehen lassen, bis die Kinder sich zu ihnen gesellten. Dann nahm ein gewisser Geruch die Luft in Beschlag, und Joannas Mann musste den Raum verlassen, wobei er das dritte Kind auf Armeslänge von sich entfernt hielt. Joanna aber bereitete sich darauf vor, eine Journalistin zu empfangen. Es sollte ein Fernsehinterview werden; sein Thema: »Das sechste Buch«.

Joanna Fortaggis Wohnung war den Fernsehzuschauern wohlbekannt. Wenn Joanna die Dekoration veränderte, erhielt sie eine ganze Menge Post. Interviews hatte sie bereits in jedem Zimmer gegeben. Sie hatte auch ihre Kinder sprechen lassen. Sie hatte sich mit ihrem Mann morgens beim Aufstehen in Szene gesetzt und ungeschminkt und mit zerzaustem Haar auf die Fragen der Interviewer geantwortet. Dann war ihr die Kamera bis zum Duschvorhang gefolgt. Joanna hatte schon vor ihren Gemälden geantwortet oder vor dem Bildschirm sitzend. Sie hatte geantwortet, während sie polnische Spaghetti kochte. Praktisch der einzige Ort, an dem sie noch keine Fragen beantwortet hatte, war der Platz vor ihrem Bücherschrank. Eine solche Einstellung sah man heute kaum noch: Die Schriftsteller ließen sich lieber vor

Tankstellen oder Aquarien interviewen. Warum auch hätten sie sich, wie es früher der Fall gewesen war, vor einem Bücherregal filmen lassen sollen? Das war irreführende Werbung, denn in den meisten Fällen standen dort ja die Werke anderer Autoren. Eine solche Inszenierung hätte den Anschein erweckt, der Schriftsteller habe diese Werke selbst hervorgebracht und stehe am Ursprung all jener Bücher, die man hinter seinem Gesicht sah. Und das wäre weder angemessen noch ehrlich gewesen.

Joanna Fortaggi bestand keineswegs darauf, vor ihrem Bücherschrank gefilmt zu werden. Selbst wenn die Bücher darin im Prinzip ihre eigenen waren, wenn auch übersetzt in all diese Sprachen, bereitete es ihr Unbehagen, ihren Bücherschrank zu zeigen. Eine Art abstraktes Schamgefühl. Sie zog es bei Weitem vor, sich vor dem Aquarium ihres zweiten Sohns filmen zu lassen. Es war viel einfacher, vor einem Aquarium gefilmt zu werden. Alle Welt konnte sofort sehen, was darin war. Sie konnte sagen, dass es das Aquarium ihrer Kinder war, und von dort zum beruhigenden und unerschöpflichen Thema der familiären Situation überwechseln.

Die Journalistin traf mit ihrem Team ein. Diese Leute fühlten sich hier wie zu Hause. Der Tonmeister sagte, dass die Kinder ganz schön gewachsen seien. Der Kameramann holte sich den Aschenbecher aus einem Schubfach des Küchenschranks. Die Journalistin zog das Buch aus ihrer Tasche und sagte scherzhaft zu Joanna, ihr sechstes Baby sei gut geraten.

Zumindest war Joannas sechstes Buch überraschend. Es war in einen langen grauen Karton gebettet. Man hätte ihn für eine Kerzenschachtel halten können. Unter dem Kartondeckel war Joannas Buch so intensiv karmesinrot, wie es nur ging. Diese Farbe war im Verlag der Gegenstand angestrengter Diskussionen gewesen. Man hatte sie ausgewählt, weil dieses Karmesin dem simplen Rot von Jenna Fortunis drittem Buch überlegen war. Karmesin war dunkler und wirkte dadurch seriöser. Karmesin hatte mehr Gewicht. Allerdings bedeutete Karmesin auch, dass man den Bereich des Roten nicht verlassen wollte und kein Problem damit hatte, der Schriftstellerin Jenna Fortuni dieses Territorium streitig zu machen.

30

Jenna Fortuni unterhielt kaum Kontakt zu ihrem Verleger. Sie hatte ihn nur ein einziges Mal gesehen. Sie arbeitete mit ihm ein wenig wie mit einer Maschine. Die meisten Instruktionen erhielt sie über ihren Bildschirm. Die Erscheinungsdaten wurden ihr auf diesem Wege mitgeteilt. Wenn Jenna mit einer Entscheidung nicht einverstanden war (das war bereits vorgekommen), zeigte sich der Verleger konziliant: Wie er ihr in einer elektronischen Nachricht mitteilte, sei es am wichtigsten, dass Jenna mit ihrem Buch im Reinen sei; ihre Vorschläge akzeptiere er ohne Weiteres.

Der Verleger war auch sehr flexibel, was das Thema des Buches betraf. Jenna schickte ihm Material und ließ ihm ihre Wünsche zukommen. Der Verlag machte daraus ein Buch. Das Ergebnis war dem, was sich Jenna gewünscht hatte, im Allgemeinen sehr ähnlich. Es gab also überhaupt keine Probleme.

Jenna erinnerte sich nicht mehr genau an die Gesichtszüge dieses Verlegers. Er hatte sie in seinen Büros empfangen, die einst Kühlhäuser gewesen waren. Der Verlag hatte sich dort gerade erst niedergelassen, und der Verleger hatte gesagt, dass man die Wände neu streichen werde.

Er hatte in Bezug auf die weiße Wandfarbe einen bestimmten Ausdruck verwendet, irgendwas mit »Gänsehaut«. Er war ein großgewachsener Mann in den Vierzigern. Er drückte Jenna die Hand und nannte sie Madame Fortuni. Seine Hand war schlaff und schwach. Der Verleger war achtlos gekleidet; schlechter Geschmack, dachte Jenna. Er trug eines von diesen Hemden, die Jennas Ansicht nach längst aus der Mode gekommen waren. Außerdem hatte sie mit Erstaunen bemerkt, dass die Möbelstücke und Schreibtische in diesem Verlag so ähnlich aussahen wie das Mobiliar einst in ihrer Schule.

Wenn Jenna daran zurückdachte und mit ihrem Mann darüber sprach, sagte sie sich, dass der Mann, den sie gesehen hatte, vielleicht gar nicht ihr Verleger gewesen war. In diesen Büros schafften eine Menge Leute. Der Umzug des Verlags hatte erst am Vortag stattgefunden, die Beschäftigten machten einen konfusen Eindruck, und Jenna erinnerte sich noch daran, wie abwesend ihr der Verleger vorgekommen war, als er ihr seine schlaffe Hand gereicht hatte.

Jennas Mann sagte, dass es durchaus möglich sei. Er selbst hatte schon drei Weltreisen durch die komplette Verlagslandschaft hinter sich. Er wusste, wie es dort zuging. Laut Jennas Ehemann durfte man bei einem Verleger nicht länger verweilen als nötig. Der Verleger gewöhne sich sonst daran, und im Laufe der Zeit werde er weniger auf Qualität achten. Bei einem neuen Autor hingegen hoffe ein Verleger stets auf ein Wunder.

Jenna hatte bei ihrem Verleger drei Bücher veröffentlicht. Ihr Mann fand das in Ordnung, aber jetzt war für Jenna der Moment gekommen, über eine Veränderung nachzudenken.

31

Ein Star ergriff das Wort. Die Stimme dieser Frau klang gedämpft und fahl wie ein alter Geigenbogen. Wenn diese Stimme in einem Studio ertönte, tat sich um sie herum ein Vakuum auf. Es entstand durch die erstaunte Beobachtung der über ihre Stimmbänder hinwegstreichenden Luft. Der Star redete sehr langsam. Es war bemerkenswert, dass ihm noch kein Talkmaster das Wort abgeschnitten hatte. Das war vielsagend. Allein daraus konnte man ableiten, dass es sich hier um eines jener Wesen handelte, welche die Podien verhexten, da sie nichts mehr zu verlieren und demzufolge auch nichts mehr zu gewinnen hatten. Die Worte des Stars lösten sich heraus. Seine Sätze waren lang, und er schien nicht den Wunsch zu verspüren, sich zu beeilen. Es war eine sehr alte Frau. Man konnte sie häufig auf den Bildschirmen sehen, und doch gelang es manchen Fernsehzuschauern nicht, ihr Geschlecht zu bestimmen. Ihre Gesichtszüge waren jenseits von allem.

Dieser Star hatte eine lange Laufbahn hinter sich. Er war mehr als dreihundertmal in die Falle geraten. Man hatte von diesem Star alles, alles und wirklich alles gezeigt – selbst die tiefsten Schichten seiner Eingeweide. Bilder von der Operation, bei der man ihm den Unterleib aufgeschnitten hatte, waren im 21-Uhr-Nachrichtenjournal ausgestrahlt worden. Man hatte seine Därme gefilmt. Sein Grimmdarm war auf den Titelseiten zu sehen gewesen. Nach dieser Aufdeckung hatte der Star keine andere Wahl, als sich sehr, sehr weit zurückzuziehen – dorthin, wo kein Zoom und kein Objektiv Zugang hatten. Von dort drückte er sich jetzt aus, von dort ließ er nunmehr seine Worte aufs Podium fallen. Man ließ ihn in die Fernsehshows kommen. Dort war er der Ehrengast. Er durfte sich zur besten Sendezeit äußern. Man betrachtete ihn wie ein Tier in einem Käfig. Ein Tier, dessen Fell man bewundern und dessen ruhigen, gleichgültigen Blick man streifen konnte. Man hätte sich vergeblich bemüht, die Aufmerksamkeit eines solchen Tiers zu erlangen. Es war königlich und abwesend.

Seit dieser ersten Geschichte hatte es immer häufiger Operationsbilder gegeben. Und ein Star, der auf einem Operationstisch einschlief, wusste inzwischen nicht mehr, ob er dem OP-Team und dem Chirurgen vertrauen durfte. Was garantierte ihm denn, dass man ihn nicht in die Falle lockte und er am nächsten Morgen nach dem Aufwachen Bilder von seinem Körperinneren auf den Bildschirmen sah? Unsicherheit war unter Stars ein ganz gewöhnlicher Charakterzug. Anfangs hatten sich die Stars geschützt, indem sie sich mit Assistenten umgaben. Aber auch diese Leute waren verführbar. Heutzutage begannen sich die Stars zu ihrer Verteidigung mit Objektiven zu umgeben. Nur die Allerältesten taten das nicht, denn die hatten es nicht geschafft, sich dem technischen Fortschritt anzupassen, und waren nicht einmal dazu imstande, eine Gebrauchsanweisung zu durchschauen.

Die Stars, die sich mit Kameras schützten, sahen ihre Aura anschwellen. Man bekam noch größere Lust, sie in die Falle geraten zu sehen. Aber wie sollte man das anstellen? Man hatte ja schon ihre Häuser gezeigt, ihre Mülleimer, ihre körperlichen Beziehungen und ihre inneren Organe.

32

Jenna Fortuni begab sich zu einem Abend unter Freunden. Ihr Mann hatte es abgelehnt, sie zu begleiten. Er sagte, er habe eine Menge Arbeit mit den neuen Ausdrucksbanken.

Bei solchen Abenden unter Freunden mussten sich die Gäste Musik anhören, ehe sie sich an den Essenstisch setzten. Es gehörte zum guten Ton, Einladungen in Dezitonnen von Melodien zu ertränken. Dabei wäre es niemandem in den Sinn gekommen, der Musik einen Namen anzuheften. Die Musik war einfach da, in Schwaden. Man wälzte sich in ihr, wie man sich auf Kissen gefläzt oder in Konfitüre gesuhlt hätte. In solchen Augenblicken musste man tüchtig lachen, wenn man an jene vergangenen Zeiten zurückdachte, in denen die Leute noch versucht hatten, Musik mit Daten und Titeln zu fassen zu kriegen. Die Leute von damals waren wirklich Volltrottel gewesen.

Im Verlauf des Abends fand sich immer ein Gast, der die Finger auf seinem Bildschirm herumspazieren ließ, um die anderen daran zu erinnern, wie man in jenen alten Tagen Musik gehört hatte: Die Musik war in Scheiben abgeteilt gewesen. Die Stücke hatten einen Anfang und ein Ende gehabt. Man hatte stets mit erwähnen müssen, aus welchen Objekten, Hilfsmitteln oder Werkzeugen die Musik hervorgegangen war. Es hatte Leute gegeben, die den Namen der Person, von der die Musik gekommen war, auswendig wussten. Als ob die Musik von jemandem kommen konnte! In diesem Moment kringelten sich alle Freunde vor Lachen.

Wie der Gast von seinem Bildschirm weiter ablas, hatte die Verirrung ein solches Ausmaß erreicht, dass die Leute geglaubt hatten, sie müssten Verzeichnisse von diesen Segmenten anfertigen. Sie hatten ihnen Nummern gegeben. Sie hatten gedacht, das wäre nützlich, um diese Stücke wiederzuerkennen. Das Prinzip war simpel, rief ein anderer Gast aus und wurde dabei immer lauter: Die

Leute in jener Epoche waren arme Teufel gewesen. Geliebt hatten sie die Musik damals schon. Sie hatten sich aber vorgestellt, sie mit Beschriftungen festhalten zu können! Sie waren so weit gegangen, Namen von Personen und Instrumenten zu verwenden. Die armen Leute mussten geglaubt haben, auf diese Weise die Musik zu besitzen!

Das war aber trotzdem sehr primitiv, murmelte eine von Jennas Bekannten, die kürzlich den Namen Vanilla Rice Sombrerillas Golondrinas angenommen hatte.

Dann schaltete sich ein anderer Freund ein, der auch gerade einen Blick auf seinen Bildschirm geworfen hatte: Man dürfe nicht vergessen, dass die Entdeckung der musikalischen Matrize neueren Datums war. Bis dahin jedoch, in jenen finsteren, aber gar nicht so fernen Zeiten, waren die Leute überzeugt gewesen, die Musik könne ihnen gehören. Zumindest dann, wenn sie eine bestimmte Musik als Erste in ihrem Kopf empfangen zu haben glaubten.

Um Jenna herum hoben und senkten die Freunde das Kinn. Sie hatten diese Geschichten schon gehört. Natürlich konnte man das alles kaum glauben. Vanilla Rice Sombrerillas Golondrinas dachte laut nach. Diese Freundin war Schriftstellerin, sie fühlte sich immerzu verpflichtet, beim Sprechen Bilder zu machen. Im Grunde, sagte sie, sei es ein bisschen so gewesen, als hätten die Leute damals gar nicht gesehen, was Musik wirklich war. Sie hatten versucht, die Musik einzufangen – wie jemand, der Wasser mit einem Netz schöpfen will.

Jenna saß nachdenklich in ihrer Ecke. Sie sagte sich, dass den Autoren durchaus das Gleiche passieren konnte. Ihre Nachfahren würden sie eines Tages vielleicht für hirnlos halten. Sagten die Schriftsteller nicht heute noch, dass die Bücher und Sammlungen ihnen gehörten? Es war ein solcher Kampf, den eigenen Namen und Vornamen auf einen Umschlag zu bekommen! Wenn Jenna das unter einem bestimmten Blickwinkel betrachtete, konnte sie nachvollziehen, wie absurd es war. Und vielleicht würde man auf dieselbe Weise, wie man die musikalische Matrize entdeckt hatte, eines Tages auch die Matrize der Sprache aufdecken? Es war sicher nur noch eine Frage der Zeit. Es waren so viele Literaturmoebelpreise im Umlauf.

Diese nachdenklichen Betrachtungen führten Jenna zu Bildern zurück, die sie erst kürzlich auf ihrem Bildschirm gesehen hatte. In einer von diesen didaktischen Sendungen hatte ein Linguist an eine kuriose, die Wörter betreffende Tatsache erinnert: Für die meisten Menschen waren Wörter simple und für den Gebrauch bestimmte Gegenstände. Aber Wörter wie Bretter zu behandeln, war vielleicht bei Ausländern in Ordnung oder bei dreijährigen Kindern. Hatte man schon daran gedacht, so fragte der Linguist, all das herauszuholen, was in den Wörtern steckte?

Die Journalistin hatte gelächelt und eine verneinende Geste gemacht.

Daraufhin hatte der Linguistikprofessor weitergesprochen: Die Oberfläche eines Wortes konnte, vom Zentrum aus betrachtet, nach der einen oder anderen Seite gleiten. Ja, ein Wort vermochte sich zu öffnen, konnte offen daliegen wie ein Boot. Im Inneren dieses Wortes ließen sich allerlei Bilder finden, die andere Wörter begleiteten. Diese Wörter wiederum ähnelten allen möglichen flachen Wörtern, und man hätte glauben können, nun auf dem Grund des Wortes angelangt zu sein. Aber mitnichten! Denn auch der flache Grund dieser Wörter konnte sich verschieben und sich auftun wie die beiden Seiten eines Bootes. Und im Inneren fand man wieder andere Bilder und andere Wörter, die beliebigen flachen Wörtern ähnelten. Der Grund der Wörter lag tiefer, als es zunächst den Anschein gehabt hatte. Wörter waren wie Boote. Von außen sahen sie flach und winzig aus, aber wenn man hineinstieg, war man erstaunt, so viel Raum zu entdecken. Die Wörter hatten einen Boden, einen doppelten Boden, einen vierfachen, einen fünffachen, sechsfachen und immer so weiter, und beim gegenwärtigen Stand der Forschung konnte der Linguist noch nicht sagen, bis zu welcher Tiefe die Erkundungen führen würden. Vielleicht würden sie ganz einfach an andere Orte führen. Und das traf auf alle Wörter zu, hatte der Experte gesagt, auf alle Wörter, alle Wörter, alle Wörter …

Die Moderatorin hatte es für nötig befunden, dass der Professor seine Äußerungen präzisierte und sagte, worauf er hinauswollte. Diese Moderatorin war wirklich mit allen Wassern gewaschen. Sie hatte an Schulen gearbeitet und sich dann umschulen lassen. Sie kannte sich mit Didaktik aus.

Beim gegenwärtigen Stand der Forschung, hatte der Professor daraufhin zusammengefasst, wobei er seine Brille abgenommen hatte, sei es einfach zu verstehen, dass es für das menschliche Fassungsvermögen angesichts der Komplexität schon eines einfachen Wörterbuchwortes erst recht schwierig sein dürfte, die ganze Komplexität eines Buches zu umgreifen. Deshalb, so musste der Professor bekennen, plädiere er dafür, Bücher schlicht und einfach abzuschaffen.

Obgleich die Journalistin ja kampferprobt war, hatte sie mit einer solchen Bombe nicht gerechnet. Nachdem auch sie ihre Brille abgenommen hatte, hatte sie den Professor gebeten, sich noch etwas genauer zu erklären. Der Professor sprach in freundlichem Ton weiter. Es habe viele Jahrhunderte gebraucht, ehe es den Menschen bewusst geworden sei: Die Wörter waren schon für sich kleine Bücher. Sie spreizten sich nicht von links nach rechts an der Oberfläche auf, sondern machten es erforderlich, dass man sich über sie beugte und senkrecht in sie hineinsah. Es waren Wörter, die riesengroß werden konnten, wenn man in ihnen zu schürfen begann. Jetzt waren sie vorbei, die Zeiten der Unwissenheit: Ein jeder hatte die Fähigkeit erlangt, sich des wahren Reichtums seiner Worte bewusst zu werden. Dieser Reichtum hatte im Schlummer gelegen. Man hatte ihn seit Langem gesehen, aber mehr wie einen Schatz, der in so tiefem Wasser lag, dass man ihn nicht bergen konnte. Es war an der Zeit, diesen Reichtum an die Oberfläche zu holen. Vorbei die Zeiten, in denen es notwendig gewesen war, hunderttausende Wörter in einem Buch anzuhäufen, um einen Anflug von Sinn zu produzieren. Mit dem einzelnen Wort aber werde Sinn effizient. Ein einziges, richtig ausgewähltes Wort könnte bereits ein Buch bilden. Noch ein paar Monate Forschung, und man könnte schon in ganz naher Zukunft alles bezeichnen, was man bezeichnen wolle, alles sagen, was man sagen wolle, und alles übermitteln, was man übermitteln wolle – und das mit einer so simplen und doch auf wunderbare Weise erfüllten Vokabel wie *Made* oder *Schauer*.

Die Journalistin hatte dem Professor gedankt. Sie hatte ihn noch gefragt, ob er wisse, wann die Kandidaten für den Literaturmoebelpreis bekanntgegeben würden. Der Professor hatte gesagt, das werde wahrscheinlich am Freitag in vierzehn Tagen passieren, und dann war auch schon der Abspann angelaufen.

33

Jenna Fortuni erhielt eine Nachricht von ihrem Verleger. Das bestärkte sie in ihrer Idee, dass er ein Hellseher war. Fabrizierte er nicht beinahe auf den Punkt genau die Bücher, die Jenna sich vorstellte? Man hätte glauben können, er habe ihr einen Fotoapparat in den Kopf eingebaut. Und verstand er nicht augenblicklich ihre Wünsche und Bedürfnisse, um sie dann auf bewundernswerte Weise in das jeweilige Projekt einfließen zu lassen? Schickte er seine Nachrichten nicht stets ausgerechnet in dem Moment, wo Jenna selbst daran gedacht hatte, mit ihm in Kontakt zu treten? Inzwischen hatte sie die Gewohnheit angenommen, einfach nur daran zu denken, statt ihm ein Zeichen zu geben.

Und auch diesmal hatte die Magie gewirkt: Der Verleger lud Jenna in seiner Nachricht zu einem Gespräch ein. Es geschah genau in jener Minute, in der sie nach den Diskussionen mit ihrem Mann zu der Schlussfolgerung gelangt war, dass nun der richtige Moment für sie gekommen sei, an einer anderen Tür anzuklopfen.

Gewiss, bisher hatte der Verleger für sie wie eine geschmeidige, alles einhüllende Alge funktioniert. Er war ihr bei allen Vorhaben gefolgt und hatte ihre Wünsche auf eine verblüffende, flüssige Weise vorweggenommen. Niemals hatte er ihr widersprochen. Und bei alledem war er auch noch unsichtbar geblieben. Aber man musste sich zu verabschieden wissen, solange es keine Probleme gab. Musste fortgehen, bevor der Mechanismus ins Stocken geriet. Man durfte sich nicht festsetzen. Wer sich festsetzte, begann immer weniger sichtbar zu werden, und im Laufe der Jahre rutschte er in dieselbe Kategorie ab wie Zimmerpflanzen, Vasen, Stühle, Tische und Büroregale. Jenna hatte ihre Entscheidung getroffen. Sie wollte Abenteuer erleben, aus ihrer Schablone heraustreten, andere Dinge sehen, neue und reichhaltige Erfahrungen machen.

Der von ihrem Verleger vorgeschlagene Termin war für Jennas Geschmack zu bald, und so ließ sie ihn verlegen. Sie wollte genügend Zeit haben, um sich in aller Gelassenheit auf das vorzubereiten, was ihrer Meinung nach ein stürmisches Gespräch werden würde. Jennas Bücher verkauften sich gut. Gewiss würde der Verleger sie nicht einfach so gehen lassen. Er würde Rechenschaft von ihr verlangen. Jenna würde vorsichtig zu Werke gehen müssen. Sie musste mit Argumenten aufwarten können. Der Verleger durfte nicht denken, dass Jenna fortging, weil sie unzufrieden war. Jenna fragte sich, was man einem Verleger als Dankeschön überreichen konnte. Rosen passten da nicht. Der Verleger war unpersönlich und kalt wie eine Tastatur. Er schien auch gar nicht imstande zu sein, Pralinen zu essen oder Alkohol herunterzuschlucken. Jenna konnte es sich jedenfalls nicht vorstellen. Ihr Verleger hatte weder Schlund noch Magen.

In einem Laden für Mineralien und Schmuck kaufte sie einen Bergkristall. In der Vitrine war ihr der Kristall perfekt vorgekommen: nicht zu groß, nicht zu platzraubend für ein gut gefülltes Büro. Er war ein getreues Abbild ihres Verlegers – weiß, mineralisch – und ihrer beider Zusammenarbeit – transparent. Er stellte ein kleines Gebirge mit drei Gipfeln dar und konnte auch das kleine Gebirge des Ruhms versinnbildlichen, das Jenna und der Verleger von E-Mail-Nachricht zu E-Mail-Nachricht allmählich aufgebaut hatten. Der Kristall zeigte, dass dieses Ruhmesgebirge solide war. Es war hart. Es war stark und unzerstörbar.

Jenna hoffte, der Verleger würde ihre Geste entschlüsseln können. Sie war zuversichtlich. Ihr Verleger war nicht umsonst Verleger geworden. Er konnte mit Symbolen umgehen. Und wenn er mit solchem Scharfblick in ihrem Geist zu lesen vermochte, würde er auch im Handumdrehen erfassen, welche Intentionen in dem Kristall lagen, den er zur Erinnerung an seine Autorin Jenna Fortuni erhielt. Jenna ließ ihre Phantasie noch weiter schweifen und stellte sich vor, wie der Verleger, über seinen Schreibtisch gebeugt, im Kristall die täglichen Nachrichten las. Oder wie er in dem Stein sogar telefonierte. Ganz Jenna zugehörig, den Kopf umgeben vom Heiligenschein des Kristalls. Aber all das entsprang natürlich der Einbildungskraft einer Schriftstellerin.

Dann war der für die Begegnung vereinbarte Tag gekommen. Jenna machte sich zu ihrem Verleger auf. Sie parkte ihren Wagen genau vor dem Haupteingang des Verlags. Mit Parkplätzen hatte Jenna immer Glück. Dieser hier war der Größe ihres Autos zentimetergenau angemessen. Und es war der einzige freie Platz. Zu beiden Seiten der langen Allee parkten Stoßstange an Stoßstange dicke Range Rover.

Einen Empfangstresen gab es nicht. Wenn sie danach gefragt worden wäre, hätte Jenna gesagt, dass sie dieses Haus noch nie betreten hatte. Dabei hatte sie ihren Bildschirm vor der Nase, und dort blinkte in fetten Buchstaben: 227, Rue Renardo-Mélinançon. Es war genau das Haus, in das Jenna schon um 12.24 Uhr vor beinahe fünf Jahren gegangen war.

Ein Mann kam ihr auf dem Korridor entgegen. Als Jenna seine Gestalt und seine Haltung sah, zweifelte sie nicht mehr. Es handelte sich um ihren Verleger. Er war sehr groß und sehr steif. Als Jenna ihm die Hand drückte, erkannte sie plötzlich seine braunen Augen wieder und die beiden senkrechten Falten mitten auf seinen Wangen. Der Verleger begrüßte sie auf eine flaue Art, mit einer gewollten Warmherzigkeit, die aufflackerte und im gleichen Moment schon wieder erlosch. Er ließ Jenna den Vortritt in ein kleines Zimmer, das er aufs Geratewohl ausgesucht zu haben schien. Jenna war verwundert, dass der Verleger sie nicht in sein eigenes Büro führte.

Wie im Eingangsbereich waren auch hier die Wände neu gestrichen. Es gab zwei Sitzgelegenheiten und einen Couchtisch aus Plastik. Das Fenster im Hintergrund war klein und quadratisch; es schien Jenna sehr weit weg zu sein. Ihr fiel auf, wie niedrig die Zimmerdecke über ihr hing. Daran lag es vermutlich auch, dass ihr Verleger sich sofort auf einen der beiden transparenten Stühle gesetzt hatte. Auch Jenna nahm Platz. Im Raum breitete sich Schweigen aus. Das musste ganz sicher nicht peinlich sein. Jenna hatte mit ihrem Verleger ja schon seit Jahren fast kein Wort gewechselt. Es war also ganz natürlich, dass die Kommunikation zwischen ihnen nicht auf diesem Kanal lief.

»Jenna Fortuni«, begann ihr Verleger und legte plötzlich die Hände über Kreuz.

Jenna konnte nicht mehr an sich halten. Sie fiel ihm ins Wort und dankte ihm herzlich für die Einladung zu diesem Gespräch. Sie habe schon lange den Wunsch verspürt, zu ihm in den Verlag zu kommen.

Der Verleger wirkte verärgert. Seine Augen vollführten eine seltsame Bewegung – als wollten sie ausdrücken, dass man wieder zurück an den Anfang sollte. Dann sprach er rasch weiter: Die Kollegen, von denen Jenna Fortuni beim letzten Mal empfangen worden war, hatten die Firma schon lange verlassen. Der Verleger habe es als seine Pflicht betrachtet, mit Jenna einen Gesprächstermin zu vereinbaren, um ihr mitzuteilen, dass auch sie den Verlag gewechselt hatte. Jenna Fortuni gehöre inzwischen zum Verlag Radelpha, sagte der Verleger, und das schon seit einiger Zeit. Dabei bohrte er seine Pupillen tief in Jennas Gesicht. Die Augen des Verlegers waren grün mit Flittern drin. Jenna kannte diesen Mann nicht.

Der Verleger blickte über Jennas Kopf hinweg zum Fenster und sagte seinen Text auf: Die Autoren hatten ja gar keine Ahnung davon, welchen prosaischen Zwängen die Verlage unterworfen waren. Ein Autor brauchte nur seinen kleinen Geldbeutel im Auge zu behalten. Ein Verleger hingegen musste sich mit Millionen herumschlagen. Die Autoren sollten ruhig ein wenig mehr Wertschätzung für die Verleger zeigen, die solche Lasten beherzt schulterten. Die Autoren mussten es doch eigentlich verstehen: Es war alternativlos, verkauft zu werden. Es bedeutete nicht gleich den Weltuntergang. Allenfalls war es ein Kulissenwechsel. Die Autoren hatten sich nicht um Geschehnisse zu bekümmern, die sich sehr hoch oben über ihren Köpfen abspielten. Diese Geschehnisse hatten nicht mehr Auswirkungen auf ihr Alltagsleben als der Himmel oder die Bewegungen der Gestirne. Eine Hirtin, ein Schaf – kümmerten die sich vielleicht um die Sterne?

Der Verleger legte seine großen weißen Hände auf die Oberschenkel und schaute ganz unverhohlen auf seinen Bildschirm.

»Na schön«, sagte er im Aufstehen, »dann ist ja alles bestens.«

Bevor er fortging, wollte Jenna ihn noch fragen, was mit ihrem dritten Buch geschehen war. Es war ein großartiges Buch. Jenna wollte den Namen der Person erfahren, die es betreut hatte.

Der Verleger erinnerte sich nicht an dieses Buch. Aber das war auch nicht von Belang: Die meisten Bücher in seinem Haus wurden von Algorithmen verfertigt. Genauso wie die Briefe und E-Mails. Genauso wie die Postsendungen und die Pakete. Genauso wie der Satz und die graphische Gestaltung. Alles in allem, so schloss der Verleger, waren es nur noch die zwischenmenschlichen Kontakte, die von keinem Algorithmus ersetzt werden konnten. Auf seinem Gesicht zeichnete sich ein Lächeln ab, fahl. Dann verabschiedete er sich.

34

Der Name des Verlags Radelpha war Jenna nicht unbekannt. Und das aus gutem Grund: Radelpha war der Verlag von Joanna Fortaggi.

Ihr Mann konnte zehnmal sagen, dass es nicht weiter schlimm sei, verkauft zu werden, und dass der Verleger vollkommen recht gehabt habe: interplanetare Bewegungen, die Jennas Arbeit überhaupt nicht betrafen. Jenna war trotzdem außer sich. Sie ärgerte sich auch, weil ihr über all die Jahre hinweg nicht bewusst geworden war, dass sie es mit Algorithmen zu tun gehabt hatte. Deshalb also war dieser »Verleger« so liebenswürdig gewesen. Deshalb also hatte er über ihre Entscheidungen nicht herumdiskutiert, sondern sie geschmeidig und blitzschnell in sein System eingebaut. Deshalb also waren ihre Bücher so perfekt.

Jenna holte ihre drei Bücher hervor und drehte sie hin und her. Jetzt, wo sie Bescheid wusste, kam ihr deren Perfektion unmenschlich vor. Sie hätte es merken müssen. Es lag etwas Falsches oder Zugutgemachtes in diesen Gegenständen. Die Ecken des Umschlags waren zu perfekt geschnitten. Die Ränder hatten nichts Abgerundetes. Die Farben bissen sich, wenn man genau darauf achtete. Sie waren nicht natürlich. Jenna Fortuni bekam Lust, ihre drei Bücher aus dem Fenster zu werfen.

Ihr Mann zuckte die Schultern. Es bringe doch nichts, seine Bücher wegzuschmeißen. Er selbst sei etliche Male verkauft worden, und was habe er dabei gewonnen? Weltruhm. Statt sich zu ereifern, solle Jenna lieber darüber nachdenken, was ihr der Verkauf ihres Namens einbrachte: Es war ein weiterer Schritt zum Erfolg. Und dass Radelpha zufällig auch das Verlagshaus von Joanna Fortaggi war, regte Jennas Mann ebenso wenig auf. Die Bücher dieser Autorin erschienen ebenfalls bei Radelpha? Na und? Radelpha hatte hunderte Autoren, die wie auf einem riesigen Schachbrett langsam und beständig von Feld zu Feld rückten. Hatte ein Literaturkritiker nicht eines Tages scherzhaft gesagt, die Bewegungen an der Börse seien gar nichts im Vergleich zum Tanz der Autoren zwischen den Verlagshäusern? Jenna benehme sich wirklich wie eine Debütantin. Noch einmal: Sie war weder die Erste noch die Letzte, die den Verlag wechselte. Und Radelpha war ein renommiertes Haus. Gewiss, seine Verlagspolitik war hart, und man hatte oft den Eindruck, zerrieben zu werden. Aber am Ausfluss der Mühle gewann man dann, Tropfen für Tropfen, das allerreinste Öl.

Aus der Art und Weise, wie Jennas Mann manchmal sprach, glaubte sie erraten zu können, was er in seine Bücher packte.

Durch ihren Verlagswechsel war Jenna ängstlich geworden. Sie zuckte beim kleinsten Geräusch zusammen. Sie ertrug es nicht mehr, die Silhouetten von Jack und Pam zu sehen. Sie zog die Vorhänge vor ihnen zu. Aber wenn sie später wieder das Licht hineinließ, traf sie auf ihre spöttischen Pupillen und schreckte hoch.

Jennas Mann hatte die Beziehung zwischen Jenna und Joanna Fortaggi niemals verstanden. Er hatte immer nur gesagt, das seien alles Eifersüchteleien und Frauengeschichten. Er war außerstande zu begreifen, was es in Wahrheit bedeutete, immerfort verwechselt zu werden. Wenn man immerfort geduldig seinen Namen berichtigen, sein Territorium verteidigen musste. Wenn man Tag für Tag Gesprächspartnern antworten musste, die sich vielleicht an eine ganz andere gewandt hatten. Wenn man zur Hälfte durchsichtig war. Wenn man nicht mehr wusste, ob die eigenen Worte an einem festen Ort entstanden oder in einem Vakuum. Éden Fels hatte solch eine Situation selbst nie erlebt. Er hatte das Glück gehabt, Bücher herauszubringen, die sich sofort als unvergleichlich erwiesen hatten. Dafür hätte er eigentlich gelyncht werden müssen, aber dank seiner Intelligenz und dem gnädigen Schicksal war er zwischen den Schauern immer trocken hindurchgekommen. Er hatte auch ein typisches Schriftstelleraussehen: klein, mager, von vorgetäuschter Gequältheit. Dieses Aussehen hatte ihm zu einer Zeit, als Schriftstellerinnen noch nicht so in Mode gewesen waren, sicher geholfen.

Jenna und ihr Mann lagen absolut auf einer Wellenlänge. Wenn es aber etwas gab, über das sie sich nicht einig werden konnten, dann war es Joanna Fortaggi. Für Jennas Mann war Joanna Fortaggi eine moderne, stolze und nicht einmal übermäßig talentierte Schriftstellerin. Für Jenna war Joanna eine gefährliche Rivalin. Nein, eigentlich keine Rivalin. Eine Art von Über-Präsenz, die imstande war, Jenna zu absorbieren und verschwinden zu lassen. Kurz gesagt, ein Schwarzes Loch. Jenna musste gut aufpassen. War man erst einmal in ein Schwarzes Loch hineingeraten, gab es kein Zurück. Man wusste nicht, was einen auf dem Grund erwartete. In der Nähe eines Schwarzen Lochs verwandelten sich Sterne in Crêpes, ehe sie explodierten. Gerade Linien wurden zu Kurven. Die Oberfläche des Weltraums war ständig in

Bewegung, ganz wie die Meeresoberfläche. Sowohl Jenna als auch Joanna badeten in einem vierzehn Milliarden Jahre alten Licht.

Plötzlich schob Jenna ihren Bildschirm von sich. Wenn sie ihn zu lange konsultierte, fühlte sie Panikwogen anschwellen. Es war besser, wenn sie sich zur Erholung aufs Bett legte.

Ohne die Tagesdecke abzunehmen, machte sie sich auf dem Arrangement aus Kissen und künstlichen Blumen lang. Aber plötzlich entfuhr ihr ein Schrei: Jack und Pam starrten sie aus vier Augen spöttisch an. Gereizt erhob sich Jenna und zog ihnen den Vorhang vors Gesicht.

35

Joanna Fortaggi richtete die Partys zum Erscheinen ihrer Bücher immer bei sich zu Hause aus. So brauchte sie sich niemanden zu suchen, der auf die Kinder aufpasste. Die Gäste hatten den Eindruck, dass die Schriftstellerin ihnen eine besondere Gunst erwies, und man konnte im Machtspiel großartig punkten, wenn man seinen Verleger in die Küche bat.

Joanna Fortaggi war mitten dabei, das Erscheinen ihres sechsten Buches zu feiern, als die Nachricht sie erreichte: Der Verlag Radelpha brachte ihr siebtes Buch heraus.

Joanna war gerade damit beschäftigt, inmitten von Aufschreien und Gekreisch den Champagner zu entkorken. Das war schon zu einer Tradition geworden: Für ihre Buchpremierefeiern umgab sich Joanna mit Aushilfskräften, aber wenn der Moment für den Champagner gekommen war, stieg sie auf einen Couchtisch und ließ die Korken selber knallen. Das war für Joanna der Gipfel eines Festes und des Sichgehenlassens.

Zuerst hatte Joanna nichts begriffen, als einer der Gäste (jemand von den Freunden, die ihr Mann per Katalog für sie ausgesucht hatte) sich zu ihr hinüberbegeben, ihr den Knöchel gestreichelt und sie zu ihrem siebten Buch beglückwünscht hatte. Joanna hatte gedacht, dass er in seiner Trunkenheit die Zahlen durcheinanderbrachte und sowieso nur von unten auf ihre Beine schielen wollte. Sie hatte gelacht und die nächsten Korken knallen lassen.

Dann hatte sich ein anderer Gast dem Tisch genähert. Ihn konnte man nicht verdächtigen, betrunken zu sein. Joanna kannte ihn seit Langem. Alkohol rührte er nicht an. Er war einer der wenigen Schriftsteller, die seriös geblieben waren. Seine Umschläge waren streng und violett. Er gehörte zu jenen Autoren, die ins Studio kamen, um auf dem Podium herumzuschreien, dass alles schon gesagt sei. Aus seinem alarmierten Blick erriet Joanna, dass es sich um keinen dummen Scherz handelte. Er bat Joanna mit einer Geste, vom Tisch zu steigen. Dann, im Nordostwinkel des großen Wohnzimmers, sagte er ihr mit erstickter Stimme, dass der Verleger in kleiner Runde gerade das unmittelbar bevorstehende Erscheinen des siebten Buches von Joanna Fortaggi angekündigt habe. Der Schriftsteller hatte seinen Bericht noch nicht beendet, als Joannas Mann herbeigeeilt kam: Was denn hier vorgehe? Der Verleger von Radelpha habe im Nordostwinkel des Wohnzimmers soeben eine Neuigkeit verkündet: Das siebte Buch von Joanna Fortaggi werde schon morgen erscheinen. Joannas Mann wäre über diese Entwicklungen gern auf dem Laufenden gehalten worden. Was sich Joanna denn bloß dabei gedacht habe? Werde sie vielleicht langsam verrückt?

Joanna musste ihrem Mann eingestehen, dass der Verleger sie überrumpelt hatte. Das war kein gutes Zeichen. Die Geschichte hatte bereits mehrere solcher Fälle von

Veröffentlichungssalven gesehen: Eines schönen Tages ließ der eine oder andere Verleger eine Reihe von Büchern desselben Autors in rascher Aufeinanderfolge erscheinen. Zuerst waren alle anderen Autoren neidisch. Dann merkte man, dass es sich um eine Art Schwanengesang handelte. Oder, prosaischer ausgedrückt, um eine gesunde und hygienische Maßnahme der Selbstreinigung. Ein Verlag reinigte sich, indem er von diesem Autor, den er momentan noch in seinem Haus führte, auch noch das allergeringste Material auswarf. Und jedes Mal endete es damit, dass der betreffende Autor an einen weniger wichtigen Verlag verkauft wurde. Oder, zehntausendmal schlimmer, dass er für immer aus den Fernsehstudios und den Verkaufskonsolen verschwand.

Am Tag nach der Buchpremierenfeier war die Nachricht schon durch alle Fernsehsender und Zeitschriften gegangen: Joanna Fortaggi brachte ihr siebtes Buch heraus. Für einen Fernsehmoderator war das verwirrend und schwierig: Er war es nicht gewohnt, mit zwei Büchern auf einmal zurande kommen zu müssen, mit zwei Büchern, die ein und derselbe Autor zeitgleich veröffentlicht hatte und die doch zwei voneinander unterschiedene Dinge blieben. Alle möglichen Probleme traten auf, was das Protokoll solcher Sendungen anging: Sollte man Joanna Fortaggi als Letzte präsentieren, um ihr im Vergleich zu den übrigen eingeladenen Autoren nicht zu viel Sendezeit einzuräumen? Sollte man ganz am Anfang das sechste Buch vorstellen und dann bis kurz vor Schluss warten, um das siebte zu präsentieren? Oder sollte man beide Bücher zugleich vorstellen? Aber würde der Fernsehzuschauer die beiden Bücher dann noch zu unterscheiden wissen? Würde diese Situation nicht Verwirrung und Angstzustände auslösen? War es nicht möglich, das sechste und das siebte Buch so hinzustellen, dass sie wie aus einem Stück und daher im Grunde wie ein einziges Buch wirkten?

Joanna Fortaggi wusste nicht einmal, wie ihr siebtes Buch aussah. Als sie die Fragen beantwortete, verblieb sie im Vagen – eine Übung, die sie inzwischen ohnehin meisterlich beherrschte. Den Literaturkritikern, die bei ihr anriefen und ihr Nachrichten schickten, antwortete sie, sie würden nicht enttäuscht werden. Das siebte Buch sei noch schöner als das vorangegangene. Sie sollten einfach nur die Abendsendung abwarten.

Das siebte Buch sollte um 21.30 Uhr erscheinen, genau zu Beginn des Großen Literarischen Podiums. So hatte es der Verlag Radelpha entschieden. Dann sollte Joanna Fortaggi ihr Buch zum ersten Mal zu Gesicht bekommen, direkt vor den Augen des Publikums, um mit ihm die Emotionen teilen zu können, wenn sie das neue Werk in den Händen hielt.

»Madame Fortu- … Fortaggi, Sie verwöhnen uns!«, formulierte ein Literaturkritiker live auf dem Bildschirm.

Joanna entgegnete darauf nichts. Sie versuchte, sich mit ihrem Verleger in Verbindung zu setzen. Der aber war total überlastet. Er arbeitete fünfundzwanzig Stunden pro Tag. Mal ließ er ihr ausrichten, er stehe mitten auf einem Büchermarkt in Labrador, mal steckte er gerade in Verhandlungen über den Kauf von zweitausend Datenbanken, und Joanna wurde direkt in die musikunterlegte Warteschleife katapultiert. Man bat sie, sich noch ein wenig zu gedulden.

36

Im Studio des Großen Literarischen Podiums kündigte eine Assistentin den Countdown an. Der Moderator sah seine Kärtchen durch. Er hatte ein müdes Gesicht. Aber auf Befehl einer kleinen Kontrollleuchte, die ohne Vorwarnung von Grün auf Rot schaltete, begann sein Gesicht plötzlich zu erstrahlen. Es war, als hätte er sich einen Ruck gegeben. Er sandte ein wundervolles Kautschuklächeln in die Kamera, die ihm frontal gegenüberstand.

»Guten Abend, meine Damen und Herren«, stieß er hervor, wobei er sich nach vorn beugte und mit der Hand weit ausholte, um eine Umarmung anzudeuten. Seine ganze Person war nur noch Warmherzigkeit und freundlicher Empfang. Man sah nichts an ihm, das nicht entspannt und offen gewesen wäre. Abgesehen natürlich von Daumen und Zeigefinger der linken Hand, die sich um seine Spickzettel krampften. Diese Haltung war weit verbreitet. Alle Moderatoren präsentierten sich mit dieser leichten Verkrampfung und diesem unschönen Weiß in der linken Hand. Es mangelte ihnen ein ganz klein wenig an Schneid.

Dieser Moderator hier war renommiert. Er hatte im Fernsehen bereits außergewöhnliche Langlebigkeit bewiesen. Die Welt der Fernsehzuschauer spottete über sein Kautschuklächeln, das einer besonderen Struktur seiner Epidermis geschuldet war. Aufgrund dieser Beschaffenheit seiner Wangen hatte sich ganz allmählich und ohne dass man es merkte, die Idee ins allgemeine Bewusstsein eingeschlichen, dass dieser Moderator vielleicht gar nicht echt war. »Meine Damen und Herren«, sagte der Moderator, »wir begrüßen Sie heute Abend zu einer Sonderausgabe, in der Sie die prominentesten Autoren mit ihren neuesten Büchern erleben werden.«

An vorderster Stelle präsentierte er die Romanautorin Joanna Fortaggi. Und was hätte er auch anderes tun können? Joanna Fortaggi würde live auf seinem Podium ihr siebtes Buch erscheinen lassen.

Auch Jenna Fortuni war anwesend. Sie saß genau neben Joanna Fortaggi. Lieber hätte sie auf einem anderen Platz gesessen, aber die Produzenten hatten es nun einmal so entschieden: Joanna Fortaggi und Jenna Fortuni, Seite an Seite wie zwei Schwestern. Die Assistentin hatte sie so hingesetzt, dass sich das Kabel von Jennas Ansteckmikro nicht in Joannas Beinen verfing. Joanna trug ein fleischfarbenes Spitzenkleid mit glitzernden Fäden. Jenna trug einen lachsfarbenen Rock und eine cremefarbene Bluse. Wie üblich kleideten sie sich vollkommen synchron.

Jenna Fortuni hatte keine Lust, hier zu sein. Ihr war klar, dass sie auf das siebte Buch von Joanna Fortaggi treffen würde und sich das Gehirn zermartern musste, um einen lobenden Kommentar zu finden. Sie würde einen Vergleich finden müssen, den seit gestern Abend noch niemand ausgesprochen hatte und der vor allem nichts Gesuchtes oder Unerwartetes an sich haben durfte. Und sie würde mit Ja antworten müssen, wenn man sie fragte: »Aber Sie, Madame Fortuni, finden Sie es nicht auch verblüffend, dass Ihr gesamtes Werk derart frappierende Parallelen zu den sieben Büchern von Joanna Fortaggi aufweist?«

Und trotzdem war Jenna neugierig; sie wollte erleben, wie sich die Fortaggi aus der Affäre zog. Ihr fünftes Buch war smaragdgrün gewesen. Ihr sechstes Buch karmesinrot. Welche Farbe hatte der Verleger bei Radelpha wohl für diesen neuen Coup erfunden? Eine Abstufung ähnlicher Farbtöne, etwas Pastellfarbenes? Oder war da eine noch ganz unbekannte Illustration? Jenna wusste, dass

Joanna Fortaggi Illustrationen hasste; sie hatte es sich auf den Podien zur Genüge mit anhören müssen. Joanna Fortaggi ließ keine Gelegenheit aus, um sich vor den Kameras über die scheußlichen Umschläge ihrer Taschenbuchausgaben und Übersetzungen zu beklagen. Das tat sie, um daran zu erinnern, dass sie ins Tagalog übersetzt war und selbst die Inuit ihre Bücher viel kauften. Sie bekam E-Mails aus Japan. Und per Bildschirm begab sie sich oft nach Kenia.

Jenna nahm an, dass Joanna Fortaggi ein korrektes und zurückhaltendes Buch geschrieben hatte. Beim siebten war Zurückhaltung noch wünschenswert. Das achte durfte schon reißerischer sein. Das neunte durfte exzentrisch ausfallen, und danach, mit dem zehnten, konnte man sich alles erlauben. Aber was sie, Jenna Fortuni, betraf, wusste sie noch nicht einmal, wann ihr viertes Buch veröffentlicht, ja nicht einmal, ob es überhaupt je erscheinen würde. Jenna fühlte, wie sie hin und her trieb. Sie wusste nicht mehr genau, an welchen Platz sie gestellt war. Sie hatte den Eindruck, ihre Bindungen verloren zu haben. Was lächerlich war, wenn man bedachte, dass diese Bindungen ganz banale Algorithmen gewesen waren.

Der Moderator riss sie aus ihren Gedanken. Er schickte sich an, seinen Prolog zu Jenna zusammenzustricken, und wollte sich das Gehaltvollste für später aufheben. »Jenna Fortuni«, begann er, »mal ganz ehrlich: Wie fühlt es sich an, neben einer Autorin zu sitzen, die Schlag auf Schlag ihr fünftes, sechstes und siebtes Buch veröffentlicht hat?«

Der Moderator hoffte, Jenna damit zu der Antwort zu bewegen, alle diese Bücher würden sie neidisch machen. So hätte er sofort wieder das Prinzip des Vergleichs anwenden können. Das Scheinwerferlicht schoss auf Jenna nieder. Von den Blicken aufgemuntert, packte sie den

Stier plötzlich bei den Hörnern: Nun ja, es sei sehr anregend für sie, neben Joanna Fortaggi zu sitzen. Vor allem, da sie ja neuerdings den gleichen Verlag hatten. Jenna sagte das mit einem Lächeln und deutete einen Blick in Joannas Richtung an, ging aber nicht so weit, sie wirklich anzuschauen.

Ihre Worte hatten die Wirkung einer Granate. Der Moderator war aus dem Konzept gebracht und fand auf seinen Handzetteln keine passende Erwiderung. »Was möchten Sie uns damit sagen, Jenna Fortuni?«, fragte er, um eine Atempause zu gewinnen.

Jenna war clever. Indem sie selbst verkündete, wer ihr neuer Verleger war, machte sie sich ein wenig von Joannas Aura zu eigen. Und gleichzeitig ließ sie alle Kommentare, die unweigerlich auf sie herabgeprasselt wären, sobald die Talkmaster von ihrem Verlagswechsel erfahren hätten, von vornherein ins Leere laufen.

Jenna schaute Joanna nicht an, aber sie spürte an ihrer Seite winzige Bewegungen. In Joanna hatte es zu zucken und zu wirbeln begonnen. Wie Jenna nun begriff, hatte niemand Joanna davon benachrichtigt, dass ihre Kollegin künftig im selben Verlag publizieren würde. Joanna Fortaggi war beunruhigt. Aber sie durfte es nicht zeigen in diesem Augenblick, wo sie auf dem Gipfelpunkt stand. In dem Augenblick, wo ihr siebtes Buch vor den Augen des Publikums das Licht der Welt erblicken würde.

Der Moderator wandte sich jetzt an Joanna Fortaggi. Er sagte ihr, dass sie sich doch bestimmt freue, ihre literarische Zwillingsschwester in ihrem Verlag begrüßen zu dürfen. Joanna Fortaggi entgegnete mit einem strahlenden Lächeln, dass sie entzückt sei. Der Gedanke, dass Jenna Fortunis Bücher künftig in den Händen eines so wackeren Verlegers liegen würden, bereite ihr wahrhaft Vergnügen. Joanna Fortaggi warf sogar eine flüchtige

Geste hin – ein wenig, als wollte sie ihre schützende Hand auf Jennas Unterarm legen. Aber die Geste blieb mitten in der Luft hängen. Joannas Hand zog sich langsam zurück und legte sich dann wieder auf ihr Knie.

Jenna spürte noch immer, dass es in Joannas Tiefen brodelte. Sie konnte in sie hineinblicken. Was für ein seltsames Gefühl, sagte sie sich. Sie hatte im gleichen Moment auf sich selbst und in Joannas Innenleben geschaut. Sie hatte es nicht gleich bemerkt, aber jetzt wurde es ihr bewusst. Dieser Zustand währte schon eine kleine Weile; Jenna konnte nicht sagen, wann genau es begonnen hatte. Vielleicht war es sogar schon immer so gewesen, und Jenna hatte bloß nie darauf geachtet. Am seltsamsten aber war noch etwas anderes: Jenna wusste, dass auch Joanna in sie hineinschauen konnte. Das war einfach so. Es gab keine Distanz. Sie hingen zusammen. Das war nicht störend. Es war auch nicht unangenehm. Im Gegenteil. Jenna begriff, dass sie geräumig war. Sie war ruhig. Sie war gelassen. Sie war.

In diesem Augenblick kündigte der Moderator das Erscheinen des siebten Buches von Joanna Fortaggi an. Ein Trommelwirbel ertönte, halb ernsthaft, halb ironisch. Eine Assistentin brachte Joanna einen kleinen Schrein. Der Schrein wurde auf ihren Knien abgesetzt. Der Moderator erinnerte die Fernsehzuschauer daran, dass sich Joanna Fortaggis siebtes Buch darin befand. Der Trommelwirbel wurde lauter, während Joanna den Schrein öffnete. Sie nahm das Buch heraus und hielt es, ohne einen genaueren Blick darauf zu werfen, lächelnd in die Kamera.

Die Kameras 1 und 2 zoomten das Buch heran. Auf dem Umschlag sah man ein schönes Gesicht. Dieses Gesicht erschien auf allen Kontrollbildschirmen des Podiums. Joanna und Jenna schauten es sich an. Sie sahen, dass dieses Gesicht ihnen gehörte. Es war ihr Gesicht. Es war aus der linken Gesichtshälfte von Jenna Fortuni und der rechten Gesichtshälfte von Joanna Fortaggi zusammengesetzt. Die Namen der einen wie der anderen standen über dem Gesicht auf dem Umschlag. Zum ersten Mal in ihrem Leben fiel es Jenna und Joanna nicht schwer, einander anzuschauen. Sie betrachteten ihr Gesicht auf den Kontrollbildschirmen. Auch das war etwas ganz Natürliches.

Der Moderator schwebte im siebten Himmel. Er konnte nicht mehr an sich halten. Was für eine Überraschung. Was für ein Geschenk. Was für eine Verbundenheit. Was für ein Miteinander der beiden Autorinnen, die längst in allem aneinandergerückt waren. Das siebte Buch von Joanna Fortaggi war gleichzeitig das vierte Buch von Jenna Fortuni! Radelpha war wirklich ein Verlag von der allerfeinsten Sorte.

Als sich der Moderator von seinen Gefühlswallungen erholt hatte, eröffnete er den Frage-Antwort-Tanz. Wie das Buch entstanden sei, wie Jenna Fortuni und Joanna Fortaggi das Format und die Hintergrundfarbe des Umschlags ausgewählt hatten, welches ihre Vorbilder gewesen seien, woraus sie ihre Inspiration geschöpft hatten und wie lange die Fertigstellung gedauert habe. Jenna und Joanna beantworteten all diese Fragen, indem sie das Wort immer wieder aneinander weiterreichten.

Die auf dem Podium anwesenden Stars konnten überhaupt nichts sagen. Es war, als hätte man ihnen das Mikro abgeschaltet. Sie lächelten unendlich lange und rückten mit auffälligen Gesten ihre Frisuren zurecht, oder aber sie schoben sich in ihren Sesseln hin und her, um die Aufmerksamkeit der Kameras 1 und 2 auf sich zu lenken.

37

Das Gesicht auf dem Umschlag des siebten Buches von Joanna Fortaggi, das zugleich das vierte Buch von Jenna Fortuni war, lächelte nicht. Es schaute auch nicht ernst drein. Es blickte einfach geradeaus. Seine Augen richteten sich ins Unendliche oder auf die Horizontlinie, je nachdem, wie die Talkmaster es zu fassen wussten. Die Haut dieses Gesichts hatte einen gewissen Glanz. Es gab kein Make-up. Die Textur der Haut war sichtbar. Aufgrund seiner beiden Hälften wies dieses Gesicht eine außergewöhnliche Tiefgründigkeit und Reichhaltigkeit auf. Dennoch konnte man nicht behaupten, dass es ein schwieriges Gesicht war. Es waren schlichte Gesichtszüge. Sie wiesen lediglich mehr Parameter auf als ein landläufiges Gesicht. An Stellen, wo ein gewöhnliches Gesicht nur einen einzigen Ausdruck enthalten hätte, enthielt dieses vereinigte Gesicht zwei. Da, wo ein Gesicht zwei Ausdrücke enthalten hätte, enthielt es vier, und immer so weiter. Die Gesichtsausdrücke waren nicht miteinander vermischt, sondern summierten sich. Das verlieh diesen Zügen eine phänomenale Komplexität. Dieses Gesicht übte eine Faszination aus. Es schien sich jeden Augenblick vom Umschlag ablösen zu wollen.

Nach der Sendung waren Jenna Fortuni und Joanna Fortaggi verwirrt und durcheinandergeschüttelt nach Hause gefahren. Sie hatten versucht, sich wie gewöhnlich zu benehmen. Ihre Männer hatten sie nicht mit den üblichen Fragen empfangen. Sie hatten beide die Sendung gesehen, und einer wie der andere war von dem Gesicht, das man dort gezeigt hatte, wie vor den Kopf gestoßen gewesen. Sie hatten befürchtet, ihre Frauen nicht mehr wiederzuerkennen.

Jenna und Joanna hatten es beide eilig gehabt, endlich

allein zu sein, um ihr viertes beziehungsweise siebtes Buch genauer unter die Lupe nehmen zu können. Ihren Ehemännern, die besorgt nach ihrem seelischen Befinden gefragt hatten, hatten sie geantwortet, alles sei in Ordnung. Die Lage war unter Kontrolle. Über Einzelheiten wollten sie sich nicht auslassen. Dazu hätten sie erst einmal genau herausfinden müssen, ob sie wütend waren oder empört, hingerissen, angeregt, bestürzt, resigniert, wahnsinnig erschrocken oder beunruhigt. Im Moment hatten sie Besseres zu tun. Sie mussten alle beide ihr neues Werk von Nahem betrachten.

Joanna Fortaggi verkündete ihrer Familie, sie wolle ein Bad nehmen. Sie zog sich im Bademantel zurück, das Buch in den Händen. Der Badezimmerschlüssel drehte sich viermal im Schloss herum. Jenna Fortuni hingegen schloss einfach die Tür ihres gemeinsamen Arbeitszimmers. Ihr Mann ließ sie in Ruhe. Dann beugte sich Jenna über ihr viertes Buch, während Joanna in ihrem Badezimmer zur gleichen Zeit ihr siebtes untersuchte.

Das Gesicht auf dem Umschlag ließ sich leicht und doch schwer identifizieren. Kaum hatten sich Jenna und Joanna darin erkannt, entglitt es ihnen schon wieder. Jenna glaubte im Schwung der Augenbrauen ihr eigenes Gesicht zu erkennen. Aber eine Sekunde später schienen es ihr die Augenbrauen einer anderen zu sein. Joanna erkannte in dem Gesicht die Form ihrer eigenen Nase und ihrer Wangenknochen. Doch auch dieser Eindruck verflüchtigte sich. Vor ihren Augen stand ein neues Gesicht, beweglich und starr zugleich. Das war ja das Faszinierende: Dieses Gesicht war ihr eigenes, das Gesicht von Joanna Fortaggi. Dann wurde es zum Gesicht von Jenna Fortuni. Dann wieder war es ihr eigenes und gleichzeitig das von Jenna Fortuni. Aber plötzlich gehörte dieses Gesicht keiner von beiden mehr. Es war nun einfach ein großes Gesicht, anonym und unpersönlich wie das einer Statue. Voll und leer. Wirklich, unwirklich. Wahr und kalt. Das Gesicht von jemand Bestimmtem und doch niemandes Gesicht. Einen Augenblick später nahm es wieder Joannas Ausdruck an.

Die Moderatoren, für die Sprache der Zeichen ohnehin extrem empfänglich und ihr unterworfen, reagierten bereits sehr deutlich auf diese Mehrdeutigkeit. Das Gesicht und das Buch führten zu vielen Fragen und zu einiger Verlegenheit. Die Moderatoren wussten nicht, ob sie verkünden sollten, dass das Buch das vierte Werk von Jenna Fortuni und gleichzeitig das siebte von Joanna Fortaggi war. Welche der beiden Romanautorinnen sollten sie dann zuerst nennen? Auch wussten die Moderatoren nicht, ob sie kurzen Prozess machen und das Buch als erstes Werk von Jenna Fortuni / Joanna Fortaggi bezeichnen sollten. Aber auch hier wieder: Welche der beiden Schriftstellerinnen nannte man zuerst? Man hatte in dieser Frage den Verleger von Radelpha zurate gezogen, aber der hatte dazu geschwiegen und sich jeder Vorgabe enthalten.

Zwei oder drei skrupellose Moderatoren hatten bereits eine Lösung erfunden. *Das erste Buch von …* – so klang es am besten. Das wusste doch jeder. Es war die bequemste und wirkungsvollste Methode, ein Werk anzukündigen. Auf diese Weise würden die Fernsehzuschauer nicht ins Schwimmen geraten. Es war einfacher, als wenn man in einem Atemzug *das vierte* und *das siebte* sagte. Die Sprache dieser Moderatoren neigte infolgedessen immer mehr dazu, die beiden Namen aufzuspalten und aneinander zu koppeln. Aus ihrem Mund trat gerade eine ganz neue Autorin in die Welt. Der Name dieser neuen Autorin war JOEANNA FORTUNAGGI.

38

Nach dem Erscheinen ihres Buches wurden Jenna Fortuni und Joanna Fortaggi in die Talkshows eingeladen. Sie trafen unabhängig voneinander im Studio ein. Jenna fuhr mit ihrem eigenen Wagen, während Joanna mit dem Taxi kam.

Die beiden Schriftstellerinnen wurden am Eingang des Fernsehstudios in Empfang genommen. Sie geduldeten sich ein Weilchen, ohne einander anzuschauen. Der Assistent, der sie begrüßt hatte, führte sie in eine Lounge. Er fragte, was er ihnen anbieten könne. Jenna und Joanna achteten sehr darauf, nicht das gleiche Getränk zu bestellen. Wenn Joanna beispielsweise Orangensaft nahm, bestellte Jenna ein Wasser. Und wenn Joanna Sprudelwasser wollte, bat Jenna um ein Glas Wasser mit einem kleinen Spritzer Granatapfelsirup.

Nachdem man sie in kleinen Boxen geschminkt und frisiert hatte, ließ man die beiden Schriftstellerinnen auf dem Podium Platz nehmen. Vor den Sendungen gab es immer eine Unmenge kleiner Intervalle, in denen die Autorinnen nichts zu tun hatten. Sie hatten sich einfach nur zu gedulden. Daher auch Kaffee und Orangensaft. Die beiden Schriftstellerinnen füllten diese Momente damit aus, dass sie in ihren Handtaschen herumkramten und in ihren Kalendern noch einmal auf die nächsten Termine schauten. Oder aber sie telefonierten noch schnell mit ihren lieben Angehörigen und ließen auch die anderen Talkshowgäste an ihren Gesprächen teilhaben. Oder aber sie freundeten sich mit der Schauspielerin oder den Promis auf dem Podium an und ließen jede Menge kleine Ausrufe ertönen, damit alle Welt merkte, dass sie immer noch Menschen wie du und ich waren, mit beiden Beinen fest auf dem Boden, authentisch.

Schließlich war der Techniker bereit, oder der Beginn der Livesendung war herangerückt. Die Scheinwerfer strahlten die Talkshowgäste an. Das Gesicht des Talkmasters leuchtete auf. Herzliche Begrüßungsworte wurden gesprochen. Jenna Fortuni und Joanna Fortaggi antworteten schlagfertig auf alle Fragen. Sie waren Profis. Sie mussten sich nicht abstimmen. Sie wussten beide instinktiv, welche Wörter die Nachbarin aussprechen würde.

Jenna konnte in Joanna Fortaggi ebenso leicht eintauchen wie in sich selbst. Diese seltsame Empfindung hielt sich hartnäckig. Jedes Mal, wenn Jenna nach einer Sendung wieder zu Hause war, machte sich diese Empfindung klein und wurde so unscheinbar wie ein Sandkörnchen. Jenna hätte meinen können, das alles nur geträumt zu haben. Aber wenn sie Joanna Fortaggi gegenüberstand oder neben ihr saß, war es von Neuem ganz natürlich: Joannas Innenleben lag offen vor ihr.

Jenna konnte darin noch die winzigsten Funkenschläge verfolgen. Sie nahm die Bewegungen der Schichten wahr, die sich rührten, sich entwickelten, Wellen warfen. Sie sah Joannas Gedanken vorüberdefilieren. Wenn Joanna das Wort ergriff, spürte sie das Wirbeln in ihr. Es gab aber auch reglose Bereiche; Joannas Materie schien sich dann aus dem Studio entfernt zu haben und plötzlich hoch oben über dem Gebäude entlangzusausen.

Weil es zwischen ihnen keine Distanz gab, sagte sich Jenna, dass Joanna das gleiche Gefühl haben musste. Und doch zeigte Joanna keinerlei Anzeichen davon. Sie ließ nichts durchscheinen. Sie saß aufrecht wie eh und je, und ihr Kopf machte keine Bewegung in Jenna Fortunis Richtung; da war kein Zwinkern, kein auffälliges Nicken.

Jenna Fortuni und Joanna Fortaggi redeten nicht miteinander. Ihre Büsten mussten sich denselben Raum teilen, aber was die Stimme betraf und die Ohren, war es zu keiner Vereinigung gekommen. Unter vier Augen wahrten die beiden Autorinnen weiterhin Schweigen. Und war die Sendung erst einmal zu Ende, erhoben sie sich und suchten würdevoll das Weite.

39

Praktisch zur selben Zeit zog Larsen Frol von Neuem in die Fernsehstudios ein. Nach Monaten des Reisens und des Rückzugs in sein Atelier hatte er ein neues Werk veröffentlicht. Es war weiß und breit. Das Papier des Umschlags war gerippt. Es war von einer bedeutungsvollen Stärke. Die Schriftzeichen sanken tief in seine Struktur ein. Damit wurde suggeriert, dass Larsen Frol mit diesem Buch eine ganz neue Tiefe erreicht habe.

Joanna Fortaggi und Jenna Fortuni flankierten Larsen Frol auf dem Podium und bildeten damit eine auserwählte Talkshowrunde. Es war fast nicht nötig gewesen, noch irgendwelche Promis als Puffer zwischen den Autorinnen einzuladen. Larsen füllte diese Rolle großartig aus. Ja, für Moderatoren und Fernsehzuschauer war es ein echtes Vergnügen, dieses Trio vor Augen zu haben: den jungen, schnittigen Künstler-Autor, eingerahmt von zwei erfolgreichen Schriftstellerinnen, die zu alledem noch schöne Gestalten waren, würdevoll und brünett, versiert in der Kunst des schlagfertigen Antwortens und nie um Worte verlegen.

Jenna und Joanna hatten sich sehr rasch daran gewöhnt, dauernd zusammen aufzutreten. Da die eine im Inneren der jeweils anderen lesen konnte, schnitten sie einander nie das Wort ab. Ihre Redebeiträge waren harmonisch. Die Worte liefen von der einen zur anderen. Sie kamen aus derselben Quelle. Es war entzückend, den beiden Schriftstellerinnen dabei zuzuhören, wie sie sich unterhielten und über alle möglichen Gegenstände schwatzten. Die Talkmaster rissen sich um sie. Jeder war scharf darauf, sie in seiner Sendung zu haben. Es war schon nicht mehr vorstellbar, die eine Autorin ohne ihre Zwillingsschwester einzuladen. Joanna Fortaggi und Jenna Fortuni waren ein für alle Mal unzertrennlich geworden.

Auf einem dieser Podien erging sich Joanna Fortaggi auf Anregung des Talkmasters über ihre Familie und ihre Kinder. Sie fand, dass heute fast nur noch Kinder glaubten, man müsse sich informieren, ehe man irgendwelche Handlungen ausführte. Joanna selbst las niemals. Sie öffnete wirklich kein einziges Buch. Aber ihr ältester Sohn beharrte darauf, alle möglichen altmodischen Werke zurate zu ziehen – und zwar aus dem einzigen Grund, dass er selbst so ein Werk fabrizieren wollte. Joanna Fortaggi hatte nichts dagegen, dass ihr Ältester Schriftsteller werden wollte. Aber wie mühselig waren diese Vorbereitungen! Seit wann musste man sich über alle Vorgehensweisen informieren, ehe man es wagte, sich selbst ins Schreiben zu stürzen? Ließ man, ehe man irgendwohin aufbrach, etwa die verschiedenen Arten des Losgehens vor seinem inneren Auge Revue passieren? Oder, ehe man mit dem Essen begann, die verschiedenen Möglichkeiten, seinen Teller zu leeren? Untersuchte man, bevor man atmete, erst alle Möglichkeiten, Luft in seine Lungen zu saugen? Und als nichts anderes betrachtete Joanna Fortaggi das Schreiben: als eine Art Gehen, Essen, Atmen, die keine andere Vorbereitung benötigte als einfach nur Authentizität und Offenheit. Für Joanna Fortaggi war Schreiben eine Emanation des Seins. Es war eine Geste, eine Bewegung. Joanna schrieb, wie sie atmete. Ihr Kopf und ihr Reflexionsvermögen spielten dabei keine Rolle.

Jenna Fortuni dachte genauso. Sie folgte Joannas Worten aufmerksam. Sie wusste schon, dass Joanna gleich über fossile Verhaltensweisen sprechen würde, über jenes altertümliche Benehmen, bei dem man sich erst lang und breit belas, ehe man es wagte, selbst ein Zeichen zu setzen.

Wenn Joanna das Thema Familie anschnitt, begann ihr Inneres zu vibrieren. Es buchtete sich aus, öffnete sich einen Spalt weit und wurde dabei tiefer und tiefer. An ihrer Seite konnte Jenna fühlen, wie sich, von Joannas Brust ausgehend, eine besondere Wärme entwickelte. Am Anfang war es beinahe nichts, aber diese Wärme schien aus einem Tal hervorzuquellen, dessen Flanken sich sanft und mit großer Geschwindigkeit auseinanderschoben und eine Weiträumigkeit und Tiefe erkennen ließen, die ohne Ende waren.

40

Eine bunte Talkrunde näherte sich allmählich ihrem Ende. Etwa fünfzehn Minuten vor dem Schluss erteilte die Moderatorin noch einmal Larsen Frol das Wort, denn sie fand, dass es auf ihrem Podium zu lahm zuging. Larsen sprach zunächst über Malerei. Es war seine altbewährte Taktik, erst über eine andere Kunstform zu sprechen und dann unerwartet zur Literatur überzuwechseln. Da in der Literatur viel komplexere Parameter zusammenliefen, wurde sie von den Leuten nicht so einfach erfasst und verstanden.

Larsen erklärte, dass er riesige Leinwände bemale, die sich im Halbdunkel des Deckenbereichs verloren. Sie ließen sich nicht mit einem Blick fassen. Wenn die Leute, die seine Bilder kauften, nicht gerade auf eine Leiter stiegen, konnten sie die Einzelheiten im oberen Teil niemals genau erkennen. Er selbst wusste nicht wirklich, welchen Effekt seine Werke auslösten, und das, obwohl er die Bilder doch selbst geschaffen hatte. Ihm fehlte der Überblick über das Ganze. Er kannte seine Gemälde stückchenweise. Und warum machte er, Larsen Frol, das eigentlich, obwohl es doch viel einfacher wäre, kleine Formate zu malen, die sich gut in ein Wohnzimmer einfügten und mit einen Blick zu umfassen waren? Weder die Moderatorin noch die Personen aus der Talkrunde wollten darauf antworten. Dabei ließ ihnen Larsen genügend Zeit und musterte sie währenddessen der Reihe nach.

Na schön, da diese Damen und Herren keine Antwort fanden, würde ihnen Larsen eine liefern: Larsen bemalte diese riesigen Flächen, damit seine Gemälde wie Reisen waren. Der Kunstfreund, der sie durchwanderte, konnte den Eindruck gewinnen, durch eine Landschaft zu spazieren. Und was sei schon ärgerlicher, als niemals frei herumschweifen zu können, sondern immer gleich wieder auf dem ausgetretenen Pfad zu landen? Gab es etwas Langweiligeres, als wenn man schon am Startpunkt den gesamten Weg überblicken konnte? Es war die Freiheit, die Larsen malte. Es war die Möglichkeit, unter unzähligen Richtungen eine Wahl treffen zu können. Ohne Ausdehnung und Tiefe, so Larsen, war die ganze Kunst der Malerei nichts. Die Musik hatte bereits ihre Seele verloren, denn man hatte entdeckt, dass sie eine Art Generator war, unbegrenzt funktionierte und weder der Zeit noch irgendeinem menschlichen Wesen etwas schuldig war. Und was die Bücher anbetraf, so begriff Larsen plötzlich, dass sie einfach bloß Schiffe waren. Sie boten dem Schriftsteller einen kleinen Raum, in dem er sich einrichten und der Welt enteilen konnte. Natürlich war es bedauerlich, dass die Schriftsteller heutzutage niemanden mehr auf ihre Reise mitnahmen. Das Buch war zu einem Monoraum geworden.

Die Moderatorin war schwer beeindruckt. Larsen Frol hatte aus heiterem Himmel, nur wenige Minuten vor dem Abspann, eine Definition des Buches hervorgebracht, die ganz akzeptabel klang. Eine winzige Schockwelle krümmte die Nacken auf dem Podium. In den Hirnen wurde ein Raum aufgebaut. Man glaubte einen Augenblick lang, im Mund des jungen Autors Frol habe sich gerade ein frisches Wort materialisiert.

Aber auf den Sofas gab es zwei oder drei eingeladene Autoren, die genau aufpassten. Es waren Autoren von der neuen Schule. Wenn sie auch nicht definieren konnten, was ein Buch war, wussten sie doch mit bewundernswerter Sicherheit, was ein Buch nicht sein konnte. Sie lachten schallend los und sagten, man solle den Bogen nicht überspannen. Gewiss sei ein Buch ein Scheinobjekt, mit dessen Hilfe man sich in die Fernsehstudios und an alle möglichen anderen Orte katapultieren konnte. Aber beim besten Willen: Man werde es niemals schaffen, auch nur einen Fuß ins Buch hineinzusetzen. Keiner sei je an Bord eines Buches gegangen. Deswegen könne man auch nicht sagen, dass man mit ihm auf Reisen gehe; es war diesen Schriftstellern überhaupt nicht klar, was Herr Frol eigentlich sagen wollte.

Einer der Schriftsteller wollte weiterreden, aber da sollte auch schon der Abspann einsetzen. Und wenn es etwas gab, das niemand verhindern konnte, dann war es das Abrollen des Abspanns. Der Abspann begann immer zu einem genau festgesetzten Augenblick, und das war genauso sicher, wie an den Stränden und Felsküsten der Welt das Wasser nach präzisen und furchtbar komplizierten Zeitplänen zu fallen oder zu steigen begann.

41

Das Erscheinen von Joanna Fortaggis und Jenna Fortunis Buch war besonders geglückt. Der Verleger von Radelpha freute sich darüber außerordentlich. Er hatte die geniale Intuition gehabt, auf dem Cover die Gesichter und die Namen der beiden Autorinnen miteinander zu verbinden. Jetzt glänzten diese Namen in den Schaufenstern, und der Verleger sah, wie er sich seinem Ziel schneller näherte als gedacht – er wollte aus zwei durchschnittlichen Autorinnen eine große machen.

Gut unterstützt wurde er dabei von den Moderatoren, die die reinsten Wetterfähnchen waren. Die Moderatoren waren einfach umwerfend. In ihren Hirnen herrschte ständig Durchzug, und doch hatten sie nicht ihresgleichen, wenn es darum ging, finstere Bereiche zu erschnüffeln, Andeutungen aufzugreifen, auch noch die verborgensten heiklen Themen anzuschneiden und das, was sich schon überall breitgemacht hatte, aber noch nicht zu sehen war, ins helle Licht des Tages zu rücken.

Am schlimmsten war, dass die Moderatoren all dies ganz naturgemäß taten. Sie überlegten keine zwei Sekunden. Sie ließen sich von ihrem Instinkt leiten. In ihrem Wesen gab es etwas, das ihnen sagte, wann ein bestimmtes Element kurz davor stand, in Erscheinung zu treten, oder wann sie den Finger auf etwas legen mussten, das bald in aller Munde sein würde. Dann gingen sie forsch drauflos. Sie kannten kein Zögern. Und alles ruhte auf ihren Schultern, sodass die Welt um sie herum in unschuldiger Gelassenheit verharren konnte.

Was für eine segensreiche Institution waren doch diese Moderatoren! Der Verleger von Radelpha war gegen jene Geisteshaltung, die auf eine Abschaffung der Talkmaster abzielte. Gewiss, die Schriftsteller wussten selbst, was sie in einem Fernsehstudio zu erzählen hatten. Gewiss, es war immer das Gleiche, und sie kannten ihre Antworten in- und auswendig. Gewiss, man brauchte niemanden, der ein Buch in die Kamera hielt, den Preis eines Bandes nannte und in einer Handvoll Worte seine Vorbilder und seine geheimen Wunden anführte. Die Schriftsteller wussten, was sie zu sagen hatten. Die Stars wussten, was sie zu zeigen hatten. Die Experten wussten, was sie zu erklären hatten. Diese ganze kleine Welt hätte sich auch sehr gut selbst verwalten können.

Und trotzdem. Wenn es darum ging, so richtig ins Fettnäpfchen zu treten oder das Mantelfutter nach außen zu kehren und dabei die Löcher und die Etiketten zu zeigen, war niemand so begabt wie die Moderatoren. Die Moderatoren waren einfach unersetzlich. Sie waren ausschlaggebende Elemente. Das Verlagswesen ruhte auf ihnen. Man konnte auf die Autoren verzichten, und in manchen Verlagshäusern war das dank Algorithmen auch schon der Fall. Aber auf die Fernsehmoderatoren würde man niemals verzichten können.

Und ihnen war es zu verdanken, dass im Verlag Radelpha gerade eine neue Starautorin hervortrat. Zu verdanken war es ihren Zungen, die sich verhedderten, und ihren eiligen und versimpelnden Mündern. Ihrer sonnigen Art, wenn sie verkündeten »Das erste Buch von Joeanna Fortunaggi!« und gleich darauf um Entschuldigung baten. Mochten die beiden Autorinnen, die da auf dem Podium saßen, es ihnen doch bitte verzeihen! Selbstverständlich hatten die Moderatoren gar nicht »Joeanna Fortunaggi« sagen wollen. Aber die Fernsehzuschauer in ihren Wohnzimmern hatten es doch bestimmt gleich gemerkt und den Irrtum bereits selbst korrigiert.

42

Hin und wieder wurden Joeanna Fortunaggi von ihrem Verleger eingeladen. Der Verleger empfing sie in den Verlagsräumen von Radelpha. Während er ihnen die Hand schüttelte, begrüßte er die beiden Frauen mit exakt demselben Satz. Dann stellte er beiden die gleiche Frage, ohne auf die Antwort zu achten. Seine Augen richteten sich mit dem gleichen abwesenden Ausdruck auf ihre beiden Stirnen.

Dann führte er Joeanna Fortunaggi ins Restaurant, wo er sie bat, ihm gegenüber auf der Sitzbank Platz zu nehmen. Wenn der Kellner die Karte brachte, ermunterte der Verleger sie dazu, sich einmal richtig gehenzulassen und alles auszuwählen, was ihnen Spaß machte, ohne dabei auf den Preis zu schauen. Er selbst bestellte sich einen kleinen Salat. Joeanna Fortunaggi wagten es nicht, das Steak Chateaubriand zu nehmen. Auch sie bestellten einen Salat. Danach bestand der Verleger darauf, ihnen zum Dessert einen Tête-à-Tête-Eisbecher zu spendieren. Es sei ein reizendes Schauspiel, wenn sie ihre Löffel in denselben Becher steckten. Und so aßen sie schweigend ihr Eis, während der Verleger die Verkaufszahlen auflistete.

Wenn der Verleger sprach, wussten Jenna Fortuni und Joanna Fortaggi nicht, an wen von beiden er sich wandte. Er sagte »Joeanna Fortunaggi«, und seine Augen besaßen die Fähigkeit, sich zur gleichen Zeit auf beide Autorinnen zu richten. Daher wussten Jenna und Joanna auch nicht, wer antworten sollte, und so liefen diese Mahlzeiten in einem halben Schweigen ab, das der Verleger nur unterbrach, um diverse Zahlen und die Namen neuer Marketingstrategien loszuwerden.

Joanna Fortaggi kannte diesen Verleger gut. Sie hatte seit ihren Anfängen mit ihm zu tun. Es war anders als bei

Jenna Fortuni, die gerade erst seine Bekanntschaft gemacht hatte. Joanna war verärgert darüber, wie sie der Verleger auf Distanz hielt. Er schien von Amnesie befallen zu sein. Dieser Mann schien vergessen zu haben, welch enges Vertrauensverhältnis ihn mit Joanna verbunden hatte, bis er ihr siebtes Buch herausgebracht hatte und sie mit Jenna Fortuni zu einem Gespann geworden war. Joanna versuchte, ihn an ihre einstige Vertrautheit zu erinnern, indem sie alle möglichen Anspielungen auf die Vergangenheit machte.

Beim Dessert erklärte Joanna beispielsweise immer, dass sie zwischen dem Schokoladeniglu und dem flambierten Tartufo schwanke. Sie wiederholte das mehrere Male. Der Verleger zeigte keinerlei Reaktion. Doch plötzlich hob er die Nase von der Eiskarte und erklärte, dass es ihm ein großes Vergnügen wäre, Joeanna Fortunaggi eine Baiser-Eisschale für zwei Personen spendieren zu dürfen. Joanna Fortaggi versuchte den Verleger auch an all die gemeinsam erarbeiteten Werke zu erinnern. Sie versäumte keine Gelegenheit, auf die Umschlagfarben ihres ersten, zweiten, dritten, vierten, fünften und sechsten Buches anzuspielen. So versuchte sie die Aufmerksamkeit des Verlegers auf die Schürze des Weinkellners zu lenken. Diese Schürze erinnerte ganz stark an das Smaragdgrün von Joanna Fortaggis fünftem Buch. Und sobald Joanna einen kleinen Sonnenstrahl auf der Tischdecke erspähte, sagte sie, dass sie das Sonnenlicht immer an ihr erstes Buch erinnere. Das Gelb des Covers habe echt wie eine Sonne in ihr Leben gestrahlt. Aber diese Hinweise fruchteten nichts. Der Verleger war taub und blind. Er blieb verschlossen wie eine Tür. Und nach langen Intervallen des Schweigens kam er immer wieder auf das Thema Verkaufszahlen zurück.

Die Bewegungen, die Jenna und Joanna im Inneren

ihres Verlegers ausmachen konnten, ähnelten in nichts dem, was ihnen bekannt war. Seine Materie bestand aus Blöcken und Platten, die ungeschickt aneinanderstießen. Jenna und Joanna sahen das mit leichtem Unbehagen, doch der Verleger schien sich dieses Durcheinanders gar nicht bewusst zu sein. Er aß mit Eifer. Er gab dem Kellner ein Zeichen und bat ihn, noch etwas Brot zu bringen. Dann brachte er ein Gespräch über die Konkurrenz in Gang.

Wenn der Verleger schließlich den Zucker vom Grund seiner Kaffeetasse aufgeschlürft hatte, pflegte er die Mahlzeit mit einer mehr oder weniger kurzen Ansprache zu beenden. Zu Beginn sagte er, dass dieses Essen sehr sättigend gewesen sei. Was den künstlerischen Bereich anging, zeigte er sich zufrieden. Die Verkaufszahlen waren überzeugend, und Joeanna Fortunaggi waren in der literarischen Landschaft gut sichtbar. Sofern es einem Verleger anstehe, Voraussagen zu treffen, würde er sagen, es werde die Zeit kommen, wo der Gedanke an ein neues Buch keine Schnapsidee sein würde. Aber Joeanna Fortunaggi sollten sich nicht beunruhigen, der Verleger werde alles im Blick behalten. Seine Starautorin werde man mit alledem nicht behelligen.

Zum Schluss wollte der Verleger noch unterstreichen, dass Radelpha mit der Haltung von Joeanna Fortunaggi außerordentlich zufrieden sei. Joeanna Fortunaggi stellten eine exzellente Starautorin dar, deren Folgsamkeit der Stolz des Hauses war. Der Verleger fügte hinzu, dass er diese Worte auf einem Flur aufgeschnappt habe, und zwar an maßgeblicher Stelle. Er sagte es noch einmal, damit Joeanna Fortunaggi die Worte auch gebührend aufnahmen: Der. Stolz. Des. Hauses.

Der Verleger wartete, bis seine Worte sackten, sich mit ihrem ganzen Gewicht auf die Körper der beiden

Autorinnen legten und ihnen bis ins Mark drangen. Wenn das vollbracht war, erhob sich der Verleger. Es tue ihm leid, die Mahlzeit so abrupt beenden zu müssen, aber er habe einen Termin mit den Vertretern der Datenbanken. Das Business habe keinen Magen. Der Verleger legte seine Serviette auf den Tisch, verabschiedete sich von seiner Starautorin und verließ das Restaurant.

Joeanna Fortunaggi saßen plötzlich allein am Tisch. Sie leerten ihre Kaffeetassen und aßen ihr Eis auf. Manchmal streiften sich ihre Löffel in der großen Schale, was einen kurzen, hohen Ton erzeugte. Einander anzuschauen oder miteinander zu reden, brachte nichts. Sie waren genug damit beschäftigt, die eisige Masse zu genießen, die ihnen die Speiseröhren hinabglitt. Und auf die Bewegungen der wirbelnden Materie zwischen ihnen zu achten.

43

Das Zusammenspiel von Jenna und Joanna war nicht immer so ungetrübt gewesen. In der ersten Zeit ihrer erzwungenen Partnerschaft hatten sie beide Angst gehabt, durch die jeweils andere verdrängt zu werden. Jede der beiden hatte versucht, besser als die andere zu sein, und natürlich hatten sie danach gestrebt, sich durch ihre Unterschiede auszuzeichnen. Jenna hatte gedacht, dass Joanna zwar eine intelligente Frau war, in bestimmten Situationen aber nicht so viel Feingefühl hatte wie sie. Joanna wiederum hatte sich über das geteilte Buch mit dem Gedanken hinweggetröstet, dass Jenna zwar so feinsinnig sein konnte, wie sie wollte, niemals aber so viel Charakterstärke und Selbstsicherheit haben würde wie sie. Und sicher, von Zeit zu Zeit konnte die eine oder die andere immer noch eine gewisse Gereiztheit spüren; immer noch konnte sie bestimmte Wesenszüge bei der anderen Schriftstellerin mit Verärgerung wahrnehmen. Sprach Joanna nicht mit einem Anflug von Geziertheit? Dehnte sie das »s« nicht so, als wäre sie die Königin von Saba persönlich? Und hatte Jenna nicht etwas Selbstgefälliges an sich? Kniff sie nicht mit Genugtuung die Lippen zusammen, wenn sie die Hände in den Schoß legte? Diese kritischen Beobachtungen verflüchtigten sich jedoch, wenn Jennas und Joannas Worte sich vermischten. Sie spürten, dass sie in dieselbe Welle geworfen waren. Ihre gekreuzten Stimmen luden einander auf. Und als äußeres Zeichen von ihnen ruhte ihr Buch auf dem Studiotischchen.

Das Buch wurde immer in die Mitte gelegt. Manchmal in zwei Exemplaren, manchmal eines allein. Das Buch sprach von selbst. Was es sagte, konnte man aus den Augen der Betrachter ablesen, wenn die Kamera es heranzoomte: Hier saßen zwei Schriftstellerinnen, aber durch das Buch wurden sie zu einer einzigen. Ihr Gesicht konnte einzigartig und wandelbar zugleich sein.

Die Talkmaster liebten solche ambivalenten Situationen. Sie gaben sich neugierig: Sie wollten wissen, ob sich die beiden Romanautorinnen auch außerhalb des Podiums sahen. Ob sie viel Zeit miteinander verbrachten. Ob sie sich ihre rosa Kästchen gezeigt hatten. Ob sie Hand Touching machten oder sich ihre Freunde in den gleichen Katalogen aussuchten. Ob ihre Ehemänner einander schätzten. Ob sie bei der anderen zum Essen gingen und was Joanna Fortaggi über Jenna Fortunis Wohnung dachte.

Bei solchen Fragen mussten die Schriftstellerinnen lächeln. Sie erwiderten, dass sie in den Fernsehstudios eine Menge Zeit miteinander verbrachten. Daher verspürten sie nicht das Bedürfnis, sich noch häufiger zu sehen. Jenna und Joanna erklärten, dass sie eine gemeinsame Sichtweise hatten. Die Ideen blieben nicht bei der einen. Sie gingen unverzüglich zur anderen über. Die Vorstellung, dass Jenna Fortuni ihre Gedanken für sich behalten oder dass Joanna Fortaggi ihre Eingebungen nicht weiterleiten würde, war so kindisch wie die Idee, dass Zauberer von einer Staatsgrenze aufgehalten würden. Joanna und Jenna füllten zu zweit einen Raum aus, der größer oder kleiner werden konnte. Das war das Geheimnis ihrer Übereinkunft: Jenna besaß nichts, was nicht gleichzeitig auch Joanna gehörte. Joanna besaß nichts, was nicht gleichzeitig auch für Jenna da war. In ihrem Brustraum besaßen sie nichts, was nicht auch für die andere war und gleich danach auch für die, die ihnen gegenübersaßen: ihre Freunde, ihre Kinder, die Moderatoren und, warum nicht, die Regisseure sowie, warum denn nicht auch, die Gesamtheit der Fernsehzuschauer.

Wenn Jenna nunmehr allein zu Hause war, dachte sie an Joanna fast wie an eine Freundin, obgleich diese Freundschaft niemals über das Medium der Stimme zum Ausdruck gebracht worden war. In manchen Augenblicken konnte es auch passieren, dass sich Joannas Präsenz wie die einer Beobachterin manifestierte. Ihr Bewusstsein trieb irgendwo im Zimmer umher, ziemlich weit oben, gleich unter der Decke. Und was noch seltsamer war, es geschah auch, dass sich Jenna Fortuni ihrerseits in Joannas Existenz hineingezogen fühlte. Sie wusste, dass dies immer dann der Fall war, wenn sie die Präsenz von Joannas Kindern ganz in ihrer Nähe spürte. Drei robust ausgefüllte Standplätze, schwer und leicht zugleich.

Jenna wusste nicht recht, wo sie in dieser Geschichte ihren Mann unterbringen sollte. Éden Fels war Joanna Fortaggi noch nie begegnet. Jenna hätte sie ihm gern vorgestellt, aber wenn sie darüber nachdachte, fühlte sie auch, wie alle möglichen Besorgnisse sie zurückhielten und blockierten: Ließ sich das, was Jenna mit Joanna teilte, auch mit ihrem Mann teilen? Wenn die Antwort »Ja« lautete – würden sich dann nicht alle drei verloren vorkommen? Wie sollten Joanna, Jenna und ihr Mann wissen, bis zu welchem Punkt sich jeder von ihnen erstreckte? Lag in dieser Vermischung nicht eine Gefahr? Und riskierte Jenna nicht, ihren Mann ein Stück weit zu verlieren, wenn Joanna ihren Raum auch noch mit ihm teilte? Immerhin war Joanna Fortaggi eine bemerkenswerte Frau. Sie war talentiert. Sie hatte alle möglichen Erfolge erzielt, und Jenna sah nicht, worum Joanna sie beneiden könnte.

Und wenn nun Joanna zusammen mit ihren Kindern auf Jennas Ehemann träfe? Wäre die Verwirrung dann nicht noch größer? Und wenn Joanna zu alledem noch ihren Mann mitbrächte?

Am Ende beruhigte sich Jenna immer mit dem Gedanken, dass sie ja die Konturen von Joannas drei Kindern mühelos ertasten konnte. Genauso würde es sich mit Éden Fels und Joanna Fortaggi verhalten: Sie würden nicht ineinander zerfließen, sie wären imstande, ihre Konturen genau einzugrenzen, und es bestand überhaupt keine Gefahr, dass Jennas Ehemann sich in Joanna Fortaggi auflösen könnte.

44

Joanna Fortaggi verbrachte zu Hause ein paar ruhige Augenblicke mit ihrer chinesischen Freundin. Die Freundin war aus ihrem Dorf in die Stadt gezogen. Sie hatte jetzt eine andere Arbeit. Statt der Büffel gab es nun Großstadtlärm und Verkehr. Die chinesische Freundin machte mit Joanna einen Rundgang durch ihre Wohnung: eine Art länglicher Kasten auf dem Gelände ihrer Fabrik. Die Besichtigungstour war schnell geschafft. Es gab dort eine Menge Leute. Ihre Wohnstätte schien sehr frequentiert zu sein. Der am ausgiebigsten präsentierte Gegenstand war ein automatischer Schnellkochtopf, der einem Staubsauger ähnelte. Sofern Joanna es richtig verstanden hatte, diente dieses unscheinbare Utensil der chinesischen Freundin zu vielen Dingen: Sie wusch sich damit, bereitete mit dem Gerät ihren Tee und ihre Mahlzeiten zu, wärmte sich an ihm auf, entfernte sich mit ihm die Haare, nahm es zum Bügeln und zum Wäschewaschen.

Joanna mochte diese Freundin sehr. Eines Tages musste sie wirklich einen Weg finden, sich ihren Namen zu merken. Immer wenn Joanna vom Bildschirm aufblickte, verflüchtigte sich der Name der Freundin aus ihrem Gedächtnis. Es war ein aus drei Bestandteilen zusammengesetzter Name. Die chinesische Freundin hatte Joanna mehr oder minder klargemacht, dass man sich bei der Aussprache dieses Namens nicht irren durfte. Andernfalls konnten die Laute bedeuten: Verstopfung Toiletten Unfruchtbare. Und dabei hieß die Freundin nach ihrer eigenen Erklärung Rosenkreuzkümmeljasmin oder jedenfalls irgendetwas Blumiges in dieser Art.

Joanna unterhielt sich mit ihrer Freundin, aber gleichzeitig spürte sie, dass ihre Gedanken vage an Jenna Fortuni hafteten. Während sie den chinesischen Fabrikhof betrachtete, fragte sie sich beispielsweise, ob Jenna per Bildschirm schon einmal nach China gereist war. Sogleich scheuchte Joanna diese Idee verärgert fort, aber gleich darauf musste sie schon wieder an Jenna denken. Jenna blieb immerzu in der Nähe, standhaft wie eine kleine Flamme. Ihre Präsenz blieb hartnäckig an Joanna haften.

Hin und wieder hatte Joanna vor dem Bildschirm

unbestimmte Anspielungen auf die Existenz von Jenna Fortuni gemacht. Beim ersten Mal hatte die chinesische Freundin geantwortet, dass die Korrespondenz ein verdammtes Lächeln bilden müsse. Ein andermal hatte sie gesagt, die Aufmerksamkeit sei paladolid. Eigentlich konnte man nicht einmal sicher sein, ob die chinesische Freundin verstanden hatte, dass Joanna Schriftstellerin war, oder ob sie genau wusste, was ein Fernsehstudio war. Sie hatte vielleicht gedacht, es handle sich um eine bestimmte Ernährungsweise. Das hätte auch erklärt, weshalb das Übersetzungsprogramm die Gewohnheit hatte, bei jeder Antwort von Joanna mit Begeisterung dieselben zwei Worte auszuspucken: GUTEN APPETIT.

Joanna sah ihre Bildschirmfreundinnen ein- bis zweimal täglich. Joannas Mann stand ihr darin nicht nach. Er hatte rund um den Erdball viele Freunde gefunden, mit denen er Musik genießen konnte. Einer dieser Freunde wohnte wo auch immer. Auf dem Bildschirm erschien er vor den disparatesten Kulissen, Landschaften und Städten. Joannas Mann war stutzig geworden und hatte die Sache nachgeprüft. Nach einer kurzen Recherche hatte sich herausgestellt, dass besagter Freund in Ansichtskarten lebte.

45

Jenna Fortuni las im Bett die Nachrichten. Ihr Mann liebte es, wenn sie ihm die neuesten Erfrischungen vom Bildschirm vorlas. An diesem Morgen gab es nicht groß was. Die Anzahl der Stars, die man im Bett mit einem Unbekannten gefilmt hatte, überstieg nicht den Durchschnittswert. Nur von zweien wurden die Weichteile gezeigt. Es gab zahlreiche neue Stars, von denen Jenna aber keinen irgendwie herausragend fand. Weiterhin gab es die üblichen Promis, die sich selbst hereingelegt hatten. Es tat geradezu weh, von ihren Tricks und Kniffen zu lesen.

Promis waren Leute, die zu Stars werden wollten und sich deshalb freiwillig reinlegten. Solche Inszenierungen wurden natürlich sofort aufgedeckt. Und leider waren die Promis so zahlreich geworden, dass das Publikum ihre Namen und Gesichter nicht mehr auseinanderhalten konnte. Inzwischen brauchte man Promikataloge. Diese Kataloge wurden in den Magazinen auf den neuesten Stand gebracht. Durch die Magazine konnte das Publikum versuchen, sich in dem Gewimmel zurechtzufinden. Die Promis wurden darin nach Untergruppen und Kategorien klassifiziert. So konnten sie auch mühelos durch andere ersetzt werden.

Außer den Nachrichten gab es noch weitere Bildschirmerfrischungen. In der Nacht hatte es eine Überschwemmung gegeben, bei der es zu einem Ansteigen des Wasserstandes gekommen war. Die schockstarre Bevölkerung saß hoch oben in zwei Bäumen fest. Multinationale Konzerne hatten fusioniert. Bei der Fusion waren sie in Milliarden von multinationalen Konzernen explodiert, die sich unverzüglich wieder daran gemacht hatten, miteinander zu fusionieren. Die Bilder zeigten Ummauerungen und Dächer aus der Vogelperspektive. Das Gebiet war zur Sicherheitszone erklärt worden. Es lag trügerisch still da. Über die Bilder legte sich die Stimme eines Kommentators, der erklärte, dass die Lage beinahe außer Kontrolle sei.

Als Jenna auf dem Bildschirm weiterblätterte, entfuhr ihr plötzlich ein Aufschrei: Der Fernsehmoderator mit dem Gummilächeln hatte schon wieder einen Roman veröffentlicht! Bei dieser Neuigkeit hob Jennas Mann den Kopf vom Kissen. Er stützte sich auf den Ellenbogen und drückte die Wange an den Arm seiner Frau, um gleichzeitig mit ihr vom Bildschirm lesen zu können. Zahlreiche Bilder huschten vorüber. Sie waren einander bemerkenswert ähnlich. Der gummiartige Moderator hielt sich sein neues Buch vors Kinn. Auch die Kommentare glichen einander auffällig: Sie besagten, dass der Gummimoderator, der sich nicht damit begnügen konnte, ein ausdauernder und berühmter Talkmaster zu sein, einmal mehr genügend Talent und Freiraum gehabt habe, um ein neues Buch zu verfertigen.

Was für eine abstoßende Faikerei, brummelte Jennas Mann. Er mochte diesen Moderator überhaupt nicht. Dieser Moderator war nämlich so ungefähr der einzige, der keine uneingeschränkten Lobeshymnen angestimmt hatte, wenn ein neues Buch von Éden Fels erschienen war. Im Gegenteil, er gehörte zu den wenigen Menschen, die sich fragten, ob Jennas Mann nicht widerspenstig und unzugänglich war. Natürlich hatte er erklärt, seine Bücher seien allesamt unerreichbar. Aber ungefähr beim vierzehnten Buch hatte er einmal die Idee geäußert, dass sich eine Schwäche zeige. Jennas Mann konnte ihm das nicht vergessen.

Jenna schaute sich die Bilder genauer an. Das Cover des Buches war nicht einmal schön. Einmal mehr war sein gummiartiges Gesicht voll und ganz darauf eingeschrieben. Mit seiner gelb gewordenen Haut, seinen groben Zügen.

Jenna und ihr Mann hatten schon oft über den Erfolg dieses Moderators gesprochen. Am Ende kamen sie immer zum selben Schluss: Wäre der Moderator bei seiner Erzeugung mit weniger groben und schematischen Gesichtszügen ausgestattet worden, hätte er sein Leben vielleicht in einem Laden zugebracht. Aber die Natur hatte ihn mit einem großen, rechteckigen Kopf versehen. Mit einer plumpen Stirn, die hoch und breit war. Mit Augen, die weit genug auseinanderstanden, um die Aufmerksamkeit auf sich zu ziehen, und die von den Brauen so sehr verdeckt wurden, dass sie nichts von ihrem Vakuum verrieten. Seine Nase war ohne Auffälligkeiten, was für Nasen eine Glanzleistung war. Die Natur hatte ihm einen breiten Mund mitgegeben. Allerdings hatte sie beim Design seiner Unterlippe ein wenig geschludert: Diese Lippe war viel zu schmal. Daher sagte Jenna immer, an dieser Stelle könne man erkennen, dass man aus diesem Gesicht etwas weggenommen habe. Zwischen diesen Zügen dehnte sich weit und leer die gelbe Haut. Diese Flächen waren perfekt dafür geeignet, die Kameras aufzufangen.

Wie alle Leute diskutierten auch Jenna und ihr Mann manchmal darüber, ob dieser Moderator echt war. Jenna neigte dazu, es zu bejahen. Ihr Mann erklärte mit tiefer Befriedigung, der Moderator sei nur eine Art Maschine.

Für einen Moderator gehörte es zum guten Ton, eines Tages einen Roman zu veröffentlichen. Der umgekehrte Weg war schwieriger – nur sehr wenige Schriftsteller hatten den widernatürlichen und heiklen Wechsel vom Stuhl des Autors auf den des Fernsehmoderators geschafft. Aber für die Moderatoren gab es nichts Einfacheres: Da sie ständig von Autoren umgeben waren, hatten sie am Ende verstanden, was für ein Klacks das Büchermachen war und dass man mit nur einem Mikrogramm eigenem Verdienst zu Ruhm gelangen konnte.

Schriftstellernde Moderatoren unterschieden sich von reinen Schriftstellern. Ihr Beruf war ihnen tief ins Gehirn eingeschraubt. Sie neigten dazu, das Wort an sich zu reißen. Wenn sie in einer Talkshow saßen, wussten ihre Moderatorenkollegen nicht, wie sie es zurückerobern sollten. Sie wagten es nicht, kurzen Prozess zu machen wie mit den anderen Schriftstellern. Und so kam es zu merkwürdigen Situationen: Einmal waren zwei Moderatoren, die als Duo schon Generationen von Schriftstellern eingerahmt hatten, im Studio damit beschäftigt, lang und breit über einen Roman zu reden, den der eine von ihnen gerade veröffentlicht hatte. Bei solchen Gesprächen regnete es am Ende Blumen: Bücher von schreibenden Moderatoren waren stets besondere Juwele.

46

Wie jedes Jahr zur gleichen Zeit erhielten Joanna Fortaggi und ihr Mann per Bildschirm die Anweisungen für die Fernpatenschaft. Diese obligatorischen Patenschaften waren schon seit Jahren ein Bestandteil der allgemeinen Gebräuche geworden. Jeder Haushalt war angehalten, die Patenschaft für einen anderen Haushalt zu übernehmen. Die Instruktionen waren sehr einfach. Mehrmals im Jahr mussten Joanna und ihr Mann eine bestimmte Mindestzahl von Minuten mit Leuten sprechen, die an irgendeinem Punkt des Erdballs saßen und mit denen sie nichts anfangen konnten. Meistens hatten diese Leute mit Joanna Fortaggis Familie nicht viel gemein. Sie lebten in ausgefallenen Behausungen. Ihre Tage gingen auf seltsame Weise dahin. Sie arbeiteten wie besessen oder machten überhaupt nichts und schienen sich nicht einmal über das Verrinnen der Stunden zu bekümmern. Ihre Handlungsweisen waren unbegreiflich. Joanna musste ihre ganze Erfindungsgabe einsetzen, um Gesprächsthemen zu finden. Außerdem liefen ihre Gespräche in bizarren Sprachen ab. Joanna und ihre Familie verstanden davon natürlich kein einziges Wort.

Die Stunde der Erstbegegnung rückte heran. Joannas Mann überflog auf dem Bildschirm das Kontaktformular. Als er den Namen der künftigen Partnerfamilie erblickte, regte er sich auf und sagte, einen so seltsamen Namen habe man noch nie gesehen. Die Jungs hatten schon vor dem Bildschirm Platz genommen. Sie konnten es kaum erwarten, die neue Familie kennenzulernen. Vielleicht würden sie ja Freunde finden, wie es im letzten Jahr mit den beiden kleinen Schwestern der Fall gewesen war.

Endlich erschien die vorgegebene Uhrzeit in schwarzen Ziffern auf dem Bildschirm. Eine Suchmaschine wurde gestartet und auf die Familie Toulolkblblibsi gerichtet. Joannas Mann stand hinter den Jungs und zählte feierlich bis drei, um sie zum Lachen zu bringen. Joanna beugte sich im gleichen Augenblick wie er zum Bildschirm hinab. Bei der Zahl vier verwandelte sich der Bildschirm. Er füllte sich mit einem ungeordneten Gewimmel von Köpfen, die wie Blasen waren. Es waren viele Köpfe, und man konnte ihre Anzahl gar nicht so leicht bestimmen. Statt wie bei den letzten Malen fröhlich aufzuspringen, blieben Joannas Kinder stumm sitzen. Nach einer Weile gelang es Joanna, in der Gruppe zwei Eltern auszumachen, und später identifizierte sie auch noch zwei Alte.

Joannas Mann brummelte herum. Er fragte sich mit zusammengebissenen Zähnen, was das für eine Geschichte war. Laut aussprechen konnte er das nicht. Das Übersetzungsprogramm wartete nur darauf, sich seiner Worte zu bemächtigen und sie zu übermitteln.

Joannas ältester Sohn fragte ganz leise, wie viel Leute zu dieser Familie gehören mochten. Der mittlere Sohn fing eifrig zu zählen an und verkündete nach mehreren Durchgängen, dass es acht oder zehn Kinder sein mussten. Joanna bedeutete ihrem Mann, er solle als Erster sprechen, aber der wollte nicht, und so ergriff flugs einer der Alten das Wort und tat seinen Mund auf. Wie zu erwarten war, ergoss sich aus diesem Mund ein Sturzbach von unverständlichen Lauten. »Was hat er gesagt?«, riefen die Jungs, während Joanna überall nach einem leistungsfähigen Übersetzungsprogramm suchte. Schließlich fand sie eins. Nichtsdestotrotz war die Übersetzung kläglich. Dank der Erfahrungen mit ihrer chinesischen Freundin gelang es Joanna dennoch, einen Sinn herauszufiltern und Bruchstücke holpriger Sätze zusammenzufügen.

Die Toulolkblblibsis grüßten sie, und Joanna grüßte die Toulolkblblibsis. »Auf eure diese Art von Freund sehr glücklich«, sprach der Vater Toulolkblblibsi, »wir kann ebenfalls austauschen wie das, Geplauder.« Joannas Mann wurde von einem Hustenanfall gepackt und flüchtete auf den Balkon, um die Lungen wieder freizubekommen. Joanna blieb mit den Jungs allein zurück. Zwischen den Köpfen, die den Bildschirm füllten, war ein Stück Himmel zu sehen. Bei den Toulolkblblibsis herrschte gerade Regenwetter. Joanna versuchte der Familie zu erklären, dass bei ihr schönes Wetter war, aber das schien diese Familie überhaupt nicht zu interessieren. Die Toulolkblblibsis mussten besonders originelle oder besonders schwierige Leute sein.

Joanna wusste nicht recht, was sie noch sagen sollte. Die Toulolkblblibsis waren auch nicht gerade gesprächig. Die Eltern standen hinter dem Block ihrer Kinder, die sich um die vordersten Plätze stritten, um Joanna und ihre Familie sehen zu können. Aber nachdem ein undefinierbarer Arm aus dem Hintergrund gekommen war und Backpfeifen ausgeteilt hatte, wurden die Kinder seitwärts und nach hinten zurückgedrängt, während die Toulolkblblibsi-Eltern wieder in die Bildmitte rückten. Joanna unterhielt sich mühsam mit ihnen. Schon der kleinste Wortwechsel war anstrengend. Man musste seine Sätze langsam und schwerfällig vortragen und zerbrach sich angesichts der Antworten den Kopf. Der Vater wiederholte immer wieder den einen Satz: »Obwohl nicht gesagt die Sache, die sind eine Unzahl Ihnen sagen zu wollen, aber ein fröhlich sehr glücklich ist ebenfalls gleich wichtig. Sie betreffende recht?« Joanna fühlte sich außerstande, darauf zu antworten.

Hinter ihren Eltern verdrehten die Toulolkblblibsi-Kinder ständig ihre Köpfe nach irgendetwas, das außerhalb des Bildfeldes lag. Joanna achtete nicht allzu sehr darauf, aber die Kinder verdrehten wirklich mit allem Nachdruck ihre Köpfe. Joanna fragte sich, was es dort wohl zu sehen gab. Aus der schwachen, gedämpften Stimme, die von Zeit zu Zeit aus dieser Richtung herüberdrang, glaubte sie zu erraten, dass es sich um einen Ahnen handeln musste, der noch betagter war als die beiden im Bild sichtbaren Alten. Ein Ahne, der gewiss zu alt war, um noch stehen zu können. Noch immer blieben einige Minuten auszufüllen. Joanna wandte sich von Neuem an die Familie. Sie sagte, dass sie die Patenschaft übernehmen werde, und schickte noch alle möglichen Worte und Versprechungen hinterher, damit die Mindestkontaktzeit ausgefüllt wurde. Schließlich wurde der nächste Termin vereinbart. Joanna und ihre Söhne verabschiedeten sich mit einem Winken. Auch die Toulolkblblibsis grüßten zum Abschied, und zwei kleine Mädchen, die man nach vorn gestoßen hatte, sangen eine raue Weise.

47

Larsen Frol war auf das Podium einer musikwissenschaftlichen Talkshow eingeladen. Es ging darum, dass man seine Meinung über Musik äußerte. In der Sendung gab es einen Schauspieler, der nicht wusste, dass er inzwischen zu alt war, um sein Hemd weit offen stehen zu lassen. Seine lange, glänzende Brustbehaarung erinnerte an Kopfhaar. Dieser Schauspieler hatte zum Zeitvertreib fünfhundert Repliken auswendig gelernt. Das Publikum wollte immer die gleichen hören, und so sagte er sie seit vierzig Jahren unermüdlich her. Aber an diesem Abend hatte der Schauspieler noch keine Gelegenheit gehabt, sie vorzutragen. Auf dem Sofa saßen auch junge Schauspielerinnen. Außerdem waren zwei Schriftsteller der unteren Kategorie anwesend, also solche, von denen sich niemand die Namen merken konnte; dazu eine Art tief gesunkener Star, dessen Comeback seit Jahren angekündigt wurde und der auf allen möglichen Podien herumspukte, um seine Rückkehr zum Ruhm vorauszusagen. Natürlich gab es auch einen Talkmaster, und zwar einen, dessen Spezialität die Moderation von Musiksendungen war. Und vor allem war da Larsen Frol.

Larsen Frol schwang von Anfang an große Reden. Dass der Talkmaster ihm gleich zu Beginn das Wort erteilt hatte, war ein handwerklicher Fehler gewesen. Bei der Zusammensetzung des Podiums hätte schon einem Dreijährigen ins Auge springen müssen, dass Larsen Frol das Juwel war. Larsen war die Kirsche auf dem Kuchen, der Leckerbissen, den man dem Fernsehzuschauer etwa nach zwei Dritteln der Sendung hätte präsentieren müssen. Stattdessen hatte der Talkmaster alles vermasselt, indem er Larsen gleich zu Beginn das Mikro aufgedreht hatte.

Die Talkshowgäste saßen auf dem Sofa herum und versauerten. Einerseits waren sie gar nicht unglücklich darüber, dass jemand es auf sich nahm, für sie mitzureden. Sie hatten nicht so viele Wörter. Andererseits waren sie verärgert, weil die Kontrollbildschirme nur Larsen Frol, Larsen Frol und noch einmal Larsen Frol zeigten; man hätte glauben können, er wäre ganz allein auf dem Podium gewesen, oder er hätte die Kameras verhext. Und die einzigen Augenblicke, in denen die Kameras auch mal die anderen Gäste einfingen, waren immer ausgerechnet solche, in denen ihre Augen das Objektiv suchten oder in denen ihr Lächeln ein klein wenig erschlaffte oder in denen sie versuchten, so dezent wie möglich auf ihre Uhr zu schauen. Jeder Fernsehzuschauer hätte also merken können, dass diese Talkshowgäste eigentlich gar nicht da waren.

Larsen Frol hörte nicht auf zu reden. Über Musik hatte er etwas zu sagen. Es war klar, dass Larsen zu allen Themen eine Menge zu sagen hatte. Beim Thema Musik aber erwies er sich als geradezu revolutionär. Sogar der Talkmaster war schockiert. Dabei hatte er schon so manche Albernheit zu hören bekommen. Eigentlich hatte er während seiner ganzen Laufbahn nur Albernheiten gehört. Trotzdem, dieser junge Autor ging zu weit. Der Talkmaster begann, bei den übrigen Gästen mit den Augen Unterstützung zu suchen. Die aber konnten ihm nichts liefern. Sie hatten nicht zugehört.

Larsen erzählte: Was ihn angehe, so höre er keine Musik. Es ging jetzt schon Jahre so, dass er keine Musik mehr hörte. Der Talkmaster wurde nicht wieder. Diese Behauptung war unmöglich und widernatürlich, da die Liebe zur Musik doch jedem menschlichen Wesen innewohnte. Die Tatsache, dass jeder Musik liebte, brauchte nie extra ausgesprochen zu werden. Die Liebe zur Musik stand in den Zellen eingeschrieben. Auf Musik versessen zu sein war für einen Menschen genauso selbstverständlich wie die Tatsache, dass er geboren war, dass er lebte, zwei Arme, zwei Beine und einen Kopf hatte.

Der Talkmaster wagte einen Protest zu äußern: Aber Larsen, mal wirklich, wie kann es möglich sein, dass Sie keine Musik mögen! An seinen leicht zusammengezogenen Schultern konnte man erkennen, dass er sich vor der Antwort fürchtete.

Nun ja, erklärte Larsen Frol in ruhigem Ton, es war auf einen Schlag passiert, als er noch ganz klein gewesen war, und zwar an jenem Morgen, als die Instruktoren den Kindern verkündet hatten, dass die Existenz der Matrize bewiesen worden war. Damit war augenfällig geworden, dass die Musik ein eigenes, abgesondertes Dasein hatte. Sie befand sich an einem Ort, und für Larsen war es nicht so wichtig, dass man diesen Ort noch nicht gefunden hatte. In diesem Augenblick, so erklärte Larsen, sei ihm bewusst geworden, dass es nicht möglich war, irgendwie irgendwelche Musik zu hören. Man konnte immer nur *die* Musik hören. Für Larsen war diese Entdeckung ein richtiger Schock gewesen. Er wusste nicht, wie seine Mitmenschen damit zurechtgekommen waren. Er jedenfalls hatte die Brücken total abgebrochen. Er konnte keine Musik mehr hören. Die Musik war trivial geworden. Sie war nun ein Objekt. Für Larsen war die Musik zu etwas Scheußlichem geworden. Das ging so weit, dass er schon das leise Knirschen einer im Wind schaukelnden Kette verabscheute. Das simple Reibegeräusch eines Haltetaus. Aus diesem Grund ging Larsen auch nicht mehr segeln.

Der Talkmaster saß noch immer mit gerunzelter Stirn da. Er fragte Larsen, ob er keine Angst habe, dass auch mit den Wörtern so etwas passieren könnte. Immerhin ahnte man ganz deutlich, dass es irgendwo eine Art Sprachmatrize gab. Larsens Gesicht verfinsterte sich. Tatsächlich hatte auch er damit begonnen, seine Bücher mithilfe der neuen Ausdrucksbanken zu verfassen. Es war noch zu früh, etwas darüber zu sagen, aber Larsen hatte wirklich das vage Gefühl, dass er eines Tages mit dem Schreiben aufhören könnte, genau wie er aufgehört hatte zu lesen und Musik zu hören. Es war nur so eine Ahnung, und sicher war sie nicht mehr wert als die meisten Ahnungen: ein bisschen Staub, ein bisschen Wind. Gewiss besagte sie überhaupt nichts. Und doch gestand Larsen, dass er beunruhigt war.

Die Talkshowgäste waren am Einschlummern, und der Moderator begriff, dass er zum Schluss kommen musste. Er gab dem alten Schauspieler mit dem Kinn ein Zeichen und schickte ihn eilends an den Rand des Podiums, wo er seine Repliken vortragen sollte. Der Schauspieler erhob sich, ging an den ihm zugewiesenen Platz und ließ zwanzig Repliken ertönen, denen er eine neue, arabisch anmutende Betonung verliehen hatte.

48

Was die musikalische Matrize war und wo sie sich befand, war eine Frage, die bis zu diesem Tag erstaunlich wenig Köpfe beschäftigt hatte. Die Kinder waren mit der Matrize geboren und aufgewachsen. Sie war ein integraler Bestandteil ihres Lebens. Ihre Eltern und überhaupt alle Leute, die sich an die alten Zeiten erinnerten, erzählten, dass damals, als die Matrize noch nicht existiert oder vielmehr, als man von ihrer Existenz noch nichts gewusst hatte, die Musik noch nicht so üppig präsent gewesen war. Es war wirklich eine ganz andere Sache gewesen. Man hatte immer nur Bruchstücke aufgefangen. Hatte sich richtig anstrengen müssen. In solchen Augenblicken glaubte man, dass die Musik voll und ganz präsent wäre, aber hinterher merkte man, dass es sich nur um Fetzen gehandelt hatte. Melodiebrocken, von den Gehirnen mit großer Mühe herausgefiltert. Dünne Fäden, die aus den Instrumenten hervortraten. Inzwischen hatten die meisten Menschen vergessen, was der Ausdruck »Musik machen« besagte. Jene Zeiten waren in der musikalischen Überfülle der Gegenwart verschwunden.

Die genaue Verortung der musikalischen Matrize zu entdecken, lag nicht in Reichweite des erstbesten Dahergelaufenen. Die Wissenschaftler zogen einen Flunsch, wenn sie von Moderatoren nach diesem Ort befragt wurden. Gewiss, die Existenz der musikalischen Matrize war durch jede Menge Messungen bezeugt und nachgewiesen worden, und die Musik hatte man domestiziert. Man hatte es geschafft, sie einzufangen und nach Belieben direkt aufzunehmen, und das ohne alle Anstrengung. Die Musik floss wie in einem Kanal dahin, pausenlos, für alle Ohren, ohne jede Beschränkung und ohne vermittelnde Medien. Ihr Fluss war regelmäßig und reichlich, selbst wenn man den Ort, aus dem er hervortrat, nicht genau kannte. Normalerweise ging man von der Annahme aus, dass dieser Fluss unversiegbar war, obwohl man dafür keine Garantie hatte finden können. Einige sehr vorsichtige Spezialisten hatten dazu geraten, Musik nur in vernünftigen Maßen zu verbrauchen. Aber bis jetzt war die Musik immer mit jener üppigen Großzügigkeit geflossen, die ihre eigentliche Natur zu sein schien, und jede Zurückhaltung schien absurd. Alle Welt suhlte und aalte sich unbekümmert in Musik.

Gerade weil man die Existenz der Matrize entdeckt hatte, lehnte Larsen Frol es ab, sich in Musik zu suhlen. Er wollte keine äußere Musik. Sie widerte ihn an. Larsen wollte die Rückkehr der inneren Musik. Er wollte die Rückkehr der Musik in den Gehirnen. Die Rückkehr der Musik, die man nie vollständig erfassen konnte. Larsen wollte das Geheimnis. Er wollte nicht, dass man die Musik überall fand wie die Luft, das Licht oder den Wind. Auf den Talkshowpodien hatte er sich schon häufig über die musikalische Matrize mokiert. Was brachte das Wissen um ihre Existenz, wenn man nicht einmal wusste, *wo* sie sich befand? Die Fernsehzuschauer hatten schon oft erlebt, wie Larsen mit lauter Stimme gefordert hatte, der Entdecker der Matrize solle seine Arbeit doch bitte zu Ende führen und die Position dieser Matrize entdecken. Seiner Ansicht nach war dies der einzige Weg, um herauszufinden, womit man es zu schaffen hatte, wenn es um Musik ging. Und hatte man die Matrize erst einmal verortet, könnte man sie dann nicht ergreifen oder verrücken? Konnte man sich ihrer nicht wie eines Schatzes bemächtigen und vielleicht etwas mit ihr anfangen? Bei diesen Worten erhob sich Larsens Blick gewöhnlich über den Kopf des Talkmasters, und sein Mund blieb einen Spaltbreit offen stehen.

Hinter solchen Äußerungen verbargen sich natürlich eine große Neugier und eine große Abenteuerlust. Larsen versuchte das nicht einmal zu leugnen: Er hatte es sich in den Kopf gesetzt, sich selbst in diese Forschungen zu stürzen. Es war notwendig, die Matrize aufzufinden. Irgendjemand musste sich der Aufgabe verschreiben, ihre Position aufzuspüren. Und weil das auf dem ganzen Erdball niemand sonst übernehmen wollte, musste es, was half's, wahrscheinlich Larsen Frol selbst tun.

Die Kameras hatten es normal gefunden, ihn bei seiner Suche zu eskortieren. Sie hatten sich in Bewegung gesetzt, um ihm zu folgen. Aber Larsen hatte ihnen mit einer Geste Einhalt geboten: Was er zu tun hatte, war nicht sichtbar. Er selbst wusste nicht, was es war, aber er war sicher, dass die Position der Matrize sich niemals vor den Objektiven aufdecken lassen würde. Und nach einem letzten Abschiedswinken, während einer letzten Einstellung, die den lächelnden, aber besorgten Larsen Frol an der Schwelle zu seiner Wohnung zeigte, eine Hand an der Klinke, hatte sich die Tür geschlossen, und den auf ihr Holz gerichteten Kameras war es gelungen, auf berührende Weise Larsens Willen zum Rückzug und zur Abschottung ins Bild zu setzen. Danach waren sie wieder die Treppen hinabgeglitten.

Und hinter der Wohnungstür hatte Larsen gespürt, wie sie sich entfernten.

Es war Larsen nicht wirklich klar, was er mit der Musik tun wollte, wenn er sie erst einmal entdeckt hatte. Er hatte das vage Gefühl, sie neutralisieren zu müssen. Aber zugleich musste er sie auch retten und vor denen beschützen, die sie ausbeuteten. Er musste der Musik ihre Schönheit wiedergeben. Ihren Raum des Geheimnisses und der Ruhe. Er musste ihre Unabhängigkeit wiederherstellen. Ihm kam auch der Gedanke, sie zu knebeln und in einem sehr engen Netz zu fesseln.

Immer wenn Larsen an das Bild dachte, das sich vor seinen Augen manifestieren würde, liefen ihm Schauer über Rücken und Arme. Die musikalische Matrize. Ein Ding, das kein menschliches Auge je erblickt hatte. Ein völlig beispielloses Ding. Wie mochte sie aussehen? Wie ein gewöhnlicher Gegenstand? Eine Maschine? Würde die Musik viel oder wenig Platz einnehmen? Und wenn Larsen sie entdeckte, wenn sie Auge in Auge gegenüberstanden, würde sie ihm dann nicht wie eine Art großer Schwindel vorkommen? Genau das machte ihm Angst: dass die Musik am Ende gar nichts Neues darstellte oder dass sie in allen Teilen von den multinationalen Konzernen zusammengebaut war.

Um seine Suche zu beginnen, hatte sich Larsen absichtlich von der Musik ferngehalten. Gewiss hörte er schon seit Jahren keine mehr, aber inzwischen war die Musik so einfach geworden, dass sie überall zirkulierte. Man musste darum kämpfen, nicht mit ihr in Kontakt zu treten. Die Musik holte Larsen sozusagen auf Schritt und Tritt ein. Aus diesem Grund hatte er die Idee, sich zunächst einmal einen stillen Winkel zu suchen, der in punkto Musik einen leeren Raum darstellte; erst dann würde er erkennen können, wo ihre Matrize verortet war. Vielleicht war ja gerade das die Erklärung dafür, dass es den Spezialisten nicht gelungen war, ihre Position zu bestimmen: Sie hatten sich von der Musik überwältigen lassen, ohne daran zu denken, dass die Matrize gewissermaßen hinter ihrem eigenen Zustand verborgen lag. Die Musik hinter der Musik. Ja, das war Larsens Strategie: sich an einen Ort ohne Musik zu begeben und von dort aus in den Raum zu blicken, der geschaffen würde, wenn die Musik sich zu erkennen gäbe. Wenn er ihre Matrize wahrnähme oder doch wenigstens einen Fingerzeig, der ihm die Richtung wiese.

Einmal war Larsen einen ganzen Tag lang herumspaziert. Er war aufs Land hinausgewandert. Er hatte ein Gebiet betreten, das, von ein paar Rindern abgesehen, völlig leer war. Er war auf dem Wasser gereist. Immer wenn die Musik ihn eingeholt hatte, hatte er völlig die Witterung verloren, und seine Suche war wieder am Nullpunkt angelangt. Er hatte nicht mehr gewusst, wohin er noch gehen sollte. Die Musik war stärker. Es war nicht wirklich ihre Schuld. Sie floss dahin, ohne sich Fragen zu stellen. Ihre Matrize war ein überreiches Füllhorn. Sie verströmte sich ohne Begrenzungen. Man musste ihr einfach ausweichen. Das war nicht ganz einfach. Die Musik floss allüberall. Am Ende war Larsen in sein Zimmer zurückgegangen.

Die Musik war vor Larsen. Er konnte sie deutlich ausmachen. Sie war dick und länglich wie ein voller Schlauch. Dünne helle Schnüre waren ihr um den dicken Körper geschlungen, genau wie in Larsens Traum, als er sie hatte fesseln wollen. Larsen hatte sofort verstanden, dass diese Schnüre dazu gedacht waren, die musikalische Matrize festzuhalten und zu verhindern, dass die schon Abdriftende sich sacht und für immer entfernte. Die Schnüre unter der Matrize liefen nicht in geraden Linien. Sie krümmten sich träge, ohne die geringste Spannung. Diese Leinen waren beigefarben, aus biegsamem Material und von unterschiedlicher Breite und Dicke. Sie ähnelten Därmen und sahen nicht viel anders aus als das Fettnetz vom Schwein, das Larsen in seiner Kindheit auf dem Küchentisch gesehen hatte.

Der Talkmaster begann ungeduldig zu werden: Aber wie hatte Larsen die musikalische Matrize denn nun wirklich zu greifen bekommen?

Larsen ließ sich nicht drängen. Er wusste, dass er alle Zeit der Welt hatte. Die Entdeckung des Standorts der musikalischen Matrize verlieh ihm eine solche Bedeutung, dass er es sich erlauben konnte, dem Heranwogen des Abspanns entgegenzutreten. Ruhig setzte er seinen Bericht fort: Es hatte nur ein, zwei Tage gedauert, bis er die musikalische Matrize aufgespürt hatte. Sie war wirklich nicht schwer einzukreisen. Die musikalische Matrize war gar nicht weit weg. Die einzige Frage war gewesen, in welche Richtung man sich wenden sollte. Und in dieser kurzen Zeitspanne – Larsen entschuldigte sich dafür – hatte er überhaupt nicht daran gedacht, die Kameras auf dem Laufenden zu halten.

Nach einem kleinen Streifzug, der erfolglos geblieben

war, hatte Larsen einen ganzen Tag lang nicht die Wohnung verlassen. Dann war er in einem Park spazieren gegangen. In den äußeren Bereichen war die Musik noch hörbar gewesen. Larsen hatte sich also in die Mitte des großen Rasens begeben. Dann hatte es, ohne dass Larsen sich dessen bewusst gewesen war, einen ziemlich langen Zeitabschnitt gegeben, in dem keine Musik mehr zu vernehmen gewesen war. Da war Larsen der Gedanke gekommen, sich hinzulegen. Wirklich seltsam, denn er war gar nicht müde. Er hatte aber gespürt, dass er das jetzt machen musste. Und so hatte sich Larsen am Fuß eines ganz kleinen Baumes hingelegt.

Der Talkmaster unterbrach ihn: Aber sagen Sie uns bitte, Larsen Frol – warum haben Sie sich diesen Platz ausgesucht, diesen kleinen Baum?

Larsen erklärte es: Die Rasenfläche war sehr ausgedehnt gewesen, man konnte sich schwer für eine bestimmte Stelle entscheiden. Warum hier und nicht eher dort? Jede Stelle war flach, grün und von zahllosen Grashalmen bedeckt. Auf diesem Rasen hätte Larsen nicht sagen können, wo er sich hinlegen sollte. Die Grashalme waren überall die gleichen. Und so hatte er sich schließlich an den Fuß dieses Bäumchens begeben.

Beim Hinlegen war Larsen aufgefallen, dass der Baum fast keine Blätter hatte. Sie waren noch nicht ausgetrieben. Der Baum war gerade erst gepflanzt worden, und es war nicht einmal sicher, dass er anwachsen würde. Es war ein schmächtiger Baum. Sein Stützpfahl aber sah robust aus. Larsen hatte nicht geschlafen. Plötzlich hatte er die Präsenz der musikalischen Matrize gespürt. Er hatte nach oben geschaut, und die Matrize war ganz nahe bei ihm gewesen. Genau so, wie er sie schon beschrieben hatte. Ein dicker Schlauch, grau und still. Der Himmel war grau und wolkenverhangen.

Der Talkmaster hing Larsen andächtig an den Lippen. Der Abspann drängte heran und wollte schon ein bisschen über den Bildschirm zu laufen beginnen, aber der Talkmaster bedeutete den Regisseuren mit einer Geste, sie sollten ihn nicht loslassen. Pech, wenn sich die Überhangminuten unweigerlich auf das folgende Programm auswirken würden! Larsen Frols Bericht war einfach zu fesselnd.

»Und, Larsen, was haben Sie gemacht?«, fuhr der Talkmaster mit einem Funkeln in den Augen fort. »Sie müssen doch total sprachlos gewesen sein, als Sie plötzlich die Matrize gesehen haben!«

Larsen ließ sich wirklich nicht antreiben. Er war sich seiner Macht gewiss. Und dann berichtete er: Als er die musikalische Matrize in einer gewissen Entfernung erblickt habe, sei seine erste Reaktion Angst gewesen. Die Matrize war größer als er, und wäre sie auf ihn gefallen, hätte sie ihn zermalmen können. Dann hatte er sich den Schnüren genähert, die sich schlaff um die Matrize wanden. Er hatte eine Schnur zu packen bekommen. Die Matrize hatte geschwankt. Das Merkwürdige war, dass Larsen dabei überhaupt keine Musik gehört hatte. Wirklich nicht den kleinsten Ton. Die Luft war so leer und geräuschfrei, wie es Larsen schon lange nicht mehr erlebt hatte.

Von Zeit zu Zeit wurde die Matrize in leichte Schwingungen versetzt. Larsen vermutete, dass es sich um die Augenblicke handelte, in denen die Musik aus ihrem Schlauch floss. Die Musik musste in weite Fernen geschickt werden. Wahrscheinlich ließ sie anderswo etwas vibrieren – durch ein unbekanntes System unsichtbarer Transmission. Die Matrize war wie ein Luftschiff. Ein weiches Luftschiff. Larsen ergriff die Schnüre. Er untersuchte sie genauer: Sie waren nicht an der Matrize befestigt.

Larsen zog an ihnen. Er lenkte die Matrize ein Weilchen in der Luft hin und her. Besonders schwer war sie nicht. Es gab eine gewisse Phasenverschiebung zwischen dem Moment, in dem Larsen zog, und jenem, da die Matrize sich bewegte. Sie war nachgiebig und langsam. Wenn Larsen zu ziehen aufhörte, blieb die Matrize nicht sofort stehen. Sie schwang noch ein bisschen weiter und schwebte an Larsen vorbei, ehe sie verharrte. Larsen spielte mit ihr. Dann begann er zu rennen. Die Schnüre hielt er alle in den Händen. Er ließ sie los. Die Matrize zog weiter, getrieben von ihrem Schwung. Larsen sah, wie sie sich entfernte; alle ihre Schnüre hingen jetzt gerade hinab. Es war ein ganz, ganz sachtes Abdriften. Hin und wieder glaubte Larsen zu erkennen, dass die musikalische Matrize innehielt. Aber nein, sie nahm ihre Drift wieder auf.

Nun, das war alles. Ende des Berichts, verkündete Larsen und legte seine Hände auf den Knien aneinander. Er wusste nicht, wohin die musikalische Matrize gezogen war – wenn sie sich überhaupt irgendwohin aufgemacht hatte. Aber er hoffte, dass sie nicht zurückkehrte oder dass es zumindest einige Jahre oder gar Jahrhunderte dauern würde, ehe sie jemand wiederfand.

Schließlich hob Larsen die Hand: Als er die Schnüre losgelassen hatte, hatte er ungewollt einen kleinen Abschnitt in den Händen zurückbehalten. Er hatte ihn seitdem immer mit sich geführt, um die Hand gewickelt, so wie er war. Larsen zeigte ihn der Kamera: ein elastisches Stückchen, weiß und schlaff, tatsächlich ein wenig wie ein Fettnetz vom Schwein.

50

In dem Maße, wie Larsens Bericht vorankam, schienen sich Stirn und Wangen des Talkmasters zu verzerren, und als Larsen das letzte Wort gesprochen hatte, ließ der Talkmaster seinen Unterkiefer noch etliche Sekunden herabhängen; mit weit offenem Mund saß er da, um totales Verblüfftsein zu mimen. Einige Promis taten es ihm nach und gaben noch ein paar erstickte Laute hinzu.

Der Talkmaster wollte, dass die Sache für jedermann ganz klar war. Er griff noch einmal einige Fragen auf und betonte jedes Wort, als wäre dies die Große Quizshow der Milliarden Gummibällchen: War sich Larsen auch wirklich sicher, dass es sich um die musikalische Matrize gehandelt hatte? War er sich sicher, dass er nicht wusste, wohin sie getrieben war? Und war sich Larsen der Reichweite seines Tuns bewusst?

Larsen beantwortete alle Fragen. Sein Blick war stolz und strahlend. Er war stolz auf seine Tat. Er hatte der Musik ihre Freiheit und Wildheit zurückgegeben. Die Musik war nicht länger ein Tier, das man melken konnte. Künftig würde man sie sich wieder verdienen müssen. Die Musik hatte ihre Würde wiedergefunden. Und all das war ihm, Larsen Frol, zu verdanken. Sein Name war in die Geschichte eingegangen.

Der Talkmaster blieb nach alledem skeptisch. Er konnte nicht glauben, dass es so leicht gewesen sein sollte. Also, wenn Larsen die Wahrheit gesagt und nicht nur geblufft hatte, dann war die Musik von uns fortgetrieben. Vielleicht hatte sie schon vorher begonnen, sich von uns zu entfernen. Und nun lief die Menschheit – alles unter der Voraussetzung, dass die Geschichte stimmte – womöglich Gefahr, die Musik für immer zu verlieren. Das waren niederschmetternde Aussichten, sogar in der

Möglichkeitsform. Es musste schon mehr als zehn Jahre her sein, dass man auf einem Talkshowpodium zum letzten Mal eine unheilverkündende Voraussage getroffen hatte. Der Talkmaster brachte das den Zuschauern zu Bewusstsein, indem er vier Sekunden Stille einflocht. Als das Podium ausreichend lange in betretenem Schweigen verharrt hatte, erteilte er mit sorgenvoller Miene den anderen Gästen das Wort.

Ein gewisser Maculato Buffalo Walk Hispu Hispy Hey, der Schriftsteller war und nebenbei Gegenstände und Bilder unter seinem Markenzeichen verkaufte, fuhr Larsen scharf an: Das mochten ja alles hübsche Geschichten sein, aber was brachte es, sie sich anzuhören, wenn Larsen Frol keine Beweise hatte? Wo waren denn die Bilder? Und wo war sie, diese Matrize? Maculato Buffalo Walk Hispu Hispi Hey erwartete, dass Larsen ein bisschen mehr präsentierte als ein Stück zerfleddertes Schweinsnetz. Er selbst jedenfalls gehöre nicht zu jener Sorte Mensch, die anderen Leuten aufs Wort glaubt. Das Studiopublikum applaudierte. Dieser Maculato Buffalo Walk Hispu Hispi Hey war bekannt für seine direkten und klaren Meinungsäußerungen und seine kompromisslose Art. Er war nie zimperlich. Nicht umsonst hatte er sich einen solchen Namen ausgesucht. Er wusste, wie man sich lautstark zu Wort meldete und herumschimpfte, und deshalb brachte man ihm auch Respekt entgegen.

Mehrere Talkshowgäste schlossen sich ihm an und forderten Larsen Frol mehr oder weniger direkt auf, ihnen zu sagen, was er mit der musikalischen Matrize angestellt habe. Eine Schauspielerin sagte, sie sei bereit, gemeinsam mit ihm in die Falle zu gehen – unter der Bedingung, dass die Sache in der Matrize passiere. Damit entfachte sie donnernden Applaus. Der Talkmaster hatte seinen Elan wiedergefunden und brachte die Diskussion um das Verschwinden der Musik noch einmal in Gang. Die zahlreichen Podiumsgäste wurden ermuntert, ihre Ansichten mitzuteilen. Sie zeigten sich kaum berührt. Die meisten sagten unverblümt, dass sie die Geschichte nicht glaubten. Andere, dass ihnen die Sache schnurz sei. Wieder andere, die Zeit werde es schon zeigen. Einige Sänger meinten, dass die künstliche Musik gar nicht so wertlos sei, wie es die Schriftsteller den Leuten immer einreden wollten.

Nun waren Joeanna Fortunaggi an der Reihe. Joanna Fortaggi sagte, dass das Leben ohne Musik nicht weniger spannend sei und dass sie bei sich zu Hause künftig vielleicht einen Anschein von Frieden finden könne, denn gegenwärtig amüsiere sich ihr ältester Sohn auf entnervende Weise damit, sich unablässig in Musik zu suhlen, sofern er nicht gerade die Nase in seinen Büchern stecken hatte. Sie fügte hinzu, dass es ihr nur um eins leidtun würde: um die immer so entzückenden Klingelmelodien an der Wohnungstür – Tonfolgen, deren Auswahl ihr Mann den Algorithmen überlassen habe. Jenna Fortuni sagte, dass sie mit Jack und Pam, ihren beiden Kleinen, solche Probleme nicht hatte. Sie hörten keine Musik, und zwar schlicht und einfach deshalb, weil sie, wie inzwischen wohl jeder wusste, Klebebilder waren. Die einzige Musik, die bei Jenna ein Problem darstellte, war das Pfeifen des Vogels. Aber Jenna sah nicht recht, wie man den Vogel von der Musik trennen konnte, es sei denn, man löste ihm das Fleisch von den Knochen. Daher war Jenna zum Zuhören gezwungen.

An diesem Punkt schweifte das Gespräch ab, um nun das Thema Vögel zu behandeln und die Frage, was Musik eigentlich sei. Diese Frage stand seit Ewigkeiten unbeantwortet im Raum. Denn wenn eine Melodie erst einmal durch einen Schlund hindurchgegangen war, einen ganz engen und missgestalteten womöglich, konnte sie dann immer noch als Musik betrachtet werden? In all jenen Fällen also, in denen sie nicht direkt von der Matrize auszugehen schien?

Die Diskussion hätte noch eine Weile so weitergehen können, aber plötzlich hatte Maculato Buffalo Walk Hispu Hispi Hey aus voller Kehle losgeröhrt und auf diese Weise ein für alle Mal und in einer Live-Sendung die ganze Nichtigkeit der Musik des Schlundes unter Beweis gestellt, womit das Kapitel rasch abgeschlossen werden konnte.

51

Danach hatte die öffentliche Meinung ein wenig Zeit gebraucht, um sich von der Sache zu überzeugen. Aber als die Tage dahingingen und der Melodienfluss sich abschwächte, gab es keine Zweifel mehr: Die Matrize hatte sich davongemacht. Ja, das Schlimmste war eingetreten – die Musik war verschwunden. Jedenfalls konnten die Ohren die Matrize nicht mehr empfangen. Ihr freigiebiger Strom war versiegt. Niemand konnte sich mehr in Musik suhlen. Die auf der Lauer liegenden Musikliebhaber nahmen nur noch das Nichts wahr. Und die Tatsache war verbrieft und versiegelt: selbst die Wissenschaftler hatten sie bestätigt. Es waren fast nur noch Sonderlinge, die den Fakt ableugneten und behaupteten, diese Abwesenheit von Musik wäre gar keine Abwesenheit, sondern die Anwesenheit einer Musik der neuen Art. Einer Musik, die ganz aus Platten war und sehr solide. Diese Spinner wollten nicht zugeben, dass die Musik verschwunden war. Sie wollten nicht anerkennen, dass die Einöde, die sich gerade breitgemacht hatte, vielleicht noch dreihundert Jahre andauern konnte – bis zu dem Moment, wo man eine neue musikalische Matrize entdeckte. Und wer konnte sagen, dass diese Matrize dieselbe sein würde wie die vom letzten Mal? Wer konnte sagen, dass es nicht zwei musikalische Matrizen gab? Oder drei? Oder vier (und immer so weiter)? Wer konnte sagen, dass die Matrize, derer man dann habhaft würde – in ein paar Jahrhunderten oder mit viel Glück Jahrzehnten –, von der gleichen guten Qualität wäre wie die erste, in deren Musik man sich so köstlich hatte ausruhen können?

Die Bildschirme wurden von Nachrichten überschwemmt. Die meisten Aussagen deuteten darauf hin, dass die Langeweile um sich griff. Man wusste nicht mehr, worin man sich aalen sollte. Die Musik hatte ein Vakuum hinterlassen. Die Moderatoren waren überfordert. Die Themen der Talkshows lauteten künftig »Ist die Musik wirklich verschwunden?« oder »Muss man wieder Musik machen?« oder auch »Die letzten großen Zeugen der Musik«.

In diesem Zusammenhang erinnerte man sich an die Abenteurerin, die am Ursprung der Entdeckung der Matrize gestanden hatte. Sie hieß Ada Taup-Still. Ihr Name und ihr Gesicht waren den Leuten noch vertraut. In den jetzt schon lange verflossenen Zeiten der Entdeckung hatte sie praktisch in ständiger Gesellschaft von Kameras gelebt. Sie war das, was man eine Koryphäe nannte. Ein Moebelpreisträger war an ihrer Seite ein Zwerg. Der Name dieser berühmten Frau blieb stets mit der musikalischen Matrize verbunden, die übrigens beinahe nach ihr benannt worden wäre. Aus undurchsichtigen phonetischen Gründen war die Matrize dann aber doch nicht auf ihren Namen getauft worden.

Als die Musik verschwunden war, hatten sich alle

Kameras natürlich von Neuem auf Ada Taup-Still gerichtet. Man hatte naiverweise gehofft, dass jene Heldin, der es gelungen war, die Existenz der Matrize zu beweisen, imstande sein müsse, sie auch ein zweites Mal zu entdecken. Dass sie die richtige Person sei, um über die Matrize zu reden und möglicherweise Teile von Antworten zu liefern. Aber als Ada Taup-Still wieder auf den Podien saß, hatte sie nur den Kopf geschüttelt. Sie wusste nicht, wie man die Matrize wiederfinden konnte. Schon beim ersten Mal war ein Schuss Intuition mit von der Partie gewesen. Ada Taup-Still erinnerte sich nicht mehr so richtig, welche Gleichungen sie erfolgreich entwirrt hatte, um die Matrize zu fassen zu bekommen. Sie senkte das Haupt – eine Bewegung, bei der die Fernsehzuschauer schaudernd entdeckten, dass ihre große Abenteurerin eine kahle Stelle bekommen hatte. Die Zeit hatte wirklich an ihr gearbeitet. Die Zuschauer sahen auch, dass der Kopf ihrer Koryphäe ganz weiß und voller Schuppen war. Es gab dort Bereiche, die genauso leer waren wie die Welt ohne Matrize. Außerdem zitterten Taup-Stills Hände ohne Unterlass. Und auf ihrer Stimme lagen Plättchen.

Taup-Still schüttelte auf ihrem Platz in einem fort den Kopf, ohne zu ahnen, wie sie damit wirkte. Nein, sie wisse keinen Rat. Die Entdeckung der Matrize sei für sie unglaublich faszinierend gewesen! Auf Bitten des Talkmasters berichtete Ada Taup-Still im Fernsehstudio zum zehnmillionsten Mal, was das kollektive Gedächtnis längst aufgehübscht hatte: An jenem berühmten, geschichtsträchtigen Tag war die Abenteurerin Taup-Still mithilfe ihres Teleskops durch die Sternenwelt spaziert. Ihr Magen hatte sich schon einige Male in Erinnerung gebracht. Sie hatte großen Hunger gehabt. Zu jener Zeit war sie jung gewesen, und es hatte ihr nichts ausgemacht, Stunden über

Stunden herumstehen zu müssen und durchs Teleskop zu starren. Das Teleskop hatte auf dem Dach gestanden. Nach mehreren Stunden hatte Ada Taup-Still Müdigkeit verspürt. Sie war hineingegangen. Da war ihr Blick auf eine Scheibe gefallen, die in ihrem Atelier herumlag. Ein ganz banales kleines Ding, rund und metallisch, so wie es damals massenhaft hergestellt wurde.

Ada Taup-Still liebte die Musik sehr. Sie hörte sie sich an, wie man zu jener Zeit zu sagen pflegte. Vor dieser Scheibe war sie in eine Träumerei versunken, bei der ihr bewusst geworden war, dass eine simple Scheibe die Musik gar nicht enthalten konnte. Diese Sichtweise war allzu verengt. Die Musik konnte aber nur aus einem einzigen Stück sein. Es war nicht möglich, sie aufzuteilen. Die Musik hatte ganz sicher weder Anfang noch Ende. Sie durfte also nicht krümelweise konsumiert werden. Sie musste als Ganzes erfasst werden und nicht durch die Vermittlung dieser kleinen Scheiben.

In diesem Moment spürte Ada Taup-Still einen eisigen Schauer, der ihr über Rücken und Schulterblätter rann. Ihr Magen brachte sich einmal mehr in Erinnerung, und sie öffnete den Kühlschrank. In seinem Inneren lag ein Ei. Die Abenteurerin nahm es zwischen die Finger, und plötzlich begriff sie, dass das Ei eine kleine Matrize war. Genau wie die Musik. Und ganz wie die Hand die Eierschale berühren und die Nase den Geruch nach Huhn auffangen konnte, konnte man die Musik als ein Element für sich betrachten. Zärtlich gestreift von der hohlen Handfläche. Gesammelt auf dem Grund der Ohren. Was die Schale nicht daran hinderte, auf Wunsch das Eiweiß und Eigelb zu liefern, genau wie die Musik ihre Melodien und Noten lieferte.

Und in derselben blendenden Helle des Geistes hatte die Abenteurerin erfasst, dass es möglich sein musste, die

Musik auszuheben. Ein Ei kam aus einem Huhn, was eine Art Kreislauf war. Alles war aus einem Kreislauf hervorgegangen. Sogar die Sterne, die Sonnensysteme und die Galaxien gingen gewissermaßen aus einem Kreislauf hervor. Sicher, die Musik musste einem Kreislauf entstammen, der hundertfach komplexer war als ein Huhn. Und dennoch musste jeder Kreislauf zwangsläufig einen Eingang und einen Ausgang haben, und zwar aus dem guten Grund, dass alles, alles, alles, alles, alles im Universum irgendwo auf der wellenförmigen Leiter der Zeit stand, wo jedes Ding, egal ob klein oder groß, zum Ablaufen gezwungen war. Die Abenteurerin hatte erfasst, dass selbst die Musik diesem Gesetz nicht entfliehen konnte. Ihr Kreislauf musste irgendwo existieren. Es musste also auch möglich sein, ihn ausfindig zu machen. Dann würde es genügen, sein äußeres Ende zu entdecken. Ja, Ada Taup-Still sollte das schaffen können. Und am Zielpunkt all des Suchens die Matrize der Musik nachweisen.

Und so, noch immer in derselben blendenden Helle, hatte sich die Abenteurerin Taup-Still unverzüglich in Berechnungen und Gleichungen versenkt, die sie bis zur Existenz der Matrize und an die Schwelle des Ruhms geführt hatten. Am übernächsten Tag war sie berühmt. Sie hatte zwei Kilo abgenommen.

Der Fernsehmoderator merkte, dass an dieser Stelle Applaus fällig war. Er forderte das Publikum zum Klatschen auf und ließ aufgezeichnetes Lachen einspielen. Es war nicht seine Schuld, dass er beinahe eingeschlafen wäre. Diese Geschichte mit dem Ei und der Matrize war so was von banal. Alle Welt hatte sie schon erzählt.

Später, kurz nach ihrer zwanzigsten Sendung über das Verschwinden der Matrize, fand man Ada Taup-Still tot in ihrem Wohnzimmer auf. Ihr Lebensgefährte sagte, er habe nichts gehört. Sie lag auf dem Teppich dahingestreckt. Der herbeigerufene Notdienst hatte nichts ausrichten können. Den Kameras hatten die Mitarbeiter erklärt, das Herz sei schwammartig, offen, weiß. Nach diesen Erklärungen hatten sich die Kameras zum krönenden Abschluss mit viel Geschmack und Taktgefühl auf einen Strauß Chrysanthemen gerichtet, der (was ein typisch taup-stillscher Zufall war) gerade auf dem Wohnzimmertisch stand, und der schwere Regen der rühmenden Nachrufe hatte endlich niedergehen können, Tropfen um Tropfen.

52

Zum Verschwinden der Matrize gab es wenig Greifbares. Abgesehen von Larsens Erklärungen, welche bei den meisten Fernsehzuschauern Skepsis ausgelöst hatten und von vielen als Bluff betrachtet worden waren, sah man nicht, welche Spur man verfolgen sollte. Der Ausfluss der Matrize war versiegt, und Schluss. Und sofern man nicht eine Expedition losschickte, um ihren Aufenthaltsort zu bestimmen, gab es keine Sicherheit, dass sie eines Tages überhaupt noch einmal zugänglich sein würde.

An diesem Punkt gab es viele Leute, die zur alten Praxis zurückkehren wollten. Die alte Praxis, an Musik heranzukommen, war vielleicht gar nicht mal so dumm gewesen. Natürlich erforderte sie Anstrengungen, und es konnte nicht einfach irgendwer irgendwas machen, damit Musik herauskam. Es waren Studien notwendig, an deren Ende man hoffen durfte, sie zwischen den Fingern zu halten oder im Mund zu haben.

Nun erhoben sich Stimmen, die dagegen protestierten, dass die Musik antidemokratisch werden könnte; man behauptete, sie gehöre uns allen, und es sei wichtig, dass sie äußerlich und unpersönlich bleibe. Aber diese Ansicht verlor an Boden. Man debattierte über Musikschulen, die vor der Eröffnung standen. Die Leute interessierten sich für Instrumente. In dieser großen rückschrittlichen Bewegung dachte man allen Ernstes darüber nach, von Neuem verschiedene Techniken zu lehren.

In einem solchen Umfeld geschah es, dass Larsen Frol in die Fernsehstudios zurückkehrte. Nach dem Verschwinden der Musik hatte er sich wieder einmal von den Kameras zurückgezogen. Unbegründete Gerüchte hatten vermeldet, dass Larsen auf einer Lesereise durch Österreich sei, ohne jedoch zu präzisieren, ob es eine Reise per Bildschirm war. Freunde hatten behauptet, sie hätten Larsen auf Hand-Touching-Abenden gesehen. Solche Zeugnisse waren nicht sehr glaubwürdig, da Larsens Beschreibung aus dem Mund seiner Freunde auf dutzende junge Schriftsteller gepasst hätte.

An jenem Abend war Larsen nicht allein in die Sendung gekommen. Er hatte sich in Gesellschaft eines birnenförmigen Kastens präsentiert, dessen Stiel mit parallel ausgerichteten Schnüren bedeckt war. Er nahm auf dem Podium Platz und beantwortete die Fragen der verdutzten Talkmaster. Seinen Holzkasten überließ er auch gern den Kameras, die minutiös hinüberstreiften und an ihm leckten. Besonders die kleine Öffnung, welche die Oberfläche des Kastens durchstieß, zog die Aufmerksamkeit der Objektive auf sich. Dieses runde Loch reizte sie sehr. Aber in ihren Versuchen hineinzugleiten, wurden die Kameras durch das feine Netz der Schnüre, die darüber hinwegliefen, zurückgehalten. In Erwiderung der ihm gestellten Fragen gab Larsen an, dass der Holzkasten »Gitarre« hieß. Es handelte sich um ein Instrument. Und es war möglich, Musik aus ihm zu ziehen, was Larsen sogleich demonstrieren wollte.

Die Nackenhaare aller Talkshowgäste erzitterten, und genauso erging es den Fernsehzuschauern vor ihren Bildschirmen. Die Münder der beiden Moderatoren deuteten einen Flunsch an, der zu einer zweifelnden Miene ausgebaut werden konnte. Es war eine zutiefst schicksalhafte Stunde. Larsen setzte sich mit übereinandergeschlagenen Beinen auf einen Hocker. Er schob die Gitarre unter seine rechte Achsel. Ehe er sich daran machte, die Schnüre zu berühren, stellte er noch klar, dass er sich für das Verschwinden der Matrize verantwortlich fühle und deshalb ein Beispiel geben wolle, indem er allen zeigte, wie Musik gemacht wird. Er wünschte den Kindern begreiflich zu machen, dass Musik nicht einfach Beiwerk war. Sie war lebendig und wandelbar. Sie musste im Inneren eines Dinges oder einer Person geboren werden. Aus diesem Grunde hatte sich Larsen geschult und war für einige Zeit aus der Öffentlichkeit verschwunden, um den Gebrauch dieses Instruments, das er schon in seiner Kindheit zärtlich berührt hatte, neu zu erlernen.

Einer der Talkmaster rief aus: Also wirklich, dieser Larsen Frol steckt voller Überraschungen! Er ist so ein ehrgeiziger junger Mann. Nicht nur, dass er die Verantwortung für das Verschwinden der Matrize übernommen hat, jetzt will er die Welt auch noch zu den alten Gebräuchen zurückführen! Nun ja, wir sind ganz Ohr!

Die beiden Talkmaster zogen sich von der Bildfläche zurück. Larsen stand im Mittelpunkt des Bildes. Er warf Joeanna Fortunaggi, die unter den zahlreichen Gästen saßen, einen Blick zu, und seine Hände legten sich auf die Gitarre. Im Studio hatten die Vibrationen der Geräte zugenommen. Man hätte meinen können, die Stärke der Scheinwerfer hätte sich verzehnfacht.

53

Als Larsen Frol die Gitarre berührte, war es Jenna Fortuni, als befände sie sich plötzlich mitten in einer übernatürlichen Erscheinung. Sie beobachtete seine beiden Arme. Diese Arme kamen ihr vor wie zwei unscharfe Teilstücke. Aber dann entwickelte sich jeder Arm zu einer Hand. Die Sache geschah nicht von selbst. Jenna erfasste sie wie eine Entdeckung. Sie sah, dass die Arme zwei Teilstücke Fleisch gewesen waren, ehe sie sich klarer abgezeichnet und in feine Finger geteilt hatten. Jenna folgte mit wacher Aufmerksamkeit dem Verlauf der Arme, dann ihrer Teilung in kurze, mit Gelenken verbundene Fingerglieder. Sie sah, dass die Hände bewohnt waren. Sie hatten ihre Wurzeln im Kopf. Die Hände waren die Verlängerung des Geistes; mit ihrer Hilfe konnte er sich inkarnieren und tätig werden.

Mit den Ohren verhielt es sich genauso. Larsen riss mit den Fingern eine Gitarrensaite an, und Jenna sah, wie ein Ton sich löste und in stofflicher Gestalt auf ihr rechtes Ohr zusteuerte, einen transparenten Kanal entlang, der aber unsichtbar blieb. In diesem Lufthorn kam der Ton zu ihr. Er gelangte an ihr Ohr. Daran war nichts Gewöhnliches. Er besuchte ihr Gehirn. Jenna wurde von diesem Ton berührt. Wie jeder Ton war auch er einzigartig. Der Ton floss in ihre Brust, wo er sich an einem Platz niederließ, den er wiederzuerkennen und wiederzufinden schien, weil er ihn vor sehr langer Zeit schon einmal besetzt hatte. Sie war schon so lange nicht mehr von einem Ton getroffen worden! Der Ort, an den er geglitten war, oszillierte in ihrer Brust. Er war zu Kristall geworden. Der Ton hatte dort weitervibriert. Der Kristall in Jenna hatte in allen Farben des Regenbogens geschillert. Und nach ihm kamen andere Töne, um sich dort abzusetzen.

Unter Larsens Fingern lösten sich von den Saiten der Gitarre unzählige Tonpartikel, von denen eine kristalliner und luftiger war als die andere. Diese Abspaltung der Töne war köstlich. Es lag ein Zauber in ihr. Die Aufeinanderfolge mikroskopisch kleiner Töne war von außergewöhnlicher Delikatesse. Sie massierte das Herz und die Brust. Die Talkshowgäste wurden durchsichtig. Und diese Dusche aus losgelösten Tönen wies keinerlei Schwäche oder Unterbrechung auf. Sie vibrierte in allen Körpern, die auf dem Podium saßen, und schien dabei alle Zellen umzuwandeln.

Jenna fühlte sie bis zu ihren Füßen hinabströmen. Auch die Kameraleute waren nicht unempfänglich dafür. Ihre Zehen bewegten sich unter dieser Dusche. Selbst die Talkmaster wurden von dem Zauber erfasst. Sie lockerten ihre linke Hand, und ihre Merkzettel verstreuten sich über den Boden. Sie machten keinerlei Anstalten, sie wieder aufzusammeln. Sie sahen, dass ihre Notizen hinfällig waren. Einer beugte sich zum andern hinüber. Jenna konnte nicht verstehen, was sie sich ins Ohr flüsterten, aber gewiss waren selbst ihre Wörter im Kristall der Töne erzeugt worden.

Plötzlich hatte Jenna Fortuni Lust aufzustehen. Die Quelle der Töne war weit von ihr entfernt. Sie hatte das Bedürfnis, sich ihr zu nähern. Das Kabel ihres Ansteckmikrofons hielt sie zurück, aber sie machte sich los und legte das Mikro auf ihren Stuhl. Auch Joanna Fortaggi erhob sich und legte mit einem schönen Hüftschwung ihr Mikro ab. Andere Gäste taten es ihnen nach und erhoben sich ebenfalls, und am Ende standen alle vor Larsen, dessen Finger noch immer Tonstückchen von den Saiten ablösten.

Die Kameras hatten sich ausnahmsweise im Hintergrund gehalten. Sie zeigten den Rücken der Stars und

Schriftsteller, die sich um die Gitarre drängelten. Das, worauf die Gäste schauten, konnten sie nicht filmen. Denn was hätten die Kameras auch zeigen können? Was hier geschah, war nicht sichtbar.

Nach einer gewissen Zeit schüttelten sich die Talkmaster und gewannen ihre Geistesgegenwart zurück. Sie baten die Gäste mit warmen Worten, an ihre Plätze und zu den Mikros zurückzukehren. Die Musik werde schon nicht fortrennen. Es sei überhaupt nicht nötig, so nahe an sie heranzutreten. Da die musikalische Matrize so lange geherrscht hatte, war die herkömmliche Weise des Musikmachens offenbar in Vergessenheit geraten, und so war es den Talkmastern ein Vergnügen, ein wenig zu improvisieren und an einige Merkmale von Musik zu erinnern: Musik war immateriell. Man konnte sie nicht anfassen. Musik war keine Sache. Die Töne waren nur vermittels der Ohren wahrzunehmen. Herkömmlicherweise erzeugte sich Musik nicht von selbst. Man musste sie hervorrufen.

Passenderweise erhob sich dazu einer der Moderatoren und ging zu Larsen hinüber, der immer noch Gitarre spielend dasaß. Er bat die Kameras, Larsens Finger zu filmen, die geschäftig über die Saiten huschten. Dazu erklärte er: Durch ihre Reibung und ihr Zupfen an den Saiten riefen die Finger eine Vibration hervor, die als eine Art Welle verstanden werden konnte. Von dort ging die Musik aus. Ja, das war die Musik. Auf diese Weise konnte die Person, welche die Musik erzeugte, über ihre Nuancen und ihre Bewegung entscheiden und sie ganz nach Belieben ausformen. Der Moderator wollte gern einräumen, dass dieser Prozess allen Leuten, die die andere Musik gekannt hatten, also die aus der Matrize gekommene, äußerliche Musik, mühselig und kompliziert vorkommen musste. Er sprach allen, die sich geschädigt oder enttäuscht fühlten, sein Mitgefühl aus. Aber fortan werde man in den sauren Apfel beißen müssen. Die Musik aus der Matrize sei Geschichte.

Ein Künstler, dem man das Wort erteilt hatte, bekräftigte diese Worte: Ja, leider, da werde man durch müssen. Auf andere Art könne Musik künftig nicht mehr entstehen. Sie werde nicht mehr ganzheitlich und abgesondert sein. Sie müsse gewissermaßen immer mit einem anderen Ding verbunden sein. Sie müsse sich ganz eng mit ihm vereinen.

Der zweite Talkmaster setzte zum Schlusswort an. Er rief, dass diese alte Methode trotz allem auch ihre Vorzüge habe. Da mussten ihm die Fernsehzuschauer doch sicher beipflichten. Denn gab es etwas Reizenderes als einen jungen, gutaussehenden Mann, der in seinen Händen einen herrlichen Kasten aus verziertem Holz hielt, mit dem man nicht allein die Augen, sondern auch die Ohren entzücken konnte?

In diesem Moment warf Larsen auf der Gitarre einen letzten Akkord hin. Dann hob er den Kopf und schenkte der Kamera sein wundervollstes Lächeln.

54

Die Wissenschaft eilte in Siebenmeilenstiefeln voran. Mit ihr machte auch die Erforschung des Wortes riesige Fortschritte. Man war nun fast in der Lage, im Bruchteil einer Sekunde das Wesen, die Komplexität, die Tiefe, das Format, die Tragweite und die Wirkung eines einzigen Wortes zu erfassen. Aus diesem Grund waren die Wörter viel mächtiger geworden. Sie wirkten nun stärker, und man musste sie mit größerer Vorsicht gebrauchen.

Die Spezialisten auf dem Podium warnten die Fernsehzuschauer: Das Wort werde in naher Zukunft so wirkungsvoll sein, dass man mehr nachdenken müsse, bevor man es aussprach. Kaum der Kehle entschlüpft, werde es seine mächtigen und absolut unsichtbaren Partikel in alle Richtungen verstrahlen. Man müsse die Kinder schützen. Doch mit dem geschärften Bewusstsein, das sich mit dem Tiefenverständnis des Wortes unweigerlich einstellen werde, sollte es künftig auch zeitsparender und weniger anstrengend werden, sich auszudrücken.

Die Folgen dieser Forschungen wurden sofort spürbar. Sie stellten bereits die Talkshows auf den Kopf. Immer mehr Moderatoren, Gäste, Sportler und Stars begannen sich auf eine neue Weise auszudrücken. Statt sich in Sätzen zu verzetteln, äußerten sie sich meist in einem einzigen Wort. Das brachte berührende Augenblicke hervor. Ein Talkmaster zum Beispiel, der dem Bericht eines Künstlers lauschte, konnte nicht an sich halten und sagte *Tränen*, *Tränen*, woraufhin das Publikum applaudierte. Ein Autor, der sein gerade erschienenes Buch vor sich hatte und sich nicht anders verständlich machen konnte, fand die Lösung in einem einzigen Wort. Er sagte *Befriedigung* und wiederholte das mehrere Male. Die Kameras hielten sich lange bei ihm auf.

Dieser neue Gebrauch des Wortes war sensationell. Er führte die Menschen zusammen. Er ließ die Herzen im Gleichklang schlagen. Die Gäste, die sich noch in Satzkonstruktionen verhedderten, wirkten plötzlich wie Dinosaurier. Sie wurden augenblicklich zum alten Eisen gezählt. Sie machten sich auf der Stelle lächerlich. Niemand hatte mehr Lust, seine Zeit mit diesem ungenauen Geschwätz zu verlieren. Man wollte zum Kern vordringen. Man wollte das Mark treffen. Und was war überzeugender als ein mit Frische, totalem Scharfblick und Überzeugung ausgesprochenes Wort? Was bewegender als das Wort *Hoffnung*, verkündet mit feuchten Augen, oder *Enttäuschung*, aus den Tiefen der Seele artikuliert? Ja, alle vibrierten in der gleichen Frequenz. Und es gab keinen Ort mehr, an den man sich unter dem Vorwand zurückziehen konnte, die Sache nicht verstanden zu haben. Alle wurden auf der gleichen Ebene gehalten.

Der einzige Nachteil des neuen Systems war, dass die Gespräche knapper wurden. Aber die Produzenten hatten einen Kniff gefunden: Sobald ein Wort ausgesprochen war, ließen sie es physisch erscheinen, Buchstabe für Buchstabe. Das dem Mund entschlüpfte Wort nahm wirklich Existenz an. Es nahm einen gewissen Raum in Anspruch. Es erschien im Hintergrund der auf dem Podium versammelten Gäste. Die Buchstaben waren lebendig und leuchtend. Ihre Farben variierten. Sie schwebten über den Einblendungen der Buchumschläge.

Das Ende einer Sendung erkannte man daran, dass die Talkshowgäste von einer Vielzahl schillernder Worte umgeben waren, die sich in heiterer Unordnung überlagerten und aneinanderstießen. Oszillierende, sich bewegende, blinkende Worte, aus deren Mischung ein Zuschauer, der seinen Fernsehapparat erst später eingeschaltet hatte, mit einem Blick erkennen konnte, wovon die Rede gewesen war. *Erinnerungen*, *Inspiration*, *Herzzerreißend*, *Meisterwerk*, *Sehnsucht*, *Vorbild*, *Feine Pinselstriche*, *Selten*, *Meisterlich*, *Wunderkind*, *Fesselnd*, *Feinfühlig*, *Reife*, *Kraftakt*, *Wahrheit*, *Erleuchtung*, *Schön*, *Absolutes Muss*, *Unwiderstehlich*, *Brillant* – all diese Wörter schienen durch Spezialeffekte um die Köpfe der Gäste zu schweben. So konnte das Podium am Ende der Sendung sein eigenes Resümee betrachten. Und die Präsenz der Worte konnte das ein wenig dürre Tonmaterial ausgleichen.

Die Schriftstellerinnen Jenna Fortuni und Joanna Fortaggi passten sich so leidlich an die neue Art zu plaudern an. Für Autorinnen, die seit so vielen Jahren in den Studios präsent waren, war es eine bedeutende Umstellung. Es war nicht ganz einfach. Jenna und Joanna hatten sich diesem neuen Wortgebrauch nach und nach beugen müssen. Zuerst hatten sie Pronomen, Artikel und Bindewörter weggelassen. Sie hatten solche Sätze ausgesprochen wie *Modell schwer erkennen* oder *Radelpha guter Verlag*. Aber nachdem die Moderatoren ihnen auf ironische Art zu verstehen gegeben hatten, dass dies durchaus nicht ausreichend sei, gaben sich Jenna und Joanna einen Ruck und warfen künftig wie jedermann einzelne Substantive, Adjektive und ungebeugt vor sich hin schlummernde Verben in den Raum. Im Grunde war das keine Hexerei, und man konnte sogar Vergnügen daran finden.

Man konnte allerdings etwas Merkwürdiges beobachten: Trotz des neuen, direkten und durchschaubaren Gebrauchs der Wörter entstand um sie herum so etwas wie ein verworrener Kokon. Er war mit unvorhersehbaren und unmöglich zu analysierenden Elementen gefüllt. Im Gegensatz zu den Versprechungen der Experten ließen sich die Wörter offenbar nicht so leicht disziplinieren. Sie schienen sich mit tausend immateriellen Partikeln zu umgeben, die ihre Schwingungen und ihre Tragweite beeinflussten. Abhängig von Ort, Reihenfolge oder Moment ihres Gebrauchs schienen die hingeworfenen Wörter stets mehr ausdrücken zu wollen als ihre reine Bedeutung. Sie waren nie völlig frei.

Es hatte sich zum Beispiel schnell eingebürgert, zu Beginn einer Sendung Wörter wie *Glück*, *Freude*, *Wärme*, *Herzlichkeit* und *Sympathie* auszusprechen. Das waren mehr oder weniger die vier oder fünf Wörter, die man sich zu diesem Zeitpunkt erlauben konnte. Diese Wörter dienten als Barometer. Mit ihnen konnte man überprüfen, ob alle gut aufgelegt und auf der gleichen

Wellenlänge waren. Nur eine Handvoll Promis versuchte sich mit affektierten Worten wie *Bezaubert!*, *Entzücken!* oder *Ehre!* davon abzuheben, aber man schenkte dem keine große Beachtung.

Wenn aber ein Schriftsteller, der nicht auf dem Laufenden war oder auf dem Fernsehpodium sein Debüt gab, es sich einfallen ließ, anstelle der herkömmlichen Wörter *Glück!* oder *Herzlich!* plötzlich so etwas wie *Glückseligkeit!* oder *Freudentaumel!* auszusprechen, lösten seine Worte eine peinliche Stimmung aus. Misstrauen keimte auf. Man fragte sich, ob der Schriftsteller hervorstechen oder angeben wollte oder schlimmer noch, ob er sich über die ganze Situation lustig machte. Dieser Autor wurde fortan stillschweigend geschnitten und bekam nur selten das Wort erteilt.

Anfangs hatten sich Joanna und Jenna natürlich aufs Glatteis führen lassen. Alle Talkshowgäste aus dem Kreislauf hatten früher oder später diese Art von Missgeschick erlebt. Aus Unerfahrenheit brachten sie ein Wort hervor, das sie für angemessen hielten, aber hinterher merkten alle sofort, dass es völlig unangemessen gewesen war. Woran es lag, war schwer herauszufinden. Manchmal hatte man bei einem Scheinwerfer nur den Farbfilter ausgetauscht, und wenn man nun *Klatschmohn!* rief, während die Kamera auf einen gerichtet und man in blaues, grünes oder gelbes Licht getaucht war, konnte das die Situation auf einen Schlag inkongruent machen. So war es nämlich Joanna Fortaggi passiert. Manchmal stand das Wort auch am falschen Platz. So hatte Joanna Fortaggi ihren guten Willen bekunden wollen und mitten in der Sendung unüberlegt *Freude!* gesagt. Leider in einem ganz falschen Moment. Einer der eingeladenen Autoren hatte gerade von seinen Schwierigkeiten bei der Auswahl der Vorbilder gesprochen und von den vielen harten Monaten des Schreibens. Joannas *Freude!* rief eine abscheuliche Wirkung hervor.

Es war schwierig, ein einmal gesprochenes Wort wieder einzuholen. Man musste aufpassen. Der Fehler war zu gut sichtbar. Ein schiefes oder schlecht platziertes Wort wurde sofort bemerkt. Im Handumdrehen nahmen die Wörter Gestalt an, Buchstabe für Buchstabe, und begannen im Studiodekor hin und her zu wiegen, hinter den Talkgästen, um sie herum und über ihren Köpfen.

Jenna Fortuni und Joanna Fortaggi bewunderten Larsen Frol, der mit erstaunlicher Leichtigkeit ins neue System übergewechselt war. Er rief alle naselang *Freude*, *Herz* oder *Sonne*. In den darauffolgenden Minuten rezitierte er völlig unvermittelt die Namen aller Tiere des Hühnerhofs. Das brachte die Kinder zum Lachen und bescherte ihm den Spitznamen Herr Ganter-Schwein-Puter-Huhn.

Ungefähr zur gleichen Zeit gestand Jennas Mann ihr, dass er beim Schreiben nicht mehr auf die berühmten Ausdrucksbanken zurückgriff. Jenna stellte keine Fragen. Der Bereich war viel zu intim. Trotzdem fragte sie sich, was ihr Mann künftig in seine Bücher hineintun würde. Éden Fels sprach mit ihr regelmäßig über seine Bücher, aber immer nur sehr vage. Jenna spürte, dass sich ihr Mann schon seit geraumer Zeit nicht mehr in sie vertieft hatte. Jenna selbst hatte sich aus Schamhaftigkeit nie über den Umschlag hinausgewagt.

55

Der Moderator beglückwünschte gerade einen jungen Mann, der sein erstes Buch veröffentlicht hatte. Es war ja so erfolgreich! Die Käufer erwarben das Buch auf Anhieb im Fünferpack. Schließlich brachte der Talkmaster das berühmte und supermächtige Wort *Krönung* hervor. Nach einem winzigen Erschauern krümmten alle Gäste leicht die Schultern. Der debütierende Autor ließ sich nicht aus der Fassung bringen. Er antwortete: *Überraschung. Glück. Bescheidenheit. Dankbarkeit.* Dabei bewahrte er einen beinahe normalen Gesichtsausdruck.

Der Moderator war zufrieden. Aber man brauchte noch Einzelheiten. Er fragte: *Erstaunen? Wahrheit!* Der junge Mann ließ sich nicht lange bitten. Er war noch ganz neu in den Kreisläufen. Er fand noch Gefallen daran, auf dem Podium zu reden. Mit einem Entgegenkommen, das für diese Zeiten äußerster Prägnanz fast ungewöhnlich war, erklärte er: *Glück. Zerstreuung. Leicht. Leicht. Schreiben. Lebenssinn. Haus. Landleben. Kinder. Rufe. Vögel. Inspiration. Flügel. Leidenschaft.*

Nach dieser Erklärung wollte der Moderator für die Kamera ein kleines Zwiegespräch zwischen zwei Autoren arrangieren. Er wandte sich an Joanna und bat sie, auf die letzten Worte zu reagieren. Zudem drängte er den jungen Autor dazu, mit Joanna unter vier Augen zu plaudern. Der junge Mann fühlte sich unbehaglich. Um irgendetwas zu sagen, stammelte er: *Vergnügen. Glück. Zufriedenheit.* Dann rezitierte er den nebulösen Vierzeiler einer alten Bardendichterin, deren Bedeutung noch niemand erfasst hatte. Schließlich blickte er Joanna in die Augen und formulierte ein Kompliment: *Jenna Fortuni. Respekt. Ehre.*

Joanna Fortaggi war augenblicklich auf hundertachtzig. Sie war für ihre Aufwallungen und Explosionen bekannt. Und anders als man hätte denken können, lag es nicht einmal daran, dass der junge Mann sie mit einer anderen Schriftstellerin verwechselt hatte. Daran hatte sich Joanna im Laufe der Zeit gewöhnen müssen. Die Verwechslung an sich war nicht so schlimm; so etwas passierte während der Sendungen dauernd. Es war wirklich entschuldbar. Nicht umsonst brachten die Moderatoren den Zuschauern unablässig den Namen und die Funktion eines jeden Gastes in Erinnerung, nicht umsonst erschienen diese Informationen alle fünf Minuten auf den Bildschirmen und prangten in riesigen Lettern auf den Buchumschlägen. Wenn es nur um den Namen gegangen wäre, hätte Joanna den Irrtum des jungen Mannes übersehen können.

Was sie vor allem aufbrachte, war aber, dass der junge Mann ihre Anwesenheit ausgenutzt hatte, um den Vierzeiler einer obskuren Bardendichterin zu deklamieren, die, soweit Joeanna Fortunaggi verstanden hatten, in einem früheren Jahrhundert wichtig gewesen war. Das war nicht akzeptabel. Joanna Fortaggi war da ganz streng. Weder jetzt noch in Zukunft konnte sie tolerieren, dass man auf ihre Kosten auch nur den geringsten Versuch unternahm, seine Gelehrsamkeit herauszustreichen. Darauf war sie zu hundert Prozent allergisch. Ja, man konnte Joanna Fortaggi mit anderen Schriftstellern aus der Talkrunde vergleichen. Ja, man konnte so weit gehen, sie mit einer anderen lebenden Autorin zu verwechseln. Ja, man hatte auch das Recht, ihr Werk und ihre Person mit einigen normsetzenden Autoren zu vergleichen. Solche Vergleiche waren hinnehmbar. Inakzeptabel war es jedoch, wenn man sie dazu missbrauchte, feige in die Vergangenheit zu flüchten, in dieser Kloake herumzuwühlen und Dummheiten zu verbreiten, denen es an jeglicher Authentizität mangelte.

Von außen konnte man nicht erkennen, wie sehr es in Joanna brodelte. Als aber der lächelnde Moderator sich ihr mit der Frage zuwandte, ob sie sich in dem Kompliment wiedererkenne, brach es aus ihr heraus. Joanna richtete sich auf ihrem Sessel hoch auf und schleuderte hervor: *Donner*! *Inakzeptabel*! *Verachtung*! *Respekt*! *Unhöflich*! Die Wörter prasselten vor den Kameras wie Steine nieder. Sie setzte noch schnell *Dreckig*! hinzu, aber ohne dass man das Wort richtig verstehen konnte. Auf dem Podium verbreitete sich tiefes Schweigen.

Die von Joanna verwendeten Wörter wurden sofort sichtbar. Es stand in niemandes Macht, sie zurückzuhalten. Sie wurden von einer Maschine gebildet, die weder Skrupel noch Nachdenkvermögen besaß. Sobald sie ausgesprochen waren, transkribierte die Maschine sie fürs Podiumsdekor. Sie projizierte sie auf einen Bildschirm, von dem aus die Spezialeffekte sie voll Pracht und Phantasie aufs Podium zauberten. Diese Wörter verschwanden erst nach dem Abspann, wenn die Maschine sich ausschaltete. Sie wurden einfach obsolet. Das Podium lag wieder in absolutem Weiß da.

Joannas Wörter schlängelten sich um die früher ausgesprochenen herum. Sie saßen als Kronen auf den Gästen oder hingen als Lätzchen an ihnen. Sie bewegten sich über das Gesicht des Moderators. Dass die Wörter die Gesichter bedeckten, war inzwischen ein Muss geworden. Die Talkshowgäste wurden ein wenig im Dunkeln gehalten, und die Buchstaben wanderten über ihre Stirn. Die Wörter strahlten auf ihrem Oberkörper. *Virtuos* und *Vielversprechend* schimmerte auf Joannas Brust. Dann segelten sie weiter, und plötzlich legten sich *Vergessen* und *Verachtung* über ihre Brust. Jenna saß unter *Erster Roman*, was früher in der Sendung ausgesprochen worden war. Quer über den Wangen des Moderators stand das Wort *Dreckig* und schien auf ihm verweilen zu wollen. Das war peinlich und unangenehm, weil offenbar niemand mehr wusste, was es eigentlich bedeutete. Und so nahm *Dreckig* einen ganz leichten Anflug von Obszönität an.

Die Talkgäste lächelten einander verlegen zu. Sie wussten nicht, wie sie reagieren sollten. Sie waren nicht sicher, ob sie das Recht hatten, solche misstönenden Wörter überhaupt zu bemerken. Der lächelnde Moderator bekam einen Schweißausbruch. Die ärgerlichen Wörter verteilten sich über seine Gäste, und er wusste nicht mehr, wie er das Podium zurückerobern sollte. Zum Glück war er so geistesgegenwärtig, schnell eine lange Reihe von hübschen Wörtern aufzusagen, um Joannas hässliche Wörter zu verdrängen. Als die Gäste verstanden hatten, was der Moderator beabsichtigte, brachten sie simultan ihre eigenen Wortfolgen hervor. Die Wörterprojektionsmaschine war überfordert. Sie setzte mehrmals kurz aus. Niemand hatte daran gedacht, sie in die Gegenrichtung zu programmieren, damit sie die Wörter aufsaugen und das Podium vor Ende der Sendung reinigen konnte. Joannas Wörter verloren sich nach und nach in der Masse der angenehmen Wörter. Zwischen *Außergewöhnlich*, *Kraftakt*, *Offenbarung*, *Talent*, *Jung*, *Berührend*, *Anmut*, *Lyrisch*, *Triumph* und *Allumfassend* wurden sie allmählich weniger sichtbar. Ein scharfes Auge allerdings hätte *Verdammt* und *Vollidiot* hier und da noch immer über den Bildschirm treiben sehen.

56

Wieder einmal war der Tag für die Fernpatenschaft herangerückt. Die Toulolkblblibsis zeigten sich von Neuem auf dem Bildschirm. Joannas Kinder fanden es sensationell, dass diese armen Leute gebildet waren, während Joanna bedauerte, dass ihnen dadurch so viel Energie verloren ging. Diese armen Leute hätten lieber arbeiten und den Acker jäten sollen, um sich die Mägen zu füllen, statt sich um ihre Gehirne zu bekümmern. Aber sie hielten es für besser, einen leeren Bauch zu haben und zu verhungern, damit sich ihre kleinen Söhne den Kopf verschmutzen konnten.

Die Toulolkblblibsis besaßen die heute gängigen Telefone und Bildschirme, auf welchen die männlichen Nachkommen ihre Studien betrieben. Diese Kinder waren gekämmt. Sie trugen tadellose Hemden, die in Hosen mit langen Bügelfalten und ganz ohne Flecken steckten. Ihre kleinen Schwestern hingegen drehten sich in abgetragenen Sachen hin und her. Mutter Toulolkblblibsi scheuchte die Hühner fort und erklärte: Heutzutage brauche man eine solide Ausbildung. Sie machte eine Führung durch ihr Zuhause.

Der Hof der Toulolkblblibsis ging auf zwei Zimmer hinaus. Fenster gab es dort keine. Betten waren die einzigen Möbelstücke. In der Lehmwand befand sich eine kleine abgerundete Nische, in der fünf Bücher lagen. Joanna fiel auf, dass die Bücher verschmutzt waren und ihre Einbände schon viel mitgemacht haben mussten. Die Buchrücken waren ausnahmslos verschlissen. Für Joanna gab es keinen Zweifel, dass man diese Bücher ein Stück weit geöffnet hatte, und das mehr als einmal. Natürlich konnte man sich nicht vorstellen, dass Herr und Frau Toulolkblblibsi die Bücher selbst verfasst hatten. Beim Anblick dieser Bücher hatte Joanna gemischte Gefühle: Sie fühlte sich verletzt, angewidert, von Mitleid erfüllt, bedrängt.

Joannas Mann sah, dass an der Wand eine Steckdose angebracht war. Er fragte sich, wo der Strom herkommen mochte. Diese lange Wand war beigefarben und kahl. Sie war aus Erde und Stroh. Ihre Oberfläche war voller Buckel. Die Steckdose schien auf ihr zu kleben. Joannas Mann wollte fast schon nachfragen: War diese Steckdose vielleicht nur ein Trompe-l'Œil? In diesem Moment schaltete sich Vater Toulolkblblibsi ein. Er ließ seine Kinder im Hintergrund stehen und erklärte, dass er als Luftfahrtingenieur tätig sei. Die beiden älteren Söhne von Joanna stießen einen Schrei aus. Sie sagten ganz laut, dass sie sich niemals in ein Flugzeug setzen würden. Man musste sie rasch zum Schweigen bringen, denn Vater Toulolkblblibsi bemühte bereits das automatische Übersetzungsprogramm.

Als schließlich das Trennungszeichen ertönte, verabschiedeten sich die beiden Familien voneinander, und die kleinen Mädchen, die man nach vorn geschubst hatte, sangen ihre rauen Weisen.

57

Bei der dritten für die Fernpatenschaft festgelegten Begegnung baten die Eltern Toulolkblblibsi darum, die Zimmer der Fortaggis besichtigen zu dürfen. Sie hatten sie schon lange einmal sehen wollen. Während sie das sagten, wanden sie sich hin und her, und Joanna begriff, dass sie gehofft hatten, nicht extra darum bitten zu müssen.

Die Besichtigung der Wohnungen war in den Patenschaftsregeln festgeschrieben. Joanna Fortaggi und ihr Mann konnten nicht Nein sagen. Die Besichtigung war ihnen peinlich, da ihre Wohnung viel geräumiger war als die zwei Zimmer mit Hof der Toulolkblblibsis. Ihr Wohnzimmer war geradezu riesig. Joanna und ihr Mann hatten den Eindruck, den Toulolkblblibsis einen Schlag zu versetzen oder eine schwere Last auf ihre Schultern zu laden. Und man konnte ja nichts wegnehmen oder geschickt verschwinden lassen. Die Wände, die Fußböden und die Fenster ließen sich nicht demontieren.

Joanna ließ sie zunächst die Küche besuchen. Sie öffnete den Herd und die Schränke. Seitens der Toulolkblblibsis vollzog sich die Besichtigung von Joannas Wohnung in andächtigem Schweigen. Die zahlreichen Köpfe der Familie ballten sich vor dem Bildschirm zusammen. Joanna ließ ihren Bildschirm durch die Räume wandern, während die Kinder vor ihr hersprangen. Sie stellte jedes Zimmer kurz vor, ließ dabei jedoch absichtlich das ihres jüngsten Sohnes aus, denn es war voller Plüschtiere. Die Toulolkblblibsis merkten das nicht. Dabei wirkten sie durchaus konzentriert. Sie stellten keinerlei Fragen. Ihre Gesichter blieben ausdruckslos. Sie interessierten sich weder für die Möbel noch für die Teppiche. Joanna fragte sich, ob die Toulolkblblibsis überhaupt begriffen, was sie da vor Augen hatten. Für diese Leute war es vielleicht wie ein Spaziergang auf dem Mond.

Ein einziges Mal baten die Toulolkblblibsis Joanna darum kehrtzumachen. Es ging ums Bad. Die Toulolkblblibsis lachten, als sie sich, zu einer dichten Traube zusammengedrängt, im Spiegel erblickten. Eine der Alten verbarg sogar ihr Gesicht in den Händen. Der Spiegel zeigte jetzt nur noch ihre beiden braunen Zähne. Aber vom Badezimmer abgesehen, schien die Wohnung der Fortaggis bei ihnen keine Kommentare auszulösen. Zum Schluss führte Joanna sie ins Wohnzimmer zurück. Sie drehte sich um sich selbst und ließ den Bildschirm so einen großen Kreis beschreiben. Plötzlich war da eine Einzelheit, die den Mienen der Toulolkblblibsis wieder Leben einzuhauchen schien. Dieses Element befand sich in der Gegend des Bücherschranks. Joannas Bildschirm war über den Schrank hinweggehuscht. Jetzt baten die Toulokblblibsis Joanna wie vorhin beim Badezimmer um einen zweiten Durchlauf. Ein bisschen langsamer, wenn das möglich war.

Joanna Fortaggi hatte damit nicht gerechnet. Widerwillig kam sie der Bitte nach. Sie hielt ihren Bildschirm in Richtung Bücherschrank, sodass er das Möbelstück vollkommen erfassen konnte. Die Augen der Toulolkblblibsis streiften über die Bücherreihen und die vielfarbigen Buchrücken. Der Strauß ihrer Gesichter erzitterte vor Aufregung. Einige Wörter und Sätze zirkulierten. Dann, nach einem verlegenen kurzen Schweigen, bat Vater Toulolkblblibsi Joanna um genauere Erklärungen. Joanna wusste nicht, was sie sagen sollte. Sie erwiderte, dass es sich um ihren Bücherschrank handle. Wegen der Schwächen des Übersetzungsprogramms war sie nicht sicher, ob die Toulolkblblibsis alles richtig mitbekommen hatten. Sie wiederholte mehrere Male: Bücherschrank, Bücher, Schriftstellerin. Sie ging sogar so weit, die Glastüren zu öffnen und ein Exemplar in die Hand zu nehmen.

Das Buch, nach dem Joanna gegriffen hatte, war klein und kompakt. Es handelte sich nicht um eine Originalausgabe, sondern um eine jener knallbunten Übersetzungen, die Joanna aus der ganzen Welt bekam. Auf dem Cover war ein rotblauer Heißluftballon. In der Gondel stand eine kleine Maus. Am Rand des Korbs sah man ihr rosa Schnäuzchen und ihre Barthaare. Joanna hatte ganz zufällig nach diesem Buch gegriffen. Sie hielt sein Cover vor den Bildschirm.

Auf den Gesichtern der Toulolkblblibsis vollzog sich eine andere Bewegung. Ihr Kreis löste sich auf und formierte sich neu. Vater Toulolkblblibsi, zwischenzeitlich kurz verschwunden, tauchte mit einer kleinen Brille auf der Nase wieder auf. Sein Gesicht war in den Vordergrund gerückt, flankiert von den Gesichtern seiner männlichen Kinder. Von den beiden Alten und den kleinen Mädchen waren im Hintergrund noch kleine Fragmente zu erkennen. Was Mutter Toulolkblblibsi betraf, so musste sie gerade damit beschäftigt sein, den Grießbrei zuzubereiten, den Reis zu zerstoßen, die Steinchen auszusortieren, die Esel zu kämmen oder die Schweine zu melken. Jedenfalls tauchte sie auf der Bildfläche nicht mehr auf. Genau in dem Moment, wo Joanna vor sich hin brummelte, was zum Teufel in diese Leute gefahren war, meldete sich Vater Toulolkblblibsi zu Wort. Er bat Joanna, das Buch aufzuschlagen.

Joanna war es nicht wohl dabei. Aber da das Buch mit unverständlichen Zeichen gefüllt war, war die Geste harmlos und in gewissem Rahmen vorstellbar. Mit einer Art Verlegenheit wegen der Kinder, die alle drei anwesend waren, und nicht ohne Furcht öffnete Joanna also das Buch.

Die Seiten teilten sich an irgendeiner Stelle, nicht weit von der Mitte. Joanna fand es unangenehm, das Buch mit ihrem Blick berühren zu müssen. Es ging aber nicht anders. Sie konnte schließlich nicht die Augen zukneifen. Ohne es zu wollen, schaute sie ein bisschen ins Buch hinein. Joanna stellte fest, dass sie mit den Jahren fast vergessen hatte, wie es im Inneren eines Buches aussah.

Das aufgeschlagene Buch bot zwei Seiten dar. Die obere Hälfte der linken Seite war ganz weiß. Inmitten der weißen Fläche gab es eine zweistellige Zahl. Der Rest der Seite war mit aneinandergereihten Zeichen bedeckt. Joanna konnte nicht einen Buchstaben entziffern. Sie kannte diese Schrift nicht. Sie versuchte, ihre Kinder wegzudrängen und vom Buch fernzuhalten. Aber sie kamen gleich wieder zurück und steckten ihre Köpfe hinein. Die Jungs sagten Joanna, sie hätten mit diesem Buch sowieso schon mindestens sechsunddreißigmal

Schriftsteller gespielt. Zum Glück konnten auch sie nicht darin lesen.

Die Augen der Toulolkblblibsi-Männer traten in das Buch ein, ohne zu blinzeln. Ihre Gesichter waren nun wieder konzentriert. Von Zeit zu Zeit verließen ihre Augen die beiden Seiten, um sich auf Joanna zu heften. Diese Blicke waren lästig. Es handelte sich ganz und gar nicht um zerstreute Blicke. Sie waren voller Ausdrücke, die Joanna nicht dechiffrieren konnte.

Gleich darauf begannen drei der Toulolkblblibsi-Jungs zu lachen. Vater Toulolkblblibsi wahrte hingegen seine ernste Miene. Auf seinem Gesicht verbreitete sich Verblüffung, ausgehend von beiden Augen zu den Wangen hin und dann zum Mund. Sein Kinn hing ein wenig herab. Er bedeutete Joanna, sie solle umblättern. Joanna gehorchte zögernd.

Schließlich brachte Vater Toulolkblblibsi Wörter hervor. Wegen des Tonfalls nahm Joanna an, dass es sich um eine Frage handelte. Das automatische Übersetzungsprogramm war eindeutig. Die Frage besagte im Grunde: Das hier Inhalt übereinstimmen? Hersteller hatte welcher?

Joanna versuchte den Toulolkblblibsis klarzumachen, dass sie selbst die Autorin dieser beiden Seiten war. Sie wiederholte einige Male »Autorin« und »Buch« und schlug sich dabei gegen die Brust. Die Gesichter der Toulolkblblibsis hatten ihren ruhigen Ausdruck wiedergefunden. Es ließ sich unmöglich sagen, was sie verstehen konnten. Joanna sagte noch zwei Mal »Autorin« und »Buch«, und dann breitete sich zu beiden Seiten des Bildschirms tiefes Schweigen aus.

Auf Joannas Seite spielten die Jungs unbekümmert auf dem Teppich. Der älteste Sohn amüsierte sich damit, mit dem unter seiner Haut implantierten Chip die Leuchten an- und auszuschalten. Auf Seiten der Toulolkblblibsis brummten Motoren auf, und es wurde zweimal gehupt. Joanna nahm erneut das seltsame erstickte Stimmchen wahr, das irgendwo neben dem Bildschirm entstand. Auch Schreie und Kinderlachen waren zu hören, bis schließlich wieder Stille einkehrte. Der Vater saß schweigend da, als fiele ihm nicht ein, was er noch sagen könnte. Trotzdem verließ er seinen Platz vor dem Bildschirm nicht.

Nach einer kleinen Weile befahl Vater Toulolkblblibsi irgendetwas, und zwar in jenem keine Widerrede duldenden Ton, den Joanna schon gehört hatte, wenn er mit den Kindern sprach. Zwei Jungen rannten in gestrecktem Galopp los. Sie kamen mit zwei Büchern in den Händen wieder. Es waren die Bücher mit den verschlissenen und geknickten Seiten, die Joanna in der kleinen Nische gesehen hatte. Ohne die Jungen eines Blickes zu würdigen, griff Vater Toulolkblblibsi nach einem der Bücher. Mit sicherer und entschlossener Hand schlug er eine bestimmte Seite auf. Joanna wurde von Übelkeit erfasst, als sie feststellte, dass er genau zu wissen schien, was er tun wollte. Und dann begann Vater Toulolkblblibsi laut zu lesen, manchmal ohne auf die Seite zu schauen, manchmal den Blick auf Joannas Augen geheftet.

Es war halb eine Lektüre, halb eine Rezitation. Die Kinder hatten die Köpfe gehoben und hingen ihm an den Lippen. An einem bestimmten Punkt begannen sie unruhig zu werden und bereiteten sich offensichtlich darauf vor, gleich laut loszulachen, und Joanna, deren Übelkeit sich noch verstärkt hatte, begriff, dass die Kinder bereits wussten, was ihr Vater gleich lesen würde. Als hätten sie diesen Text schon dutzende oder hunderte Male gehört. Das Gefühl, einer sinnlosen Vergeudung beizuwohnen, und tiefe Niedergeschlagenheit machten sich in Joannas Brust breit.

Der Blick von Vater Toulolkblblibsi hob sich häufig vom Papier und richtete sich in Joannas Pupillen, aber selbst dabei las er weiter und brachte die Wörter hervor, die dort niedergeschrieben waren. Joanna fühlte sich besudelt. Sie hatte den Eindruck, dass Vater Toulolkblblibsi sie in dieses Buch eintreten lassen wollte. Die Wörter hatten sich aus seinen Augen und seinem Mund gelöst und waren bis in Joannas Kopf vorgedrungen. Sie wusste nicht mehr, wie sie sich verhalten sollte. Glücklicherweise verstand sie die Wörter nicht. Das Übersetzungsprogramm war überfordert. Aber da ertönte das Trennungssignal. Vater Toulolkblblibsi hielt inne und konsultierte die Uhr an seinem Handgelenk, die Joanna zum ersten Mal auffiel. Dann sagten sie sich Auf Wiedersehen. Die kleinen Mädchen sangen ohne Begeisterung.

Nun war Joanna wieder allein mit ihren Kindern. Die Jungen wollten mit dem Buch noch ein bisschen spielen, aber Joanna stellte es rasch in den Schrank, an eine zufällige Stelle. Sie drehte den Schlüssel um. Sie fühlte sich mit ihren Nerven am Ende. Diese Patenschaften kosteten viel zu viel Energie. Und ihr Mann war dabei überhaupt keine Hilfe. Jedes Mal, wenn die Toulolkblblibsis auf dem Bildschirm erschienen, wurde er von Hustenanfällen gepackt. Es war eine Art Allergie. Er musste dann auf den Balkon gehen und abhusten; die frische Luft schien ihm äußerst gut zu tun.

58

Die Patenschaft neigte sich ihrem Ende zu. Vor ihrem Bildschirm wartete Joanna Fortaggi zum letzten Mal auf die Familie Toulolkblblibsi. Was die Fortaggis anbelangte, konnte man nicht sagen, ob diese Patenschaft ein

Erfolg gewesen war. Angesichts der Kinderzahl der Toulolkblblibsis und der Schwierigkeit, alle diese Köpfe auseinanderzuhalten, hatten Joannas ältere Söhne das Interesse verloren. Sie zogen es vor, miteinander Talkmaster oder Kameramann zu spielen oder neue Wörter auswendig zu lernen. Joannas Jüngstem aber hatte die Patenschaft sehr gefallen. Er wollte sich jedes Mal vor den Bildschirm setzen. Das lag daran, dass man das eine oder andere Huhn zu sehen bekam. Meist stand Joanna der Familie Toulolkblblibsi praktisch allein gegenüber. In gewisser Hinsicht war das auch besser. So konnte niemand über sie lachen, wenn sie wieder einmal Sätze empfing, die weder Hand noch Fuß hatten, oder wenn ihre eigenen Äußerungen verunstaltet wurden. Und es war niemand da, der hinter vorgehaltener Hand hämisch lachte, wenn Mutter Toulolkblblibsi allen Ernstes fragte, wie Joanna mit den Insekten zurechtkomme oder ob ihr Kleiner Hunger habe, da er so blass und dünn aussehe.

Und schließlich, zum letzten Mal in Joanna Fortaggis Dasein, erschienen die Toulolkblblibsis auf dem Bildschirm. Sie wirkten ernst und besser angezogen. Joanna begriff mehr oder weniger, dass sie das Ende der Patenschaft bedauerten. Sie hätten sie gern noch verlängert. Sie hatten Joanna lieb gewonnen. Sie war ein Mitglied ihrer Familie geworden. Zum Zeichen ihrer tiefen Freundschaft wollten die Toulolkblblibsis Joanna Fortaggi vor der Trennung ein Geschenk machen. Das Übersetzungsprogramm übersetzte: Sie haben kennengelernt, ich bin wirklich froh, Sie wünschen fröhlich jeden Tag. Joanna hatte inzwischen die Nase gestrichen voll von dieser Redeweise.

Vater Toulolkblblibsi trat nach vorn, und die übrigen machten Platz, um ihn in die Bildmitte zu lassen. Mutter Toulolkblblibsi hielt sich bescheiden an seiner Seite. Es war ein bedeutender Moment. Vater Toulolkblblibsi sagte einige Worte. Er streckte seine Hände dem Bildschirm entgegen. Joanna begriff, dass er gerade dabei war, ihr die Hand zu reichen oder vielleicht auch, sie an den Schultern zu berühren. Mutter Toulolkblblibsi lächelte schüchtern.

Joanna wusste nicht, was man von ihr erwartete. Auf gut Glück streckte auch sie die Hände aus. Sie nahm an, dass sie Vater Toulolkblblibsi jetzt an der Hand fasste. Der Vater zeigte ein warmes Lächeln und präsentierte Joanna seine Frau. Joanna schob ihre Hand erneut nach vorn, und dann drückten Mutter Toulolkblblibsi und Joanna einander die Hände, sofern es am Ende nicht doch die Schultern waren. Joanna spürte, wie ihr eine Wärme die Arme hinaufstieg. Die gleiche Geste wurde mit jedem der Kinder wiederholt. Joanna hätte nie geglaubt, dass es so viele waren. Jetzt wurde ihr bewusst, dass sie es nicht geschafft hatte, ihre Gesichter abzuspeichern. Es waren welche dabei, die sie zum ersten Mal zu sehen glaubte. Dann schüttelte Joanna den beiden Alten noch irgendetwas, und schließlich tauchte Vater Toulolkblblibsi wieder im Bild auf. Er radebrechte irgendwelche unverständlichen Sätze, in denen mehrmals der Name Fortaggi auftauchte. Dann legte Vater Toulolkblblibsi eine Hand auf den Bauch seiner Frau. Der Bauch rundete sich. Bald würde das nächste Kind geboren werden. Joanna hatte gar nicht mitbekommen, dass Mutter Toulolkblblibsi schwanger war. Ihr Körper und ihre Kleider zeigten das nicht eindeutig. Aber Joanna hatte keine Zeit, darüber nachzudenken. Vater Toulolkblblibsi gab ihr zu verstehen, dass das Kind den Vornamen Fortaggi tragen würde. Er spähte in ihrem Gesicht nach einer Reaktion. Joanna war bewegt und dankte ihm herzlich. Sie sprach ihre guten Wünsche aus. Die Köpfe der Toulolkblblibsi-Kinder pressten sich gegen den Bildschirm, um zu sehen, ob Joanna sich freute. Aus den Augenwinkeln schauten sie dabei immer zu jener Seite, von der Joanna bei den letzten Sitzungen das dünne, erstickte Stimmchen zu hören geglaubt hatte. Als Joanna sich zu fragen entschloss, was für eine Stimme das war, wurde der Bildschirm der Toulolkblblibsis um neunzig Grad in die betreffende Richtung geschwenkt. Im Bildfeld erschien eine Sitzbank, auf der ein paar ausgefranste Wollstoffe lagen. Die Sitzbank war an die beigefarbene Hofmauer geschoben. Das Licht war grell, sodass Joanna alles klar sehen konnte. Sie nahm ganz deutlich die Sitzbank wahr, auf der Lumpen herumlagen, womöglich mit Ästen vermischt oder mit feuergehärtetem Holz.

Als Joanna über diesen Anblick nachdachte, begann sich einer der Lappen zu regen. Seine Bewegungen erinnerten an die eines kleinen Tieres. Jetzt wogten die Tücher hin und her. Joanna hatte schon verstanden: Die Lumpen und das Holz waren lebendig. Auf der Sitzbank lag eine Art Körper. Seine Anordnung war nicht logisch. Der Haufen, der den Kopf bilden musste, richtete sich dem Bildschirm entgegen. Joanna hatte ihn eben erst bemerkt. Sie wagte nicht, sich zu rühren. Zwei einförmige große schwarze Löcher waren ihr zugewandt. Sie hatten Joanna schon lange beobachtet. Sie sogen sie gierig in sich ein. Joanna wusste nicht, ob sie lächeln sollte. Ihr Herz war erstarrt. Ein Ende des Holzes erhob sich mit schwacher Kraft über die Stoffe. Die ausgefransten Fetzen waren Haare. Die Teile, die Joanna sah, waren von einem verbrannten Braun und abgezehrt wie der Tod. Sie beugte sich nach vorn. Aus dem verbräunten Haufen trat ein unanständiges und ersticktes Geschrei hervor. Der Bildschirm kehrte eilends in seine Ausgangslage zurück. Joanna sah nun wieder die eng aneinandergerückten, neugierigen, lachenden und unsicheren Gesichter der Kinder.

Ohne Joanna Zeit zu geben, sich wieder zu fassen, reichte Vater Toulolkblblibsi ihr einen Teller mit Lebensmitteln und ein Glas mit einer Flüssigkeit. Joanna sollte essen und trinken. Das tat sie auch ausgiebig. Dann reichte sie der Familie Toulolkblblibsi einen Obstkorb, der gerade unweit vom Bildschirm in ihrer Reichweite herumgestanden hatte. Der Korb enthielt nur einen Apfel und eine Kiwi. Das genügte nicht, um eine Familie zu ernähren. Trotzdem wirkte die Magie der großen Entfernung, und alle griffen mit viel Appetit zu. Die Alten rieben sich die Bäuche.

Joanna reichte ihnen noch eine fast leere Wasserkaraffe hinüber, die ihnen viel Vergnügen zu bereiten schien. Ein flüchtiger Blick auf die Uhr verriet ihr, dass die Trennung nahe bevorstand. Die Toulolkblblibsis schlugen ihr einen Tanz vor. Joanna tanzte mit allen Mädchen. Vater Toulolkblblibsi sagte, dass er Joanna Fortaggi niemals vergessen werde und die Fortaggis für immer in den Herzen der Toulolkblblibsis wohnen würden. Alle Toulolkblblibsis hielten ihre gefalteten Hände in Brusthöhe. Auch Joanna legte ihre Hände aneinander. Eine zaghafte Wärme breitete sich in ihrem Körper aus. Vater Toulolkblblibsi hob seine gefalteten Hände bis an die Stirn, und die ganze Familie tat es ihm nach. Auch Joanna verneigte sich.

Es verblieben nur noch wenige Sekunden. Joanna Fortaggi war sich nicht sicher, aber sie hatte den Eindruck, dass die Kinder, die Alten und Mutter Toulolkblblibsi vor ihren Augen wie Wasser verdampften. Die letzte Sekunde lief ab, und die Toulolkblblibsis waren von ihrem Bildschirm fortgewischt. Als letzte Erinnerung behielt Joanna das Bild vom Wald ihrer rudernden und aneinanderschlagenden Arme zurück; im Ohr den Nachhall ihrer wehmütigen, rauen und fröhlichen Rufe.

59

Bei Jenna Fortuni war die obligatorische Patenschaft in diesem Jahr schiefgegangen. Jenna und ihr Mann waren an Leute geraten, die nicht die geringste Lust auf eine Patenschaft verspürten. Nach einer anstrengenden ersten Sitzung, bei welcher Jenna und ihr Mann eine Sammlung von Zahnstochern ausgiebig bewundern mussten und Jenna ihre Wohnung vorzuführen hatte, waren beide Seiten übereingekommen, das Formular schon im Voraus zu unterschreiben und so vorzutäuschen, dass die nötigen Patenschaftsminuten abgeleistet worden wären.

Jenna war erleichtert. Sie war nicht gesellig. Und auch Jennas Mann war ein Einsiedler. Er verspürte nicht den geringsten Hang zu Small Talk. Trotzdem beklagte er, dass es diesen Leuten an Offenheit gemangelt habe. Das sei schade gewesen. Diese Personen waren ganz gewiss abstoßend, und doch war es möglich, dass sie unter der Oberfläche Aspekte verbargen, die sie anderen vielleicht gern gezeigt hätten.

Jenna war sich sicher, dass dies nicht zutraf. Es hatte ihr schon gereicht, die dünne Frau und ihren ebenso hageren und dürren Mann zu sehen, ihre schmalen und zusammengekniffenen Lippen, und auf ihre erstickten Fragen nach den cremefarbenen Wänden der Wohnung antworten zu müssen. Jenna war überzeugt: Diese Leute waren Nadeln. Besser, wenn man sich von ihnen fernhielt. Sogar ihr Kind hatte sich, als es von der Schule heimgekommen war, auf eine spitze Weise auf den Küchenstuhl gesetzt. Der Junge hatte sich nicht zu rühren gewagt. Sein Vater hatte ihm eine dünne Scheibe Brot abgeschnitten. Die Konfitüre war aus Zitronen gewesen.

Diese Art von Beziehungen rief bei Jenna Ekel hervor, eine Art Zusammensacken im Schlund, genau das Gefühl, das sie manchmal hatte, wenn die aus den Katalogen ausgesuchten Freunde da waren. Die Katalogfreunde kannte man natürlich kaum. Man hatte nur ein einziges Mal mit ihnen zu tun. Und mit ihnen war es immer dasselbe: Sie hatten stets ein Lächeln im Gesicht, aber Tiefgründigkeit oder Gefühle musste man woanders suchen. Das war der einzige etwas enttäuschende Aspekt an diesen Freunden. Ansonsten waren sie nett und höflich. Sie waren gern da und hatten manchmal Humor. Sie kamen immer mit ihren Bildschirmen.

Wenn Jenna Fortuni und ihr Mann auf dem Balkon grillen wollten, suchten sie sich oft ein paar Freunde aus, um Gesellschaft zu haben. Selbst wenn man nicht viel redete und alles mehr oder weniger über die Bildschirme lief, erzeugten diese Freunde eine gewisse Atmosphäre. Die Unterhaltung kreiste um den Vergleich ihrer Familiennamen. Am Ende des Abends zeigten sich die Freunde gewöhnlich ihre rosa Kästchen. Jenna und ihr Mann nutzten diesen Augenblick, um sich in die Küche zu verziehen. Sie gingen den Salat waschen. Wenn die Freunde darauf bestanden, ihre rosa Kästchen zu sehen, sagten Jenna und ihr Mann zuerst immer, dass sie keine hätten. Das glaubte man ihnen aber nicht, und es machte die Freunde nur noch neugieriger. Letztlich war es bei Weitem besser zu sagen, sie hätten ihre Schlüssel verbummelt, oder ihre rosa Kästchen seien momentan wegen Wartungsarbeiten außer Betrieb.

Die Vorsichtsmaßnahmen und das Getue rund um die Öffnung der rosa Kästchen hatten schon oft Jennas Neugier angestachelt. In den Kästchen schien etwas Kostbares zu sein. Aber jedes Mal, wenn ihr Blick in ein solches Kästchen vorgedrungen war, hatte sie dort nur ein bisschen Schnickschnack gesehen und einige Fäden, die auf dem Boden herumlagen. Die rosa Kästchen hatten wirklich nie gehalten, was sie versprachen.

Diese Abende auf dem Balkon waren angenehm, aber Jenna sagte sich immer, dass man sich im Falle eines Erdbebens besser nicht in der Gesellschaft solcher Katalogfreunde befinden sollte. Es war bombensicher, dass alle diese Freunde schreiend wegrennen und Jenna und ihr Mann unter den Trümmern eingequetscht liegen bleiben würden. Man durfte auch nicht auf sie zählen, wenn sich Jenna mit der Kaffeemaschine die Hand verbrühte. Diese Leute würden ihr bestimmt keinen Verband anlegen. So war es eben. Man wusste, woran man sich halten konnte, und gab sich keinen Illusionen hin, wenn man beschloss, Cocolanuss einzuladen, Roxi18, HelloLeben, Katzengratin oder Großer Stiller Bruder.

Jennas Vogel fand diese Art von Freunden toll. Jenna hatte keine Ahnung, wie er es anstellte, sie zu erkennen. Jedes Mal wenn ein Katalogfreund die Wohnung betrat, tobte der Vogel in seinem Käfig wie verrückt herum. Körner und Federn wurden bis zum Grill geschleudert. Er schrie die Namen der vorigen Kataloggäste, die natürlich nie wiedergekommen waren. Aus diesem Grund warf Jenna, bevor die Freunde eintrafen, neuerdings ein schwarzes Tuch über den Käfig.

60

Seit der Episode mit dem Bücherschrank und dem Buch, das sie mit eigenen Händen hatte aufschlagen müssen, und jenem anderen Buch, das Vater Toulolkblblibsi ihr vorgelesen hatte, konnte Joanna Fortaggi nicht mehr sagen, ob sie sich in Gegenwart ihrer Bücher wirklich noch ruhig und gelassen fühlte. Dieser alberne und simple Verbund von Papier, Leim und Pappe hatte auf sie in dem Augenblick, wo sie ihn ein Stückchen geöffnet hatte, eine seltsame Wirkung ausgeübt. Seither verspürte Joanna eine Art Verlegenheit. Oh, es war wirklich nichts Spektakuläres. Joanna konnte auch weiterhin ihr siebtes Buch in die Hand nehmen und sich in seiner Begleitung in die Fernsehstudios begeben. Sie konnte sich immer noch neben das Buch auf ein Sofa setzen und ihren Blick hin und wieder über die Couchtische schweifen lassen und zerstreut auf das Gesicht auf dem Umschlag schauen. Solche Gesten waren nicht weiter unbehaglich.

Störend war vielmehr jene kleine Luke aus Neugier, die sich in ihrem Blick geöffnet hatte. Sie hatte sich nicht wieder zugetan. Inzwischen konnte Joanna auf keinen Buchumschlag mehr schauen, ohne darüber nachzudenken, dass sich unter ihm etwas verbarg. Ihr Blick bemerkte den Buchschnitt – eine Sache, die ihrer Aufmerksamkeit bisher völlig entgangen war. Jetzt sah Joanna, dass alle Bücher einen Buchschnitt unterschiedlicher Dicke aufwiesen. In Joannas Geist rumorte es. Warum war der Buchschnitt unterschiedlich dick, wenn doch Bücher nichts als Bücher waren? Was brachte es, wenn die Verleger diese oder jene Buchdicke wählten, wenn die Bücher doch ohnehin nicht aufgeschlagen wurden? Und mehr noch: Gab es Leute, für die so etwas wie die Dicke eines Buches und damit sein Inhalt von Belang waren? Vielleicht eine total verrückte Idee, und doch betrachtete Joanna Fortaggi diese Gegenstände nunmehr auf solche Weise.

Bis dahin war sie wie alle anderen Leute der Ansicht

gewesen, ein Buch sei eine Oberfläche, über die man sich lang und breit auslassen konnte. Auf der Oberfläche eines Buches konnte man herumspazieren, das war ganz natürlich. Man konnte auf ihr mit seiner Familie herumspazieren. Man konnte auf ihr mit seinen Nachbarn herumspazieren und mit völlig Unbekannten. Diese Spaziergänge waren harmlos. Das Innere eines Buches hingegen war nicht begehbar. Es war ein riskanter und verborgener Ort. Ein heikler Ort, an den sich niemand begab und den nur Leute, die nicht anders konnten, unter größter Geheimhaltung frequentierten. Ein Buch betrat man immer allein. Joanna Fortaggi war in fast alle ihre Bücher gegangen. Kein Wunder, denn schließlich hatte sie diese Bücher gemacht. Und jetzt begann Joanna auch zu verstehen, dass es vielleicht genau daran lag, wenn man den Schriftstellern etwas Geheimnisvolles zuschrieb und eine gewisse Aura: Schriftsteller waren Leute, die an Orte gingen, die von gewöhnlichen und vernünftigen Menschen gemieden wurden. Joanna richtete es aber immer so ein, dass sie von diesen Exkursionen alles vergaß. Und sie war ihrem Verleger dafür dankbar gewesen, dass er die Sache so gut in die Hand genommen und ihr sechstes und siebtes Buch für sie fabriziert hatte.

Aus diesem Grund war Joanna Fortaggi auch nicht unzufrieden, dass Jenna Fortuni ihr viertes Buch zusammen mit Joannas siebtem Buch gemacht hatte. Egal wie sich Jenna Fortuni dabei angestellt haben mochte und welche Arrangements sie mit Radelpha getroffen hatte – sie begleitete Joanna sozusagen im Inneren ihres Buches. Das war ein großer Vorteil. Auf diese Weise konnten Jenna und Joanna nun zu zweit dem Buch gegenübertreten, Schulter an Schulter. Falls sie eines Tages hineingehen müssten – was äußerst selten, ja praktisch nur am Sankt Nimmerleinstag vorkam –, würden sie sich unterhaken und einander stützen können, wenn sie die unbekannten, finsteren und dicht verstellten Gewölbe des Buches durchquerten. Keiner dieser Gedanken entging Jenna Fortuni: Wenn Joeanna Fortunaggi in den Fernsehstudios waren, spürte sie deutlich, dass Joanna einen anderen Blick auf ihr Buch richtete als früher. Nicht mehr gleichgültig und unempfänglich, sondern mit einem neuartigen Hochmut und voller Vorahnungen. Auf eine solche Weise hatte sie selbst noch nie an ein Buch gedacht. Was ein Buch war, wusste doch jeder, auch wenn es noch niemandem gelungen war, die passende Definition zu finden. Es gab keinen Grund, deswegen misstrauisch zu werden oder in Schrecken zu verfallen. Probleme konnte ein Buch allenfalls verursachen, wenn es einen Spalt weit geöffnet wurde. Diese Geste war in Vergessenheit geraten; inzwischen war ein Buch ein so harmloser Gegenstand wie beispielsweise ein Schuh, der nichts enthielt und bei dem man, wenn man hineinschaute, die Sohle sah. Oder wie ein Gefäß aus Terrakotta oder ein Topf. Nein, vor Büchern hatte Jenna Fortuni keine Angst. Sie fürchtete eher Joannas neue Position: Manchmal betrachtete ihre Kollegin gedankenverloren ihr gemeinsames Buch, manchmal zimmerte sie sich zum Thema Bücher, Umschläge und Inhalte wahnhafte Gedanken zusammen, die an die schlimmsten Epochen des Obskurantismus erinnerten.

61

Bei diesem Stand der Dinge empfing Jenna Fortuni eines Nachmittags auf ihrem Bildschirm eine Nachricht von Joanna Fortaggi. Das war keine Überraschung; an all den Gedanken, die sie seit dem Morgen umgetrieben hatten, hatte Jenna Fortuni gespürt, dass es so kommen würde. Die Nachricht war kurz und ohne Umschweife. Jenna sollte am nächsten Morgen um zehn Uhr zu ihrer Kollegin kommen.

Am folgenden Tag setzte Jenna Fortuni also zum ersten Mal den Fuß in Joanna Fortaggis Wohnung. Da Joannas Kinder in der Schule waren, konnten sich die beiden Schriftstellerinnen Zeit lassen. Jenna setzte sich und erforschte die beeindruckenden Dimensionen des Wohnzimmers. Joanna nahm ihr gegenüber Platz. Sie streckte ihre Arme über den Tisch und legte die Hände über Kreuz. Sie saß ein wenig nach vorn gebeugt da. Sie hatte Jenna keinen Kaffee und keine Erfrischung angeboten, ganz als wäre ihre Kollegin schon eine alte Bekannte.

Jenna erriet bereits, was Joanna sagen und in welchem Ton sie sprechen würde. Sie spürte schon, wie sich die Materie in ihrem Innern regte. Sie nahm ein Licht wahr, das Licht der Worte, die Joanna gleich aussprechen würde. Dieses Licht war weich, gelb, lebendig. Jenna sah die Worte näher kommen.

»Jenna …«, begann Joanna Fortaggi, und Jenna achtete zum ersten Mal auf die Textur ihrer Stimme, die tief und goldbraun war. Sie bemerkte auch, dass sich Joannas Augen, während Joanna zu ihr sprach, sanft und samtig bald in ihre eigenen Augen, bald auf den riesengroßen farbigen Teppich des Wohnzimmers richteten. Joannas Augen waren wundervoll. Sie waren warm und beredt. Joanna sprach weiter. Sie sprach über Bücher. Natürlich über das Buch, das ihr gemeinsamer Besitz war. Aber sie sprach auch über andere Bücher, über die, die sie unabhängig voneinander gemacht hatten, und die von ihren Freunden, von Jennas Ehemann, von Kollegen oder unbekannten Autoren. Die Wörter, die sie aussprach, wurden im selben Augenblick in Jennas Ohren und im Innern ihrer Brust geboren. Sie existierten schon lange in ihr. Wenn Joanna sie aussprach, ließ sie sie erstrahlen.

Joanna gelangte nun zu einer Schlussfolgerung, deren Erscheinen und Wachsen Jenna schon seit Minuten beobachtete: Sie gestand, an einem Punkt angelangt zu sein, an dem es ihr nicht länger möglich sei, mit geschlossenen Augen zu leben. Sie hatte ein Problem mit Büchern, und das ließ sich leicht benennen: Joanna konnte sich nicht mehr damit begnügen, sie nur zu streifen. Sie hatte das Bedürfnis, in sie einzutreten. Sie wollte ein Buch in ihre Hände nehmen und es, komme was da wolle, freiheraus in zwei Hälften spalten.

Obwohl Jenna alle diese Worte wiedererkannte, war sie doch zugleich erschüttert. Da sie ruhiger und maßvoller als Joanna war, sah sie auch die Schwierigkeiten deutlicher. Sie merkte an, dass es nicht so einfach sei, ein Buch zu öffnen. Vorstellen konnte man sich den Handgriff gewiss leicht, aber ihn auszuführen, das war eine ganz andere Sache. Man hatte schon entschlossene Hände an den Rändern eines Buchumschlags zurückschrecken sehen, ganz kurz vor dem Kontakt mit den Seiten. Jenna hatte es oft erlebt, wie ein prahlerischer Arm plötzlich vom Buch wegflog, aufgeschreckten Spatzen gleich. Viele Leute mochten vielleicht davon träumen, ein Buch aufzuschlagen. Aber wenn es darum ging, es wirklich zu tun, war niemand mehr da.

Es gab noch etwas anderes: Man hatte das Öffnen von Büchern für überholt erklärt. Gewiss, kleine Kinder hatten das Recht, in Büchern herumzuwühlen. Sie zerrissen sie nach Lust und Laune, und so wurde ihr Hunger nach Papier gestillt. Auch bei Katzen sah man darüber hinweg. Aber für einen Erwachsenen war es heikel, sich über die Konventionen hinwegzusetzen. Und jetzt kam Jenna zum Kern der Sache: Würde man Joanna und Jenna nicht als

Aussätzige betrachten, sobald man erfuhr, dass sie sich in Bücher hineinbegaben?

Jenna war noch nicht fertig. Sie rief Joanna die zahlreichen Gefahren ins Gedächtnis: Die Geste, ein Buch aufzuschlagen, war schamlos. Sie konnte einen in große Verlegenheit bringen. Die Folgen waren im Voraus nicht abzusehen. Und wenn Joanna und Jenna erst einmal gesehen hatten, was es da zu sehen gab, würden sie Stellung nehmen müssen. Wären sie dazu überhaupt in der Lage? Und wären sie feinsinnig und subtil und intelligent und listenreich genug, um sich mit all diesem Material herumzuschlagen und all diesen Buchstaben und all den Fallgruben, welche die Bücher ganz sicher enthielten? Hatte man nicht nachgewiesen, dass schon ein einzelnes Wort enorm wirkmächtig und kompliziert war? Immerhin hieß es ja, manche Leute seien durch Bücher wahnsinnig geworden. Jenna war eine Frau mit einem sehr offenen Geist, aber schon wenn sie sich vorstellte, wie sie gerade ein Buch öffnete, überkamen sie die schlimmsten Befürchtungen.

Joanna Fortaggi hörte ihr zu, ohne zu reagieren. Sie sah ja, dass all diese Wörter, die Jenna aussprach, genau die Wörter waren, die man ihr zum Thema Bücher in den Schädel gepflanzt hatte. Es waren entliehene Wörter. Joanna spürte in aller Schärfe, dass sie nichts als Luft enthielten. Sie schwebten und flatterten umher wie Plastiktüten, ohne sich irgendwo niederzulassen. Kurz gesagt, es waren Faiks. Es waren die Wörter von Leuten, die Angst hatten und keine Bücher mochten, und einen Schriftsteller mochten diese Leuten gewiss auch nicht.

Als Jenna ihre Redeflut auslaufen lassen hatte, hielt sie ihren Blick auf Joanna gerichtet. So saßen sie einander gegenüber, ohne ein Wort. Die Wörter, die um sie herumgeschleudert worden waren, gingen auseinander und schwebten langsam zu Boden. Ihr Gewimmel kam zur Ruhe. Die Luft wurde allmählich wieder dünnflüssig. Nach einer Weile war sie so klar und durchsichtig wie vorher. Jenna und Joanna schauten einander an: All diese mit Furcht beladenen Silben hatten sich aufgelöst. Die zaghaften Wörter waren verschwunden. Die beiden Schriftstellerinnen begannen zu lachen. Ungeduld und Fröhlichkeit brandeten um sie herum auf. Joanna Fortaggi streckte erneut die Hand aus und legte sie auf Jennas Unterarm. Ihre Finger umfassten Jennas Handgelenk. Dann schob sie lächelnd und entschlossen ihren Stuhl zurück und strebte leichten Schrittes dem Bücherschrank entgegen.

62

Nachdem sich all ihre Befürchtungen zerstreut hatten, fühlte sich Jenna Fortuni völlig im Einklang mit dem, was Joanna vorgeschlagen hatte. Freilich, Jenna selbst hätte nie in einem solchen Ton gesprochen, und sie hätte die Dinge auch nicht auf eine so feierliche Art abgehandelt. Aber das war eben Joannas Art, und Jenna musste es akzeptieren. Joannas gute Eigenschaften nicht anzuerkennen wäre darauf hinausgelaufen, die eigenen zu leugnen. Aber wenn sich Jenna eingestand, dass Joanna unternehmungslustig und entschlossen war, konnte Joanna doch umgekehrt auch anerkennen, dass Jenna vorsichtig und feinsinnig war. Ihre guten Eigenschaften verstärkten sich gegenseitig und wurden davon nur noch solider. Dieser Mechanismus, der in beide Richtungen lief, war wirklich seltsam.

Solche Gedanken gingen Jenna durch den Kopf, während sich Joanna mit geschmeidigen Bewegungen ihrem

Bücherschrank näherte, den Schlüssel im Schloss umdrehte und mit fester Hand die Tür mit den sich sanft wölbenden Glasfeldern öffnete. Joanna stellte sich auf Zehenspitzen und streckte die Hand nach der obersten Bücherreihe aus. Ihre Fingerspitzen streiften sacht über den Rücken ihres ersten, zweiten, dritten, vierten, fünften, sechsten und siebten Buches. Jenna verspürte ein Frösteln. Sie verstand natürlich, dass Joanna nicht ganz behutsam mit einer Übersetzung beginnen würde. Joanna hatte vor, sich sofort in eine Originalausgabe zu stürzen. Sie wollte mit ihren eigenen Büchern anfangen.

Joanna kam mit einem Buch in der Hand an den Tisch zurück. Der Umschlag war grün. Es musste sich um Joanna Fortaggis viertes oder fünftes Buch handeln. Jenna hatte die beiden schon immer verwechselt. Ihre Farben ähnelten einander. Auch Joannas drittes Buch musste in diesen Tönen gehalten sein. Aber Jenna hatte keine Lust, weiter darüber nachzudenken. Die Chronologie schien plötzlich nicht mehr wichtig.

Joanna legte das Buch vor sich und Jenna auf den Tisch. Es war ziemlich breit. Es war dick. Auf seinem Rücken waren ein paar Silberfäden ineinander geschlungen. Auch der Buchschnitt war silbern eingefärbt. Darin war das Buch eher altmodisch: Solche Verzierungen machte man heutzutage nicht mehr. Es musste sich wirklich um das dritte Buch von Joanna Fortaggi handeln.

Joanna drehte das Buch hin und her. Sie fragte, ob Jenna einverstanden sei, es auch einmal zu halten. Jenna willigte ein. Dann nahm sie das Buch ihrerseits in die Hände. Es war kein sehr schweres Buch. Jenna schaute sich die Details des Umschlags aus der Nähe an. Über den Verlag Radelpha konnte man sich wirklich nicht beklagen. Sie leisteten dort gute Arbeit.

Jenna Fortuni fühlte sich unbeholfen. Sie wusste nicht

so richtig, wie man sich beim Öffnen eines Buches anstellen sollte. Schob man es am besten in der Mitte auseinander und schaute aufs Geratewohl hinein? Oder sollte sie lieber so vorgehen, wie sie es auf einer alten Illustration gesehen hatte, auf der eine Großmutter mit Haube ihren Enkeltöchtern Märchen vorlas? Dann hätte sie das Buch gleich unter dem Umschlagdeckel angreifen müssen. Sie teilte Joanna die Gründe für ihr Zögern mit. Joanna zuckte die Schultern. Es sei doch egal, an welchem Punkt man angreife. Jenna könne ja mit der letzten Seite beginnen, wenn ihr das weniger Angst mache. Joanna hatte einfach nur nicht den Mut, als Erste in ihr eigenes Buch einzutreten. Jenna fiel auf, dass Joanna angespannt wirkte. Ihr Inneres war zusammengedrängt und verkrampft. Es gab darin nicht die geringste freie Stelle mehr.

Jenna legte ihre linke Hand auf das Buchcover. Ihre rechte Hand lag unter dem Buchrücken mit den Silberfäden. Derart gehalten, wirkte das Buch in ihren Händen zerbrechlich und geborgen. Jennas Hände waren beinahe zärtlich. Jenna Fortuni atmete tief ein, schob ihre Lider ein wenig zusammen und hob den Buchdeckel an.

Die erste Seite war völlig weiß. Sie enthielt wirklich nicht das kleinste Zeichen. Das war überraschend und zugleich eine Erleichterung. Etwas hastig blätterte Jenna weiter. Unter der Seite verbargen sich Zeichen. Sie waren nicht allzu bedrohlich, denn es handelte sich um Joannas Namen und Vornamen und um den selbstbewusst prangenden Namen des Verlags Radelpha. Noch ein anderes Wort stand auf dieser Seite. Joanna sagte, dass es sich um den Titel handelte. Was Jenna bisher entdeckt hatte, gab ihr Selbstvertrauen. Wie es aussah, war das, was die Bücher enthielten, vielleicht doch nicht so schrecklich. Man konnte beherzt weiter voranschreiten. Es war dumm von Jenna gewesen, sich so zu fürchten.

Ohne weiter nachzudenken, klappte Jenna das Buch zu und ließ es erneut zwischen ihren Händen schwingen. Dann legte sie ihre Daumen auf dem Silber des Buchschnitts aneinander und ließ sie mit einer einzigen Bewegung in das dichte Gefüge der Seiten fahren. Joannas Kehle entstieg ein leises Geräusch. Jenna schob die Daumen noch weiter hinein und schwenkte gleichzeitig ihre Handrücken dem Tisch entgegen. Jede Hand zog eine bestimmte Zahl von Seiten mit sich, das Buch entfaltete sich und spreizte sich breit auf.

Nun lag es gespalten und sperrangelweit offen auf dem Tisch. Man konnte sein weißes Innenleben sehen; zwei große Seiten, die Striemen von kleinen Zeichen trugen, boten sich den Blicken dar. Jenna beugte sich über die Buchstaben, während Joanna Fortaggi die Augen abwandte. Etwas in ihr sperrte sich gegen den Blick ins eigene Buch. Aber weil sie Jenna ruhig dasitzen sah und die Neugier in ihr übermächtig wurde, beugte auch sie sich mit ihrer Kollegin über die Doppelseite.

63

Der Inhalt jener beiden Seiten war verblüffend. Er sah ganz anders aus als das, was sich Jenna auch nur hätte erdenken können. Joanna, die neben ihr saß, wurde von den gleichen Gedanken durchfahren: Ihr Körper wurde von Wogen der Verblüffung emporgehoben.

Die Wörter, die sich auf den Seiten aneinanderreihten, waren lesbar. Jenna ließ ihre Augen über sie hinwegspazieren und versuchte dabei, einen Sinn zusammenzusetzen. Beim Überfliegen all dieser Wörter wurde sie seltsamerweise an ein Bild erinnert, das sie vor langer Zeit auf ihrem Bildschirm gesehen hatte: ein zerschellter, bereits in Verwesung begriffener Meeresvogel, in dessen geöffnetem Magen eine Menge bunt zusammengewürfelter und schockierender Gegenstände ausgebreitet dalagen. Jenna wollte Joanna von diesem Bild erzählen, aber dann merkte sie, dass ihre Kollegin genau wie sie selbst in einem Meer aus disparaten Eindrücken versunken war. Als Joanna ihre Prosa entdeckte, fand sie darin tatsächlich eine Anhäufung von Wörtern, die ihr bisher nicht einmal im Traum eingefallen waren. Auch sie verband damit Bilder. Sie hatte sie in einem Fernsehstudio gesehen. Während einer Folge der Sendung ZooZoo hatte ein Experte erklärt, dass Marder äußerst gefräßige Tiere waren, die alles Mögliche verschlangen. Man hatte ihren Mageninhalt eingeblendet: ein Magma aus verklebten Federn, Pelzstückchen, Moosen, Rinden, Eierschalen und Igelfetzen. Der Inhalt von Joannas drittem Buch stand diesen Mägen in nichts nach. Er war eine Zusammenballung unklarer Wörter.

Jetzt hatte Jenna die beiden Seiten überflogen. Vorsichtig wendete sie eine von ihnen. Zwei weitere Seiten tauchten auf, auch sie weiß und mit schwarzen Streifen; man hätte meinen können, sie wären von den beiden vorigen abgeschrieben. Jenna und Joanna beugten sich darüber. Und tatsächlich war es derselbe buntgemischte Mageninhalt.

Joanna Fortaggi wurde es heiß. Ihr Gesicht war ganz rot. Sie verspürte eine seltsame Gemütsbewegung. Von einer so heftigen Emotion war sie schon lange nicht mehr erfüllt gewesen. Es war so etwas wie ein Unbehagen, sichtbar zu sein, ein Unbehagen, weil Jenna in sie hineinschauen konnte. So etwas wie ein Wunsch, zu verschwinden und sich aufzulösen. Der Eindruck, unter einem allwissenden Scheinwerfer zur Schau gestellt zu sein. Das Gefühl demütigender Entehrung.

Jenna hob die Hand, um im Buch eine weitere Stichprobe zu machen, aber Joanna hielt sie zurück. Was sie gesehen hatten, reichte aus. Joanna erhob sich und ging zu ihrem Bücherschrank zurück. Sie öffnete erneut die Glastüren. Auf den Fußspitzen stehend, zog sie ihre übrigen sechs Bücher eines nach dem anderen heraus. Diesmal hatte sie sich schnell entschieden. Jenna war erstaunt über Joannas Willensstärke. Sie hatte sich keinerlei Zögern anmerken lassen. Eher so etwas wie Rage.

Die Arme voller Bücher, kam Joanna Fortaggi an den Wohnzimmertisch zurück. Statt ihre sechs Bände behutsam abzulegen, ließ sie sie einfach hinabplumpsen. Zwei Bücher fächerten sich dabei auf und wurden gequetscht und platt gedrückt. Was für Jenna Fortuni noch einen Tag zuvor der Anlass für heftiges Unwohlsein gewesen wäre, amüsierte sie plötzlich. Sie ließ ein Lachen erschallen. Mit einem Mal fand sie es vergnüglich, dass Bücher aufbrechen konnten und dass es nicht weiter schlimm war. Dass sie so ungeschickt aufprallten und dabei so leicht ihr seriöses Erscheinungsbild einbüßten. Im Fallen hatten sich einige Seiten zurückgeschlagen, und nun konnte man das Innere ganz deutlich sehen.

Auch das Buch, das Joanna und Jenna gemeinsam veröffentlicht hatten, befand sich darunter. Jenna Fortuni schob es geflissentlich zur Seite. Von Joannas Entschlossenheit berührt, zögerte sie diesmal nicht, ins nächste Buch einzutauchen. Jenna erkannte sich kaum wieder: Sie griff tatsächlich nach Büchern und schlug sie auf. Es war gar keine schwierige Geste. Sie öffnete eins nach dem anderen, methodisch und ohne jedes Schaudern. Und neben ihr vollführte Joanna die gleichen Handlungen.

Während die Schriftstellerinnen in den Büchern blätterten, hatten sie nicht das Bedürfnis, etwas zu sagen. Was hätten sie auch sagen sollen? Vom ersten bis zum sechsten – Joanna Fortaggis Bücher wiesen allesamt den gleichen unklaren Inhalt auf. Diese Bücher waren so etwas wie Materialsammlungen, die weder Ordnung noch Ziel hatten, weder Hand noch Fuß. Gewiss ließen sich hier und dort Satzfetzen aufspüren. In ihrem fünften Buch entdeckte Joanna, dass der Lektor folgende Wortreihe hineingesetzt hatte: *Joanna Fortaggi ist ein Star.* Wahrscheinlich wollte er damit überprüfen, ob Joanna ihre Bücher auch wirklich las. Oder vielleicht hatte er abergläubisch gehofft, diese Worte würden sich bewahrheiten. Ein Stück weiter legte Jenna den Finger auf eine Passage, die offenbar irgendwo abgeschrieben war. Es war eine Reihe von Vornamen und Familiennamen. Außerdem glaubte sie Bruchstücke von Kochrezepten zu entdecken. Doch auch hier war der Text zerhackt. Es sah so aus, als hätte man alles dafür getan, den Sinn zu verwirren, und die Wörter planlos ins Buch geschüttet.

Eigentlich wunderte es die beiden Autorinnen nicht, diese zusammengestoppelten Seiten zu entdecken. Sie wussten ja, dass neunundachtzig Prozent aller Schriftsteller ihre Bücher auf diese Weise schufen. Und selbst wenn ihr Gedächtnis darauf trainiert war, nichts von dem zu behalten, was irgendwie mit dem Entstehungsprozess eines Buches zu tun hatte, erinnerten sie sich trotzdem daran, dass sie selber fast nie anders vorgegangen waren. Und doch, was für ein Eindruck von Kuddelmuddel entstieg all diesen Büchern! In diesem Inhalt ohne Form lag eine solche Kapitulation, dass selbst so versierte Schriftstellerinnen wie Jenna Fortuni und Joanna Fortaggi von Zweifeln befallen wurden. Jenna Fortuni schloss eines der Bücher, die sie gerade durchblättert hatte, und schob es beiseite. Dann, nach langen Augenblicken des Schweigens, fasste sie zusammen, was beide empfanden: Sie wisse nicht, ob es ihr künftig noch möglich sein würde, weitere Bücher zu veröffentlichen.

64

Nicht geöffnet worden war Joannas siebtes Buch – jenes, das sie gemeinsam mit Jenna Fortuni veröffentlicht hatte. Die Schriftstellerinnen hatten es ausgeklammert. Sie hatten sich nicht dazu durchringen können, den Block seiner Seiten zu teilen. Wahrscheinlich hatte sie der klarblickende Ausdruck ihres gemeinsamen Gesichts auf Distanz gehalten. Jetzt ruhte das Buch vor ihnen, still und intakt.

Zum ersten Mal saßen Jenna und Joanna zu zweit und unbeobachtet vor diesem Gesicht, das ihr Gesicht war. Kein Kameramann war da, um den Wechsel ihres Mienenspiels einzufangen. Kein Moderator, um sie zum Lächeln anzustacheln, und kein Fernsehpublikum, das darauf lauerte, was in ihren Pupillen vorging. Sie konnten sich gehen lassen und sich ganz und gar der Betrachtung dessen hingeben, was das Gesicht, das ihnen in diesem Moment ideal anmutete, zu sagen hatte.

Keine der beiden Schriftstellerinnen konnte sich von dem Gesicht losreißen. Mit all seinem Glanz rief es nach ihnen. Sein in unendliche Fernen gerichteter Blick, die Falte seines Mundes, der lächeln konnte, ohne zu lächeln, seine hohe, gut entwickelte Stirn, die aufnahmebereit und zugleich betroffen wirkte, seine hellen und intelligenten Wangen – all das schien in sich ein Versprechen zu tragen, von dem die beiden Autorinnen glaubten, sie könnten es nie durchschauen und stünden doch kurz davor.

Mit einer durch ihre Gefühlsregungen kaum gebremsten Stimme teilte Joanna Fortaggi Jenna mit, welche Beobachtung sie schon häufig gemacht hatte: Das Gesicht besaß die Fähigkeit, mehr zu sagen als seine einzelnen Züge. Es ging über sein Bild hinaus. An sich war dieses Bild ganz schlicht, aber sobald man sich entschloss, es etwas länger zu betrachten, verkomplizierte es sich durch unendlich viele winzige Schichten, die Schatten über seine Linien warfen und es dadurch noch mächtiger werden ließen.

Jenna Fortuni nickte. Sie wies Joanna mit dem Finger auf die Stellen hin, an denen sich dieses merkwürdige Geschehen vollzog: am Innenrand der Pupillen und am Außenrand der Brauen, im Winkel des Kiefers und zu beiden Seiten der Nasenflügel sowie unterhalb der Unterlippe. Es sah wirklich so aus, als würde sich das Bild vertiefen und mit tausend wechselnden und flüchtigen kleinen Schatten verstärken. Diese Schatten schwankten und änderten je nach Blickrichtung ihren Platz. Sie konnten das Gesicht abdunkeln oder ganz im Gegenteil auf eine subtile Art erhellen, indem sie gewisse Bereiche betonten. Sie konnten die dritte Dimension hervorheben, indem sie sich in den Vertiefungen konzentrierten. Doch egal wo diese leichten Schatten sich gerade befinden mochten, stets führten sie ins Innere des Gesichts, wie in einen Tunnel hinein. Dieser Bewegung konnte man sich nicht entziehen. Es gab nur eine mögliche Richtung. Das Auge wurde hineingelockt. Jenna und Joanna hatten ihr vereinigtes Gesicht noch nie so lange betrachtet. Sie konnten sich nicht mehr davon losreißen. Und allmählich wurde ihnen klar, dass dieses Gesicht nur die Oberfläche einer Sache bildete, die schon lange präsent war, ohne sich jedoch gezeigt zu haben.

Die Regungen, die die beiden Schriftstellerinnen verspürten, waren widersprüchlich: Sie selbst wurden durch den leichten Strich des Bildes in dessen Inneres hineingezogen, und gleichzeitig fühlten sie, wie aus den Tiefen des Gesichts etwas Langsames, Massives und Unausweichliches hervortrat und immer höher aufstieg. Jenna und Joanna spürten voller Schrecken, dass dieses Ding, das sich herauslöste und ihnen durch die Linien des Bildes entgegenstieg, so etwas zum ersten und einzigen und letzten Mal tat. Es geschah nur für sie beide.

Diese Präsenz, die sich immer deutlicher abzeichnete, war noch in unablässiger Entwicklung begriffen. Wie eine gleichmütige Knospe, der Herrschaft der Zeit unterworfen. Oder wie die Entwicklung der Wolken, die keine Eile kennen. Jenna und Joanna saßen dieser Präsenz gegenüber und erlebten, wie sie ins Innere des Gesichts gesaugt wurden und sich dort fortentwickelten, als würden seine Dimensionen, die sich immerfort nach außen schoben, auch ihre inneren Dimensionen in unablässige Wandlungen hineinziehen.

Diese endlosen Transformationen lösten bei den beiden Frauen Schwindel aus und das Gefühl, den Boden unter den Füßen zu verlieren. Sie waren sich nicht mehr bewusst, an welchem Ort sie sich befanden. Sie wussten nicht, wie spät oder welcher Wochentag es war, und zeitweise vergaßen sie vollkommen, wer sie waren und wie sie hießen. Ihr Gesicht auf dem Buchumschlag absorbierte sie voll und ganz.

Die unsichtbare, im Hervortreten begriffene Präsenz war immer noch am Wachsen. Anders als es der zarte Strich des Bildes beim ersten Hinschauen hätte nahelegen können, handelte es sich mitnichten um etwas Flüchtiges. Es war ein äußerst kompakter und solider Block, der sich nur in seltenen Fällen herauslöste. Eigentlich hatten Jenna und Joanna sogar den Eindruck, dass sich ein solcher Block im Normalfall nicht herauslösen und zutage treten konnte. Auf jeden Fall konnte er nicht mehrmals herausgelöst werden. Ein solches Zutagetreten war ein Wunder. Es stand in einer Reihe mit den Meteoriten, mit dem Bau der Pyramiden oder den riesigen Standbildern auf gewissen Inseln. Eine Umwälzung, eine Verlagerung, eine Erscheinung von dieser Art – man konnte sie sich nicht vorstellen. Man konnte nur das Ergebnis besichtigen. Und Angst haben. Oder verzaubert staunen.

Und nun war das Ergebnis nahe daran, augenfällig zu werden. Jenna und Joanna sahen, wie sie sich immer stärker vervielfachten und wie sie in das Gesicht hineingesaugt wurden wie in das Innere eines Leitungsrohrs, während der hervorstoßende und sich heraushebende Block zur gleichen Zeit immer deutlicher Gestalt annahm. Seine Präsenz war drückend. Aber gleichzeitig schuf sie einen Raum, in dem Jenna und Joanna Zuflucht suchen konnten.

Bevor sie sich dessen auch nur bewusst werden konnten, fühlten Jenna und Joanna bereits, dass sie senkrecht hinabschossen und mit voller Geschwindigkeit in eine Beschleunigungsröhre hineinglitten. Schon im nächsten Moment fanden sie sich beide im Inneren des eben hervortretenden Blocks wieder.

65

Diese Präsenz, die Jenna und Joanna mehr oder weniger als einen Block und eine Ausknospung erlebten, trat nichtsdestotrotz unaufhörlich weiter hervor und formte sich aus. Aus ihrem Inneren heraus begriffen Jenna und Joanna, dass dieses Zutagetreten kein Ende nehmen würde. In den Tiefen des Gesichts hatte es sich bereits abgespielt, als Jenna und Joanna es noch nicht einmal erahnt hatten – als ihr Buch neben ihnen auf den Couchtischen gelegen hatte oder im Fernsehstudio ganz groß an die Wand projiziert worden war. Und dann setzte es sich fort, ohne haltzumachen. Jenna und Joanna verstanden auch, dass das Zutagetreten dieser Präsenz niemals feststehend sein würde; es würde nie abgeschlossen sein. Man könnte es nie definieren, da es auch kein zweites Mal so sein würde, wie es diesmal gewesen war.

Inmitten dieses ewigen Aufknospens erfuhren die beiden Frauen in ihrem Körper, was es bedeutete, weder Ende noch Ursprung zu haben. Was es hieß, in keine Grenzen gefasst zu sein. Allen Raum zu besitzen und alle Zeit. In jedem Augenblick aus den eigenen Quellen geboren zu werden. Die Quelle seiner nächsten Augenblicke zu sein.

Es war fulminant und verwirrend. Umwerfend und niederschmetternd. Eine völlig verrückte Wahrnehmung. Es war grandios, haarsträubend, nicht einzugrenzen, nicht zu fassen, erhaben und schrecklich zugleich. Es war der Zustand ihres Seins, der sich Jenna und Joanna offenbarte. Ihr Sein, so wie es in diesem Buch existierte, das sie beide zusammenschloss.

Jenna standen die Tränen in den Augen. Sie war frappiert und wie vor den Kopf geschlagen. Sie sah sich im Zentrum dieser massiven, belebten und statischen Präsenz – wie im Inneren eines Steines, der in Fusion begriffen war. Sie dachte nur noch daran, die Entwicklungen und Umwälzungen um sie herum nachzuempfinden. Ihr sich entwickelndes Sein. Wieder und wieder. Andere Bewegungen. Ein Zustand, der einen anderen herbeizog, und jeder in seiner Vollendung nur ein Zwischenschritt, der Anlass für neue und immer neue Entwicklungen war. Es würde nie eine Pause geben. Das war so schön, unbeirrbar und gewaltig, dass man weinen musste.

Joanna verspürte eine leichte Übelkeit. Wie jedes Mal, wenn sie im Innersten berührt war, sandte der Magen ihr Signale. Der rebellierende Kopf versuchte Erklärungen zu finden, aber sie konnte sich an nichts von dem, was ihr bekannt war, klammern: Was Joanna verspürte, war kein Wachtraum, und trotzdem schlief sie nicht; es war keine Einbildung; es war auch keine Hypnoseerfahrung, denn Joanna spürte, dass Jenna an ihrer Seite in den gleichen Zustand geraten war; es war nicht der Einnahme einer giftigen oder halluzinogenen Substanz geschuldet, denn Joanna und Jenna hatten absolut nichts getrunken. Einen Augenblick lang prüfte Joanna die Hypothese, dass sie beide durch Flüssigkeitsmangel in diesen Zustand geraten sein könnten. Aber diese Annahme zerstob: Was Joanna hier fühlte, lag tausendmal über allem, was sie in ihrem bisherigen Leben gefühlt, gesehen, erfasst und erlebt hatte. Sie gelangte zu dem Schluss, dass es sich, streng genommen, um ein unmöglich einzuordnendes Empfinden jenseits aller Normen handelte. Nach einigem Zögern beschloss sie, sich ihm einfach hinzugeben.

Von diesem Moment an hatte Joanna ein schärferes Gespür für all die Veränderungen und Transformationen um sie herum. Sie betrachtete sie in ihrer Vielschichtigkeit. Sie war von ihrer Schönheit hingerissen. Sie wurde von ihrer anhaltenden Ungerührtheit in Schrecken versetzt. Eingetaucht in all diese Pracht, schloss sie sich Jenna in der Kontemplation an. Das ihren Sinnen dargebotene Schauspiel lag jenseits der Wörter. Die beiden Schriftstellerinnen vibrierten in derselben Frequenz. Und in diesen wenigen Augenblicken waren sie zusammen nur eine Person.

Dann eine Melodie, ein Türgeräusch und junge Stimmen, die sie aufstörten und ins Wohnzimmer zurückbrachten.

Ein wenig steif und klamm, hoben Jenna und Joanna ihre Köpfe, die übers Buch gebeugt waren. Die Stimmen der Kinder verweilten noch im Hausflur.

Plötzlich, von einem inneren Impuls ergriffen und als wollte sie die allerletzten Reste von Ruhe und Einsamkeit ausnutzen, beugte sich Joanna noch einmal mit aller Energie über das Buch. Sie ergriff es, drückte ihren rechten Daumen gegen den Buchschnitt und ließ die Seiten rasch vor ihren Augen vorbeidefilieren. Die Seiten hoben und senkten sich unter den Augen der beiden Schriftstellerinnen mit hoher Geschwindigkeit. Es war wie das Wedeln mit einem Fächer. Blitzhaft schnell sahen sie alles, was das Buch enthielt.

In diesem Moment kamen die beiden älteren Söhne auf Joanna zugerannt. Sie sagten sechsunddreißig Wörter gleichzeitig. Sie wollten Käse und Schokolade. Der Älteste schaltete mithilfe des Chips unter seiner Haut die Bildschirme ein. Der Ton war auf maximale Lautstärke eingestellt. Widerwillig erhob sich Joanna. Ihr Körper war völlig steif. Das Buch lag auf dem Tisch. Das Gesicht war noch immer zart und ansprechend. Als sich Joanna in die Küche begab, wandte sie sich noch einmal um, um es zu betrachten. Es war noch präsent, schien aber gerade dabei zu sein, sich wieder in die Tiefen zurückzuziehen.

Auch Jenna Fortuni hielt ihren Blick auf das Gesicht gerichtet. Sie wollte sich nicht mehr von ihm entfernen. Aber dann amüsierte sich Joannas ältester Sohn damit, die Jalousien hinabfahren zu lassen, und bald war das Zimmer in Dunkel getaucht. Jetzt stand auch Jenna auf. Sie verabschiedete sich in der Küche von Joanna und fuhr nach Hause.

Der Moment, in dem Joanna Fortaggi ihr siebtes und Jennas viertes Buch durchblättert hatte, war sehr, sehr kurz gewesen. Die Schriftstellerinnen hatten höchstens eine Handvoll Sekunden zur Verfügung gehabt, um ihre Blicke in den Fächer seiner Seiten zu werfen. Aber dieser Moment war atemberaubend gewesen. Was Joanna und Jenna in dem Buch gesehen hatten, hatte sie verzaubert. Und in Anbetracht der Illustrationen, die sie darin entdeckt hatten, war es weder Spinnerei noch Extravaganz, so zu denken. Denn beim Durchblättern des Buches hatten sich hunderte, tausende, unzählbar viele Schmetterlingsflügel erhoben; ein jeder für sich, in allen Formen und Größen und köstlich wiedergegeben, hatten sie dort geschillert.

Das Papier der Seiten war zart und leicht. Licht und Blicke konnten es durchdringen. Die Schmetterlingsflügel waren auf beiden Seiten zu erkennen. Jenna schien es, als hätte man sie ohne Ordnung und Absicht dargestellt – ein riesiger Flügel ragte über einen kleinen, runde Flügel schoben sich über einen zugespitzten, fünf Flügel schlugen in einer Ecke der Buchseite aneinander, und drei weitere wollten sich zur Unterkante hinabschwingen. An mehreren Stellen – und das war kein seltener Fall – schienen vier einzelne Flügel plötzlich zusammenzufinden und boten dem Blick das unerwartete Aufflattern eines frischen und neuen Schmetterlings dar. Es war Jenna so vorgekommen, als wenn diese Flügelpaare, die sich vereinigten, um einen ganzen Schmetterling zu bilden, gegen Ende des Buches häufiger wurden. Sie hatte es nicht überprüfen können. Die Bilder waren zu schnell vorbeigerauscht.

Auf einer der letzten Seiten hatten Jenna und Joanna

trotzdem ein Bild auffangen können, das sie nicht so bald vergessen würden. Diese Seite hatte für den Bruchteil einer Sekunde offen dagelegen, ehe Joannas Kinder ins Zimmer gestürmt waren. Jenna und Joanna hatten gesehen, wie auf ihr ein riesiger, prächtiger, anmutiger, offener und langgestreckter Schmetterling seine Flügel ausbreitete. Seine vier neu zusammengefügten Flügel strahlten immens über die ganze Seite. Die beiden Flügelpaare dieses Schmetterlings waren identisch. Sie wiesen eine unvorstellbare Vielschichtigkeit und Reichhaltigkeit auf. Dem Schillern ihrer Farben kam nichts gleich. Diese Flügel glänzten und zuckten in tausenden Farbtönen, die ein unglaublich seltenes und einnehmendes Kondensat von Pigmenten bildeten.

Im Bruchteil einer Sekunde hatten Joanna und Jenna den Abdruck seines glorreichen Siegels empfangen, der ihnen für immer bleiben würde. Und bevor sich das Buch wieder schloss, hatten sie auch noch die Zeit gehabt, in dieser Ausfällung von Licht, in hellem und stupendem Filigran, die Züge ihrer beiden ruhigen und betroffenen Gesichter wahrzunehmen, die sich in der Materie eines jeden Schmetterlingsflügels einzeln abzeichneten.

Später, als Jenna nachdenklich nach Hause ging, war es ihr, als könne sie sich glücklich schätzen, keine eigenen Kinder bekommen zu haben: Jener Augenblick, als Joannas Kinder sie aus der Betrachtung des Buches wieder zu sich selbst zurückgezerrt hatten, hatte alles zerrissen. Jenna Fortuni hatte den Eindruck gehabt, sie müsse ihren Kopf um einhundertachtzig Grad drehen, um über die Schultern hinweg nach hinten schauen zu können, und das, obwohl es ihr in jenem Moment überhaupt nicht wünschenswert oder interessant erschienen war, diese Blickrichtung in Erwägung zu ziehen.

67

Jenna Fortuni und Joanna Fortaggi sprachen mit niemandem über das, was sie im Inneren des Bildes gesehen hatten. Wem hätten sie es auch sagen sollen? Ihre Ehemänner waren sehr präsent und aufmerksam, und sicher hätten sie sich bemüht, Jenna und Joanna zu verstehen. Aber dazu hätte man so viele subtile Dinge in Worte fassen müssen. Die Männer hätten in Jennas und Joannas Haut schlüpfen müssen, um zu begreifen, was sich wirklich abgespielt hatte. Und wie sollte man es hinbekommen, dass sie es nachfühlen konnten? Sogar die beiden Frauen hatten keine präzise Erinnerung zurückbehalten, und ihre Eindrücke begannen sich schon ein wenig zu zerstreuen.

Und es gab noch etwas anderes: Jenna Fortuni und Joanna Fortaggi hatten noch niemandem enthüllt, dass sie in die Bücher hineingegangen waren. Sie wussten nicht, wie sie das anstellen sollten. Sie hatten noch keinem Menschen, und zwar absolut keinem, gestanden, dass sie sich darangemacht hatten, die Bände zu öffnen, die ihnen in die Hand geraten waren. Sogar Larsen Frol hatten sie nicht informiert. Dabei betrachtete Jenna ihn als engen Vertrauten. Aber auch bei einem guten Freund wusste sie nicht, wie sie ihm mitteilen sollte, dass sie die Nase in seine Bücher gesteckt hatte.

Die Bücher von Larsen, die Jenna aufgeschlagen hatte, waren nicht so schnell wieder zugeklappt worden wie die von anderen Schriftstellern. Ihr Inhalt war Jenna ein bisschen weniger lächerlich und larifari vorgekommen. Sie hatten bei ihr keine Lachanfälle ausgelöst und keine Niedergeschlagenheit. Vor allem das erste Buch von Larsen Frol zeigte so etwas wie eine größere Konsistenz. Jenna behielt die ersten Seiten im Gedächtnis, auf denen die Sätze gewissermaßen wie auf festem Grund niedergelegt wirkten. Ein fruchtbarer Boden, in dem bestimmte Wörter von Larsen hatten Wurzeln schlagen können. Die späteren Bücher von Larsen Frol schienen sich zunehmend aufzulösen. Jenna hatte geglaubt, die Übergangsstelle erkennen zu können. Es war, als Larsen damit begonnen hatte, mithilfe der Ausdrucksbanken zu arbeiten. Von diesem Moment an wurden seine Bücher wirklich ein großes Sammelsurium. Sammlungen, die sicher bedeutend geschickter und brillanter waren als all die anderen, in denen Jenna geblättert hatte, die aber wie alle übrigen Worttrümmer, Geklump und Satzsplitter ineinanderrührten. Jenna war enttäuscht gewesen. Sie hatte sich dazu durchringen müssen, einer ganz banalen Wahrheit ins Auge zu sehen: Ihr Freund Larsen Frol war nicht wirklich ein Genie.

Und eines schönen Abends hatte Jenna dann beschlossen, einen Blick in ihre eigenen Bücher zu werfen. Sie hatte es in aller Stille getan und Joanna nicht davon benachrichtigt. Jenna Fortuni war zurückhaltend. Sie hatte ein schamhaftes Naturell und musste sich ihr geheimes Gärtchen bewahren. Und außerdem – was hinderte Joanna daran, Jenna Fortunis Bücher selber zu öffnen? Man konnte sie ja überall kaufen.

Jenna hatte es sich also in ihrem Zimmer bequem gemacht. Sie hatte die Vorhänge zugezogen und die Tür geschlossen, sodass weder Jack noch Pam noch irgendein Nachbar noch ihr Ehemann etwas davon mitbekamen, dass die Romanautorin Jenna Fortuni in ihren Büchern herumspazierte. Sie hatte eine Lampe angeknipst, ihre schönen Bücher in die Hand genommen und sie in dem kleinen Lichtkreis alle drei aufgeschlagen. Als sie die Seiten überflog, erkannte sie das Prinzip der Sammlung sofort wieder. Und in allen drei Werken hatte sie etwas aufgespürt, das wohl mehr oder weniger das Markenzeichen ihres persönlichen Stils war: Natürlich waren es Collagen, und gewiss hatten sie weder Hand noch Fuß, aber sie waren wohlgeordnet und zeugten von Fleiß und geistigem Streben. Da Jenna einmal dabei war, näherte sie sich auch gleich den Werken ihres Mannes. Das war nicht weiter schwierig: Sie waren so ziemlich in der ganzen Wohnung verteilt. Praktisch stellten sie sogar die einzigen Farbtupfer auf der cremefarbenen Oberfläche der Einrichtung dar. Im Schlafzimmer gab es eine ganze Menge davon. Jenna trug sie unter die Lampe und stapelte sie dort auf. Während sie diese Gesten ausführte, verspürte sie große Furcht. Das Gefühl, dass ihr Körper nur noch ein einziges starkes Pochen war.

Die Bücher von Jennas Mann hatten unterschiedliche Formate und Färbungen. Sie hatten alle ein beträchtliches Gewicht. Jenna nahm ein rosa Exemplar in die Hand. Auf seinem Cover zeichnete sich reliefhaft ein kleines Kind ab, das eine Weizenähre hielt. Jenna drehte und wendete das Buch und legte es wieder hin. Sie konnte es nicht aufschlagen. Ein anderes Buch ihres Mannes war ganz und gar schwarz. Ein solcher Umschlag war eine Kampfansage. Auch dieses Buch wagte Jenna nicht aufzuklappen. Sie nahm ein drittes. Es war königsblau. Sie legte es wieder hin. Dann griff sie nach zwei kleinformatigen, dünnen und schweren Büchern, deren Papier seinen Preis gehabt haben musste. Sie hatten überhaupt keine Bilder auf dem Cover. Jenna hob den steifen Umschlag eines dieser Bücher an und begann die Seiten umzublättern. Und so machte sie sich daran, alle Werke ihres Mannes nach und nach zu durchschweifen, von einer Seite zur nächsten.

Das Kompositionsprinzip in den Büchern von Jennas Mann unterschied sich von allem, was Jenna bisher in anderen Büchern entdeckt hatte. Hier handelte es sich nicht um Sammlungen, Kopien, Auszüge oder Wust. Die Zwischenräume in den Büchern ihres Mannes waren sehr, sehr groß. Sie erstreckten sich über ganze Seiten. Man konnte beinahe sagen, dass diese Bücher den Zwischenräumen gewidmet waren. Sie enthielten Abfolgen von weißen Stellen. Sie enthielten leere Räume, die aber trotzdem gefüllt waren, denn sie bestanden ja aus Papier.

Dieses Vorgehen hatte eine ganz starke Wirkung. Jenna war fasziniert. Etwas Ähnliches hatte sie noch nie zu Gesicht bekommen. Manchmal wurde ein einzelnes Wort über mehrere Seiten hinweg wiederholt, um die leeren Flächen einzugrenzen und dem Ganzen einen Rhythmus zu geben. Jenna verstand diese Absicht intuitiv. Manchmal waren die Verkettungen sehr schwer zu erfassen: Inmitten all dieser Leerräume schwebte mal hier, mal da ein Wort. Jenna verstand, dass die Wahl dieses Wortes umso schwieriger gewesen sein musste. Sie dachte voller Bewunderung an ihren Mann. Bisweilen hatte Éden Fels auch versucht, mehrere Wörter zusammenzubringen. Dieses Verfahren hatte natürlich scheitern müssen, und trotzdem war danach in den Wörtern und um sie herum etwas verblieben, das uns zu Bewusstsein brachte, was das Resultat gewesen wäre, wenn Jennas Mann sein Ziel erreicht hätte. Von einer Veröffentlichung zur nächsten machten sich die Wörter in den Büchern von Jennas Mann immer kleiner und rarer. Seine letzten Bücher enthielten überhaupt kein Wort mehr. Es wurde schlichtweg unmöglich, die verschiedenen Zwischenräume auseinanderzuhalten. Sie verschmolzen zu einer einzigen weißen Fläche. Die Seiten waren aus jungfräulichem, unbeflecktem Papier. Seine Verleger hatten, was die Qualität anging, nicht geknausert: Dieses Papier war blendend weiß.

Einige Tage darauf erhielten sowohl Jenna Fortuni als auch Joanna Fortaggi eine Nachricht von ihrem Lektor. Sie war an »Frau Joeanna Fortunaggi« adressiert. Der Ton dieser Nachricht war schmeichelhaft und deutete auf sehr gute Entwicklungen voraus. Der Lektor von Radelpha ließ nämlich durchblicken, dass mit etwas Neuem zu rechnen sei. Er hoffte, dass diese frohe Kunde seine Superautorin erfreuen werde und dass es sie, ganz wie ihn, glücklich mache, bald noch berühmter zu werden. Beim Lesen dieser Worte zog sich Jenna und Joanna das Gesicht zusammen. Man musste nicht besonders findig sein, um zu erraten, was der Lektor sagen wollte: Es handelte sich natürlich um ein neues Buch.

Jennas und Joannas Befürchtungen bestätigten sich, als plötzlich Bitten um Ergänzungen und Präzisierungen in kleinen Tupfen auf ihre Bildschirme zu fallen begannen: Manchmal war es nur ein simples Formular, das sie unterschreiben sollten. Die Paragraphen hatte man freigelassen. Ein andermal musste ein Foto gemacht werden, und man bat sie, denselben Mantel zu tragen und bis auf den Millimeter genau dieselbe Pose einzunehmen. Ihr Lektor stellte ihnen auf elektronischem Wege auch bizarre Fragen, die offenbar direkt aus einem Algorithmus hervorgegangen waren: Mit welcher Farbe hatte seine Superautorin am häufigsten zu tun? Und mit welcher Farbe am seltensten? Und in welchem Format könnte sich seine Superautorin eine Visitenkarte fürs Kino vorstellen? In einer Warteschlange, zur Winterzeit: Was wäre da das Material ihrer Wahl, Pelz oder Federkleid? Welches wäre ihr Zufluchtstier: Wiesel, Vielfraß oder Pelikan? Falls Ausbauarbeiten anstünden, wäre seine Superautorin dann in der Lage, p) einen Mann oder u) eine

Frau aufzunehmen? Selbstverständlich wurden Jenna und Joanna dazu angehalten, auf jede Frage eine einzige und gleichlautende Antwort zu liefern.

Der Lektor sprach in seinen Nachrichten auch davon, dass man sich wieder einmal zum Essen treffen müsse. Er schlug aber noch keinen Termin vor, wodurch Jenna Fortuni und Joanna Fortaggi in Ruhe darüber nachdenken konnten, welche Haltung sie einnehmen sollten. Beiden war klar, dass eine neue Publikation nicht mehr möglich war. Und diese Aussicht machte ihnen sehr zu schaffen.

Die zwei Schriftstellerinnen trafen sich erneut bei Joanna, um darüber zu beraten. Wie üblich war Joanna Fortaggi die entschlossenere von beiden. Sie war der Meinung, sie sollten einen großen Coup landen und dem Verlag ein für alle Mal verkünden, dass sie sich in die Bücher hineinbegeben hatten. Danach wäre es sicher einfacher zu begründen, dass ein fünftes beziehungsweise achtes Buch unter solchen Umständen völlig unangebracht war.

Jenna Fortuni vertrat eine andere Ansicht. Sie sagte, man dürfe die Verflechtungen von Radelpha nicht unterschätzen. Wer garantierte Jenna und Joanna denn, dass sie noch Schriftstellerinnen bleiben konnten, wenn sie die ganze Branche gegen sich aufbrachten? Radelpha war sehr mächtig. Der Verlag streckte seine Tentakel in Richtungen aus, von denen weder Jenna noch Joanna noch irgendeine andere Person aus ihrem Bekanntenkreis auch nur etwas ahnen konnten. Vielleicht reichten die Tentakel ja sogar bis in dieses Wohnzimmer, sagte Jenna in prophetischem Ton und ließ den Blick durch den Raum schweifen.

In diesem Augenblick ertönte eine Melodie, und Joannas Mann betrat das Zimmer, was von beachtlicher Wirkung war. Jenna stieß sogar einen Schrei aus.

Joannas Mann war von der Arbeit heimgekehrt. Da er glaubte, dass Jennas Aufschrei der Melodie geschuldet war, lieferte er ihr ein paar Erklärungen: Als Musikliebhaber sei er vom Verlust der musikalischen Matrize tief betroffen gewesen. Aber nachdem er den Schock überwunden hatte, sei es ihm dennoch gelungen, mithilfe von zwei, drei Algorithmen neue Melodien zusammenzubasteln. Das seien die Melodien, die nun bei jedem Öffnen der Wohnungstür ertönten. Sicher, es waren immer dieselben, aber man konnte in ihnen einen gewissen Reiz ausmachen und eine gewisse Tiefe.

Joannas Mann hatte Jenna nie persönlich kennengelernt, aber natürlich hatte er sie schon auf seinem Bildschirm gesehen. Er machte ihr Komplimente wegen ihrer Bücher, was sowohl Jenna als auch Joanna in Verlegenheit brachte. Ohne viel darüber nachzudenken, rühmte er, wie es eben Brauch war, die Umschläge von Jennas Büchern. Er lobte das Format ihrer Bände: Die Bücher von Jenna Fortuni waren einfach hübsch. Sie hatte es wirklich gut hinbekommen. Ansonsten musste Joannas Mann zugeben, dass er nicht den blassesten Schimmer hatte. Obgleich er an der Seite einer Erfolgsautorin lebte, blieb das Verfassen eines Buches für ihn rundum ein Geheimnis. »Noch geheimnisvoller als ein Zaubertrick!«, schloss Joannas Mann lachend.

Joanna errötete ein wenig. Seit einiger Zeit war ihr Naturell sanfter geworden. Sie war nicht mehr so hochmütig. Es fiel ihr leichter, Komplimente anzunehmen. Ihr Mann hatte das bereits mit Freude zur Kenntnis genommen, aber auch mit leichter Beunruhigung. Er hatte sich gefragt, ob diese Veränderung bei seiner Frau nicht vielleicht mit dem zu tun hatte, was man als »Podiumskrise« bezeichnete. Statistisch gesehen, trat diese Krise hauptsächlich bei Schreibenden ein. Manche packte sie wie ein Gewittersturm. Plötzlich – und meist für immer – verweigerten sie sich dem Fernsehen. Sie bekamen eine Podiumsallergie. Sie verabscheuten die Kameras. Sie verkrochen sich in Büros, Hotels oder Hütten. Es gab dafür schon berühmte Beispielfälle, von denen Jenna Fortunis Mann nicht der unbedeutendste war.

Joannas Ehemann aber hatte keine Zeit, länger bei ihnen zu verweilen: Aus den Kinderzimmern drangen Schreie, die von einem heftigen Streit zeugten. Er musste die Streithähne trennen. Danach hatten die Kinder Hunger. Joanna und Jenna hörten ihre lauten Stimmen und das Klappern der Tassen und Teller, die Joannas Mann eilends aus den Küchenschränken nahm.

69

Zum ersten Mal in ihrer Laufbahn mussten sich Jenna Fortuni und Joanna Fortaggi Gedanken über einen Parameter machen, der nicht klar und präzise bestimmt war: um den Inhalt ihres nächsten Buches. Der Rest – Farbe, Illustrationen, Format und all diese Geschichten – war nebensächlich geworden. Denn wirklich, wie stellte man es nur an, ein Buch zu füllen? Jenna und Joanna suchten in ihrem Gedächtnis nach Pisten oder Anhaltspunkten, aber wenn sie an Bücher dachten, erschien ihnen nichts vor Augen als jener formlose Wust, den sie in fast allen Bänden entdeckt hatten, jene Rückstände und Geschabsel aus Wörterbüchern, jenes Kuddelmuddel aus den Mägen.

Besonders lästig war es für Jenna und Joanna, weiterhin neben diesen abstoßenden Dingen sitzen zu müssen. Vor den Fernsehkameras versuchten sie zwar, ihre Knie zur Seite zu schieben, um jede symbolische Verbindung mit diesen Dingen zu zerreißen, aber es half nichts. Ihre Bücher verfolgten sie überallhin. Was konnten Joanna und Jenna unter diesen Umständen tun? Den Beruf aufzugeben war unvorstellbar. Aber ebenso undenkbar war es, das frühere Leben einfach fortzusetzen. Zur Not wären Joanna und Jenna lieber noch Einkäuferinnen geworden, als weiterhin in Reichweite eines solchen Sammelsuriums zu thronen.

Die Schriftstellerinnen litten darunter, sich in einer derartigen Sackgasse wiederzufinden. Joanna, weil sie sich kein anderes Leben vorstellen konnte als das einer Blume in den Fernsehstudios. Joanna Fortaggi konnte gar nichts anderes sein als eine schöne vollerblühte Rose inmitten all der Sträuße. Jenna, weil sie von Panik ergriffen wurde bei der Vorstellung, ihre Tage künftig zu Hause zubringen zu müssen, statt in die Fernsehstudios zu fahren. Jenna Fortuni konnte nicht kochen. Sie verstand nichts vom Garten, und die Blumenkästen auf ihrem Balkon waren mit lauter kleinen Steinen gefüllt. Der Käfig von Jennas Vogel brauchte nur einmal täglich gereinigt zu werden, und darum kümmerte sich bereits ihr Mann, damit sich seine Neuronen ausruhen konnten. Jenna hätte weitere Sticker an ihre Fenster kleben können. Aber das mochte sie nicht. Nein, Jenna mochte Kinder nicht besonders. Sie wollte nicht noch mehr.

Wenn sie genug davon hatten, diese Gedanken wiederzukäuen, begannen sich Jenna und Joanna von Neuem auszumalen, was es wohl hieße, ein Buch von innen her zu erschaffen. Sie träumten laut davon, was sie wohl hineinschreiben würden. Sie stellten sich vor, wie ihr Lektor, wenn er dieses Buch entdeckte, sofort von der Angemessenheit seines Inhalts überzeugt sein würde. Und – o wie schwer war das zu erreichen! – dass auch die Talkmaster von seiner Wohlbegründetheit frappiert wären.

Ah ja, das waren durchaus edle und schöne Ambitionen. Aber sie waren auch gewaltig und erdrückend. Jenna und Joanna wussten nicht, an welchem Ende sie loslegen sollten. Und dabei waren die beiden Schriftstellerinnen guten Willens: Nach den Sendungen verabredeten sie sich regelmäßig und gingen mal in die eine, mal in die andere Wohnung. Um in die Gänge zu kommen, machten sie Recherchen auf ihren Bildschirmen und begannen damit, diverse Fragen zu besprechen: Wozu war es gut, Bücher zu füllen? Weshalb waren Sammlungen für sie künftig ein Ding der Unmöglichkeit?

Diese Diskussionen und Klarstellungen hätten noch lange andauern können. Aber eines Tages war, einer hübschen Giftblume gleich, auf ihren Bildschirmen eine Nachricht ihres Lektors erblüht, versehen mit Datum, Uhrzeit und der Anschrift eines Restaurants.

70

Der Tag, an dem Joeanna Fortunaggi einen Termin mit dem Verleger von Radelpha hatten, war herangerückt. Joanna Fortaggi und Jenna Fortuni standen vor dem angegebenen Restaurant. Sie stießen die Glastür auf. Die Superautorin von Radelpha hielt Einzug in das Etablissement. Ein Kellner kam auf sie zu, wies auf den nach hinten gelegenen Saal und ging ihr dann voraus, an Tischen und Gästen vorbei, den Tresen entlang und in einen kurzen und engen Flur, der in einen quadratischen Raum mündete. Die Tische waren weiß eingedeckt. Gegenüber vom Eingang schmückte ein langer Spiegel die ganze hintere Wand in ihrer oberen Hälfte. Als Joanna Fortaggi und Jenna Fortuni den Raum durchquerten, sahen sie sich in diesem Spiegel auf den breitschultrigen

Mann zugehen, der hinten im Raum saß und sich jetzt erhob, sodass sie Vorderseite und Rückseite seines Kopfes im gleichen Augenblick sehen konnten. Natürlich war es ihr Verleger. Der Kellner schritt zufrieden von dannen.

Der Verleger von Radelpha begrüßte Joeanna Fortunaggi und bat sie, Platz zu nehmen. Von ihnen dreien abgesehen, war der Raum leer. Diesmal hatte der Verleger ausnahmsweise auf der Polsterbank Platz genommen, sodass Joeanna Fortunaggi auf Stühlen saßen. Der Verleger hatte sich ein wenig verändert. Irgendetwas an seinem Aussehen war anders. Es war nicht Wunder was, aber es reichte, um Jennas und Joannas Aufmerksamkeit zu wecken. Vielleicht war es einfach seine Frisur oder sein Sakko. Der Verleger hielt die Ellenbogen auf den Tisch gestützt. Er legte die Hände aneinander, kreuzte die Finger und entflocht sie wieder und rieb seine Handteller aneinander, was ein sanftes Schurren von Haut auslöste. Er sagte nichts. Jenna und Joanna sagten ebenfalls nichts. Sie nahmen im Inneren des Verlegers die Bewegungen seiner Materie wahr, die stoßweise dahinfloss.

Der Kellner brachte die Karte. Jenna und Joanna bestellten Fleisch. Der Verleger, der keinen großen Hunger hatte, ließ sich einen Salat mit Anchovis und ein Wasser bringen. Er aß ohne Hast. Irgendwann beklagte er sich, weil manche Sardellen nicht korrekt zubereitet waren. Der Verleger musste ein Bündel Gräten aus seinem Mund entfernen. An und für sich war das keine schlimme Sache, und der Verleger hätte sie auch bedenkenlos hinunterschlucken können, aber er erklärte seiner Superautorin, welche Gefahren Gräten für einen engen Schlund darstellen konnten. Dann erging sich der Verleger in Betrachtungen über das Weiß der Tischdecken und die Seriosität von Restaurants. Anders als die Gastwirte uns weismachen wollten, waren diese beiden Dinge nämlich nicht zwangsläufig miteinander gekoppelt.

Von dort aus schweifte der Verleger zum Weiß der Buchseiten ab. Dieser Verleger war sehr, sehr effizient. Er hatte die Geduld eines Kaimans und die Intuition einer Fledermaus. Er war ohne Weiteres dazu imstande, das Dessert abzuwarten und seine Autoren im eigenen Saft schmoren zu lassen, ehe er zu reden begann.

Und jetzt war sie gekommen, die Zeit für das Dessert. Der Verleger machte es sich bequem hinter seinem Teller, den er ein wenig fortgeschoben hatte. Jenna und Joanna waren noch nicht fertig, aber auch sie schoben vorsichtshalber ihre Teller zurück. Jetzt würden die Gespräche beginnen.

Der Verleger beugte sich über den Tisch. Joanna Fortaggi und Jenna Fortuni entdeckten überrascht, dass er sehr hübsche grüne Augen hatte. Sie waren ihnen noch nie aufgefallen. Die beiden Autorinnen hatten das überraschende Gefühl, dass diese Augen schön und nachdrücklich zu ihnen sprachen. Sie traten durch Jennas und Joannas Augen ein, und von dort bahnten sie sich einen Weg, schnurgerade und tief hinab, wie es ein Dolch tat. Die Schneise war breit. Sie hatte nichts Halbherziges.

»Joeanna …«, begann der Verleger von Radelpha, und es war das erste Mal, dass er seine Superautorin so anredete. Zu normalen Zeiten hätte er beide Namen ausgesprochen. Der Verleger wollte einen Schritt nach dem andern tun: Zunächst einmal war da natürlich Joeanna Fortunaggis Idee, im stillen Winkel selbst ein Werk zu fabrizieren. Der Verleger wusste nicht viel darüber, aber zahlreiche Algorithmen hatten ihn davon in Kenntnis gesetzt, weil sie jedes Mal, wenn Joeanna Fortunaggi auf ihren Bildschirmen etwas recherchierten, wie verrückt ausschlugen. Diese Algorithmen waren schon verdammte Schlawiner. Sie spionierten ein bisschen zu gerne herum. Der Verleger konnte aber nichts dafür: Joeanna Fortunaggi und er hatten ja schon so oft von Bildschirm zu Bildschirm zusammengearbeitet. Nun waren sie algorithmisch verbunden, auf Gedeih und Verderb.

An dieser Stelle hielt es Jenna Fortuni für angeraten, sich zu rechtfertigen. Sie öffnete den Mund, aber der Verleger beugte sich noch ein wenig weiter nach vorn und ließ ihr keine Zeit, auch nur einen einzigen Ton auszusenden: Joeanna Fortunaggi mögen sich doch bitte beruhigen. In den Augen von Radelpha waren ihre Versuche nichts Schlimmes. Joeanna Fortunaggi hatten beide sehr gut vorausgeahnt (und an diesem Punkt blieben das linke und das rechte Auge des Verlegers unabhängig voneinander jeweils an einer der Schriftstellerinnen hängen), welche Absichten Radelpha künftig mit ihnen hatte. Der Verleger musste es zugeben: Joeanna Fortunaggi waren eine Superautorin, die nicht ihresgleichen hatte. Ihre Sensibilität sprach für sie. Ihre Intuition war unermesslich. Ihre Intelligenz setzte alledem die Krone auf.

Der Verleger richtete sich auf, sodass sein Rücken völlig senkrecht an der Wand lehnte, und schwieg einen Augenblick, damit Joeanna Fortunaggi Zeit hatten, diese Komplimente zu verdauen.

Jenna und Joanna hatten damit nicht gerechnet. Sie wussten nicht, ob sie etwas erwidern oder lieber still auf ihren Stühlen sitzen bleiben sollten. Wie gewöhnlich, war Joanna aufwallender und erregter und Jenna furchtsamer. Diese auseinanderlaufenden Bewegungen erzeugten in dem Raum zwischen ihnen winzige Strudel. Ihr Verleger schien davon nichts mitzubekommen. Er ergriff wieder das Wort. Er habe ihnen eine außergewöhnliche Neuigkeit mitzuteilen, sagte er und beugte sich einmal mehr nach vorn, damit man seine grünen Augen aus der Nähe bewundern konnte. Auf dem Grund dieser Augen entdeckten Jenna und Joanna zwei schlafende Teiche aus Gold. Es war eine wichtige Neuigkeit, denn sie kam direkt von Radelpha. Der Verleger hoffte, dass Joeanna Fortunaggis Aufmerksamkeit auf dem Gipfelpunkt war. Er presste seine Schultern gegen die Wand, sodass sein Kopf nun den Spiegel berührte. Joanna und Jenna hatten den Eindruck, dass er Rücken an Rücken mit einem anderen Verleger saß, dessen Gesicht sie noch nicht kannten. Der Verleger schaute ihnen in die Augen. Seine Fähigkeit, beide im gleichen Moment zu fixieren, war phänomenal. In diesen Augenblicken hatte er wirklich alles von einem Kaiman.

71

Joanna Fortaggi und Jenna Fortuni waren neugierig. Gewiss fürchteten sie die Entscheidungen von Radelpha, denn sie hatten gehört, dass diese oft in Richtung Schreddern und Schroten gingen. Aber andererseits warteten Joanna und Jenna schon lange auf ein Zeichen der Anerkennung von ihrem Verlag: Sie hatten viel gearbeitet, aber von Radelpha war nie ein Lebenszeichen gekommen. Radelpha hatte ihnen niemals gedankt. Joanna und Jenna hatten immer nur mit blinden und tauben Algorithmen zu tun gehabt und natürlich mit der Figur dieses Verlegers. Und so sehr er sie auch beeindruckte, sie begriffen, dass der Verleger seinerseits nur ein Rädchen war, das Befehle ausführte und weitergab. Die Firma Radelpha war ein großer Mechanismus.

Der Verleger kam jetzt direkt zur Sache: Während der Karriere von Joeanna Fortunaggi hatte Radelpha ein besonders wachsames Auge auf sie gerichtet. Radelpha hatte sie beobachtet und begleitet. Da die Dinge ganz von selbst in die gewünschte Richtung gelaufen waren, hatte Radelpha nicht in Erscheinung treten müssen. Heute aber, und zwar aus einem Grund, der später noch klar würde, hatte Radelpha befunden, dass es an der Zeit sei, ihre Superautorin persönlich zu treffen.

Und ehe Jenna oder Joanna auch nur ihre Münder hätten öffnen können, hob der Verleger die Hand und schnipste in Richtung Tür. Die hatte die ganze Zeit weit offen gestanden. Der aufmerksame Kellner, der in Hörweite seinen Beschäftigungen nachgegangen war, nickte kurz und machte kehrt, um die Silhouette, die hinter seinem Rücken plötzlich auftauchte, eintreten zu lassen. Das Timing war perfekt. Der Kellner machte sich unsichtbar, und der Verleger verkündete, dass Radelpha höchstpersönlich gerade ihren Fuß in den Raum setzte.

Tatsächlich näherte sich jemand ihrem Tisch. Aber es ging alles so schnell. Jenna und Joanna fühlten sich überfordert. Sie waren außerstande, sich zu vergegenwärtigen, was sich gerade vor ihren Augen vollzog. Radelphas Name und Reputation waren so groß und mächtig, dass die beiden Romanautorinnen sie sich niemals als Person vorgestellt hatten. In ihren Augen hatte Radelpha keine menschliche Gestalt. Sie war auch kein Einzelwesen. Radelpha war multipel und ließ sich unmöglich eingrenzen. Wenn sie an Radelpha dachten, sahen Jenna und Joanna so etwas wie Safes vor sich, hoch und breit wie mehrere Häuserblöcke, verbarrikadiert und gepanzert wie die Bunker von Banken. Manchmal waren sie kurz davor, sich zu fragen, ob Radelpha nicht in Wahrheit ein multinationaler Konzern war oder eine ganze Konzerngruppe. Wenn Jenna an Radelpha dachte, erschienen vor ihrem inneren Auge Verzweigungen, die sich unter der

Erde ausbreiteten wie Kanalisationssysteme, die sich immer feiner verästelten, ohne an Robustheit und Festigkeit einzubüßen. Und Joanna malte sich aus, dass der Stoff, aus dem Radelpha bestand, kein gewöhnlicher war. Sie stellte sich etwas zwischen Titan und Asbest vor.

Aber da stand nun eine einfache Gestalt, nicht einmal besonders groß, und präsentierte sich ihrem Blick unter diesem Namen. Die beiden Schriftstellerinnen sahen im Spiegel, wie Radelphas Silhouette näher kam, wie sie größer und deutlicher erkennbar wurde. In genau zehn Sekunden würden sie ihre Stühle zurückschieben und Radelpha begrüßen müssen.

Radelpha näherte sich ihnen zwischen den Tischen hindurch. Ihr Schritt hallte auf den Fliesen. Jenna und Joanna schlugen die Augen nieder, damit es nicht so aussah, als würden sie ihr allzu plump ins Gesicht starren. Dann, als Radelphas Präsenz hinter ihnen schon spürbar war wie etwas Spitzes, das gegen ihre Schulterblätter drückte, schoben sie ihre Stühle zurück, drehten sich um und erhoben sich, alles im selben Moment. Ihre Stühle machten eine Menge Lärm. Auch der Verleger stand auf. Er wollte die Vorstellung übernehmen. Radelpha aber stoppte ihn mit einem Lächeln: Sie kenne ihre Autorinnen doch. Sie verfolge alle Sendungen. Nichts, was einen Autor aus dem Hause Radelpha betraf, entgehe ihren Augen oder Ohren. Nachdem das erst einmal festgestellt war, bat Radelpha alle drei, sich wieder zu setzen. Sie selbst nahm unter dem Spiegel Platz, neben dem Verleger.

Radelpha saß Jenna und Joanna gegenüber. Sie betrachtete die beiden mit kleinen runden Augen. Man hätte meinen können, es läge Erstaunen in ihnen, aber in Wahrheit flimmerten sie vor Vitalität. Radelphas Wimpern waren rund um die Augen dicht und üppig.

Eine unleugbare Tatsache frappierte Jenna und Joanna sofort: Radelpha unterschied sich gar nicht so sehr von ihnen beiden. Auch sie war eine Person. Sie war noch nicht alt. Vielleicht maß sie ein paar Zentimeter weniger als die beiden Schriftstellerinnen, und vielleicht war ihr Gebaren ein bisschen herber, aber auch sie war brünett, und ihre Art, zu lächeln und den Kopf oder die Schultern zu bewegen, hätte auch die von Jenna oder Joanna sein können.

Auf jeden Fall war es nicht schwer zu begreifen, dass man mit Radelpha nicht diskutieren konnte. Sie wartete nie eine Antwort ab, es sei denn, sie hatte sie mit erhobener Stimme explizit eingefordert. Dabei hatte Radelpha keine herrische und schneidende Art. In ihrer Stimme vereinte sie Respekt und Autorität. Zuneigung und Klarsicht. Wohlwollen und Unbefangenheit.

Während Radelpha sprach, konnten Jennas und Joannas Augen nicht ruhig bleiben. Die beiden Schriftstellerinnen hätten gut daran getan, Radelpha zuzuhören, aber es gelang ihnen nicht, sich zu konzentrieren. Es gab zu viele neue Details zu registrieren. Ihr Geist empfing alle möglichen fiebrigen Gedanken und verquirlte sie miteinander. Jenna und Joanna trauten sich beispielsweise nicht, sie zu fragen, ob Radelpha ihr wirklicher Name war oder nur der ihres Verlagshauses. Sie blickten voll Neugier auf ihre Gestalt. Und sie schafften es noch immer nicht, den Ehrfurcht gebietenden Namen, der auf Millionen, vielleicht sogar Milliarden von Buchumschlägen prangte, mit dieser schlichten Figur zu verknüpfen.

Joanna Fortaggi, die ihre Reflexionen ein Stück weiter trieb, stieß plötzlich auf einen ungewöhnlichen Gedanken. Dieser Gedanke besagte, dass eigentlich auch sie, Joanna, ihren Namen auf all diese Bücher hätte setzen lassen können. Joanna hätte ebenso gut Radelpha sein und an der Spitze des Verlagshauses stehen können. Natürlich, denn auch Radelpha war von menschlicher Gestalt. Joanna war verlegen und erschrocken und wollte diesen Gedanken nicht haben, aber sie spürte, wie er hartnäckig neben ihr herumzappelte. Auch Jenna wollte ihn nicht, aber sie spürte ebenfalls, wie der Gedanke um sie kreiste und nach einer Stelle suchte, an der er sich anklammern konnte. Sie versuchte den Gedanken zu verscheuchen, aber davon verfestigte er sich immer mehr. Denn hatte Radelpha vielleicht etwas, das Jenna Fortuni nicht besaß? Radelpha war eine Frau, ganz wie Jenna und Joanna. Sie war aus Fleisch und Blut. Sie war aus Muskeln und Hornhaut. Sie filterte die Luft durch ihre Bronchien. Sie war talentiert, aber das waren Jenna und Joanna auf ihrem Gebiet auch. Sie war geheimnisvoll, aber ein Geheimnis konnten sich Jenna und Joanna bei Bedarf auch erfinden. Seit sich Radelpha an ihren Tisch gesetzt hatte, war eigentlich nur der Klang ihrer Stimme beeindruckend und diese besondere Art, Wohlwollen und Hellsichtigkeit zu vereinen.

Und dann spürten Jenna und Joanna, wie selbst diese Effekte allmählich schwächer wurden und sich zu verflüchtigen begannen. Als die Person Radelpha den Raum betreten hatte, war sie zweifellos sehr, sehr eindrucksvoll gewesen. Aber dann setzte so etwas wie eine fortschreitende und verwirrende Schrumpfung ein, und Radelphas Abmessungen schienen sich zu verkleinern; im Laufe der Minuten wurde sie immer normaler und schlichter. Sie machte immer weniger Eindruck. Joanna und Jenna kam sogar der Gedanke, dass sie Radelphas Tonfall mit ein wenig Training selbst annehmen könnten.

In diesem Moment rief Radelpha den Kellner herbei, um Brot und Wasser zu bestellen. Sie hatte Hunger. Sie wollte die Speisekarte. Als Radelpha die Hand hob, um dem Kellner ein Zeichen zu geben, sahen Jenna und Joanna, dass sie an ihrem Handgelenk unterhalb einer Sehne eine hässliche und trockene kleine Aushöhlung hatte. Jenna und Joanna senkten den Blick und machten sich daran, Radelpha verstohlen zu mustern. Es stellte sich heraus, dass sie Sachen trug, die Jenna und Joanna für sich selbst bisher nicht einmal in Erwägung gezogen hatten. Diese Kleidungsstücke waren keine vorzügliche Wahl. Sie waren altmodisch. Radelphas Hals wurde von einem kleinen Kragen geziert, der weder spitz noch rund war.

Diese Gedankengänge der beiden Schriftstellerinnen spielten sich natürlich in blitzartiger Geschwindigkeit ab. Aber Radelpha schien alles mitbekommen zu haben. Sie musste ins Denken der Autorinnen hineinschauen können. Denn mit jenem Lächeln, das dickste Autorität und weihevollste Liebenswürdigkeit vereinte, begann sie nun von selbst ihre Geschichte und die ihres Verlages zu erzählen: Wie ihr in einem Trödelladen plötzlich die Idee gekommen war, Bücher zu machen. Wie verblüfft sie war über die sinnvolle Einrichtung dieser Objekte, die konzentriert, leicht und mächtig zugleich waren. Wie sie sich auf die Suche nach Papier begeben hatte. Wie sie es im Amazonasgebiet tonnenweise eingekauft hatte. Wie sie ihre Algorithmen eingerichtet hatte. Wie ihr erstes Buch eine Geschichte mit völlig unbedrucktem Umschlag gewesen war. Wie es sich in alle Länder verkauft hatte und wie Radelpha Autoren gefunden hatte, die bereit waren, sich ihrem Verlag anzuschließen. Sie hatte ihre Ansprüche in die Höhe getrieben. Danach hatten diese Ansprüche Mauern in die Höhe getrieben. Die Gebäude waren gewachsen und hatten sich vervielfacht. Radelpha hatte Verleger und Lektoren überzeugt, an all ihren Projekten mitzuwirken. Bücher waren entstanden und hatten sich verbreitet. Radelpha war es gelungen, sie alle im Gedächtnis zu behalten. Radelphas Name, der sich zunächst nur über die Buchumschläge erstreckt hatte, prangte bald auf einer wachsenden Zahl von Mauern und Bildschirmen. Dieser Name hatte sich bis heute inmitten all der vielen Firmennamen behauptet.

Radelpha schloss ihren Bericht mit einigen Worten zu ihrer Berufung und ihrem Beruf: Was sie getan hatte, hatte sie für ihre Bücher getan. Einzig und allein für die Bücher. Diese Gegenstände waren für Radelpha einfach alles. Bücher waren für sie seit jeher ein Haus. Dieses Haus aufzubauen, hatte einige Zeit gekostet. Eine Aufgabe, die enorm viel Umsicht erfordert hatte. Radelpha hatte geduldig sein müssen. Man hatte eins nach dem anderen tun und dabei methodisch vorgehen müssen. Sie hatte auch Opfer bringen müssen. Wie sollte es möglich gewesen sein, das Äußere und das Innere gleichzeitig zu erbauen?

Genau deshalb hatte Radelpha sich herbemüht; genau deshalb saß sie in diesem Augenblick in diesem Restaurant: Joeanna Fortunaggi waren als Erste in die Bücher vorgedrungen. Sie hatten daran gedacht, ihr eigenes Buch zu füllen. Radelpha hatte das gesehen, und sie hatte verstanden: Joeanna Fortunaggi waren auf ihrer Seite, am selben Ort. Sie hatten sich Radelpha im Inneren ihres Gebäudes angeschlossen.

73

Jenna Fortuni warf Joanna Fortaggi einen Blick zu. Nie im Leben hätte sie gedacht, einmal eine solche Erklärung zu hören. Ihr Herz pochte wie wild. Joanna zog die

Augenbrauen hoch, denn sie wollte nicht zu erkennen geben, dass auch sie berührt war.

Radelpha hatte viele wichtige Mitteilungen zu machen. Das Verlagshaus war an einem Wendepunkt angelangt. Die Dinge würden nie wieder so sein, wie sie es einmal waren. Radelpha wollte sich darüber nicht lange auslassen, aber Joeanna Fortunaggi hatten gewiss schon verstanden, dass sie vorbei war, die Zeit der großen Aufbauarbeiten, der Oberfläche, der Fassade. Ihre Bauten, die jetzt vollendet waren, standen leer. Radelpha wollte ihnen künftig Konsistenz verleihen. Ihre Verlage, ihr Konzern, alle ihre Bücher hatten das nötig. Es war höchste Zeit, in ihren Leerräumen Platz zu nehmen. Das Zusammengehen von Jenna Fortuni und Joanna Fortaggi bei ihrem ersten gemeinsamen Buch hatte diesem Plan übrigens schon gehorcht. Das Buch von Joeanna Fortunaggi hatte sich ganz von selbst im Inneren niedergelegt wie ein erster durchsichtiger Stein. Es war ein ausschlaggebendes Projekt gewesen, das man mit Bravour gemeistert hatte, sagte Radelpha und hielt kurz inne, um sich dem Verleger zuzuwenden, der die Augen niederschlug und ein vages Lächeln zeigte.

Und noch etwas: Seit einiger Zeit hatte Radelpha genug davon, dass ihre Bücher immer nur mit Worten gewürdigt wurden. Würdigungen bekam Radelpha jeden Tag zu Tausenden. Die Wände des Verlagshauses waren damit schon tapeziert. Radelpha hatte darunter gelitten: Wo über Bücher gesprochen wurde, gab es immer zu viele Attribute. Radelpha war sich sicher, dass die Besucher es künftig nicht mehr wagen würden, auch nur ein einziges Attribut in ein Buch hineinzutragen. Sie würden viel zu sehr damit beschäftigt sein, die Wirkungen seines Inhalts am eigenen Leibe zu spüren.

Jenna Fortuni wollte das bekräftigen, aber Radelpha

ließ ihr keine Zeit dafür. Sie kündigte an, dass die künftigen Bücher Substanz annehmen würden. Auch das zweite Buch von Joeanna Fortunaggi werde zu diesen gehören. Und wenn das alles einmal abgeschlossen war, werde das Verlagshaus Radelpha sich umkrempeln wie eine Raupe und einen neuen Verlag ins Leben rufen.

Jenna und Joanna begriffen nichts von diesen Prophezeiungen. Sie stellten aber auch keine Fragen. Radelpha war keine Frau, die sich unterbrechen ließ.

Plötzlich erklärte sich Radelpha zum Thema Autorität. Autorität sei notwendig gewesen, denn mit Steinen, die man alle gleich hoch oder niedrig setzte, habe man schließlich kein Verlagshaus errichten können. Man musste sie übereinanderschichten. Radelpha hatte sich bereiterklärt, den obersten Stein zu bilden und die ganzen Jahre an der Spitze zu verbringen. Sie hatte dem Gebäude eine Ausrichtung gegeben. Sie hatte den Dachstuhl gezimmert. Sie hatte das Dach gestützt.

Jetzt aber waren diese Zeiten vorbei. Das Buch war entsiegelt. Joeanna Fortunaggi hatten es vorgeführt. Bald würden die Bücher bewohnt sein. Radelpha konnte wirklich nicht anders, als Joeanna Fortunaggi zu danken. Sie konnte nicht anders, als jetzt aufzustehen und sich zurückzuziehen. Was sie betraf, so hatte sie alles gesagt. Und während diese Worte ausgesprochen wurden, vollführte Radelpha auch schon die dazugehörigen Gesten. Sie erhob sich und schlüpfte in ihren Mantel.

Während Radelpha das tat, sahen Jenna und Joanna sie in einem farbig getönten Dunst stehen. Das Phänomen war unerklärlich. Jenna und Joanna blickten um sich. In der Nähe gab es keine Lampe. Aber dieser Dunst war nicht geträumt: Jenna Fortuni und Joanna Fortaggi sahen im Spiegel den verdatterten Blick des Kellners, der eben eingetreten war und Radelpha nun respektvoll zur Tür begleitete.

Als die beiden Schriftstellerinnen jene außergewöhnlichen Augenblicke erlebten und Radelpha sich von ihnen verabschiedete, mussten sie sich zwingen, nicht von einem Mikrophänomen abgelenkt zu werden, das sich gleich neben Radelpha abspielte. Während Radelphas Ansprache hatte sich an dem Verleger zu ihrer Seite nämlich eine Umwandlung vollzogen. Seine Person hatte sich mit größter Geschwindigkeit verändert. Er war in eine andere Daseinsart eingetreten.

Gleich nach Radelphas Ankunft hatte sich die Materie des Verlegers zu ordnen begonnen. Sie hatte einen glatten und ruhigen Lauf angenommen. Und ganz plötzlich hatten Jenna und Joanna gespürt, dass sich die in Wandlung befindliche Verlegermaterie ihnen annäherte. Die kleinen Kanten und Gräten, die sie bis zu diesem Tag geängstigt und abgeschreckt hatten, waren ineinander verschmolzen wie Halme auf einem Feld, das man vom Flugzeug aus sieht. Jenna und Joanna hatten an Höhe gewonnen. Sie sahen ihren Verleger jetzt anders. Sie konnten das, was seine Person war, nun viel leichter umfassen. Und damit kam ihnen die schnelle und schlichte Einsicht, dass die Anwesenheit des Verlegers gut für sie war. Und dass er keine Macht über sie hatte. Er stellte keine Bedrohung dar. Joanna, Jenna und der Verleger arbeiteten Hand in Hand.

Bilder von Flügeln und Schmetterlingen hatten sich Jenna und Joanna vor die Augen gedrängt und mit ihnen die Einsicht, dass die ganze Arbeit des Verlegers nur zu ihrem Besten war.

Diese Entdeckung war umwerfend. Jenna fragte sich sogar, wie sie ihren Verleger als Kaiman hatte betrachten können. Dieser Kaiman war plötzlich mutiert. Er hatte seinen Gesichtsausdruck und seine beiden auseinanderdriftenden Augen behalten, aber es war nun klar, dass dieser Blick von seiner Seite aus eine Meisterleistung war, mit der er Jenna und Joanna begleitete und führte, und nicht etwa ein Mittel, um sie im Zaum zu halten.

Wenn die beiden Romanautorinnen genau nachdachten, hätten sie natürlich sagen können, dass ihnen die Dinge in der Vergangenheit manchmal brutal und gezwungen vorgekommen waren. Aber es genügte ihnen schon, an das leichte Aufsteigen der Flügel auf allen Seiten ihres Buches zu denken und an all die zufälligen Schmetterlinge, die sich dort materialisiert hatten, um zu verstehen, was der Verleger von Radelpha eingebracht hatte. War ihr vereinigtes Gesicht nicht segensreich? Und drückte der Schmetterling vom Buchende in seinen glühenden Schuppen nicht Vereinigung und Freiheit aus?

Und während die beiden Schriftstellerinnen noch wie in einem Feuerwerk all diese Entdeckungen machten, beendete der Verleger sein langes Schweigen und hob wieder zu reden an. Jetzt, da Radelpha fort sei, betrachte er es als seine Pflicht, bestimmte Dinge klarzustellen und ihre Äußerungen zu ergänzen. Wie Radelpha ihnen schon gesagt hatte, war das erste Buch von Joeanna Fortunaggi tatsächlich nicht so konzipiert worden wie die anderen Bücher. Für Radelpha hatte es den ersten Baustein einer Reihe dargestellt, von welcher der Verleger hoffte, sie möge endlos sein.

Joeanna Fortunaggi waren ein ideales Leitbild. Sie konnten einer Autorin Gestalt verleihen, sich in einem einzigen Buch vereinigen und doch zwei Charaktere, zwei Leben und zwei mal zwei Namen behalten. Auf diese Weise verkörperten Joeanna Fortunaggi die Quintessenz dessen, was eine Autorin sein konnte: einzig, doppelt, vierfach, mannigfaltig, aber in allen Punkten authentisch. Und dazu auch noch unberechenbar, sagte der Verleger mit einem feinen Lächeln und spielte damit – Jenna und Joanna verstanden es sofort – auf ihre Eigeninitiative an, die sie bewogen hatte, ganz allein in die Bücher einzutreten.

Der Verleger kam auch noch einmal auf Radelphas Erklärungen zurück: Die Architektur des Verlagshauses war nach all den Jahren nun endlich stabil. Die Edition Radelpha konnte auf einer anderen Ebene tätig werden. Sie konnte der bisher reglosen Materie der Bücher endlich Leben einhauchen.

Vor dem Fortgehen wollte der Verleger noch eine letzte Klarstellung anbringen. Er begann von den Schmetterlingen und den Flügeln im Innern ihres ersten Buches zu sprechen. Jenna und Joanna hörten verblüfft, wie er die Erscheinung beschrieb und kommentierte. Der Verleger war imstande, die einzelnen Illustrationen aus dem Gedächtnis abzurufen, sodass Jenna und Joanna keinen Zweifel mehr hatten: All diese Flügel und diese Schmetterlinge, der Verleger kannte sie auswendig. Nichts von dem, was man in dieses Buch gesteckt hatte, war ihm fremd.

Der Verleger fragte Joeanna Fortunaggi noch, ob ihnen aufgefallen sei, dass die Zahl der Flügelpaare, die sich zusammenzufinden schienen, um vollständige Schmetterlinge zu bilden, mit zunehmender Seitenzahl anstieg. Jenna und Joanna bejahten das. Bei dieser Antwort erhellte sich das Gesicht ihres Verlegers. Und mit Genugtuung lieferte er ihnen endlich den Schlüssel zum Verständnis: Die Vereinigung dieser vier Flügel war Radelphas Wille gewesen; sie hatte es für notwendig gehalten, derart auf Joeanna Fortunaggis zwiefache Doppelnatur hinzuweisen. Die vier Flügel des Schmetterlings, auf denen ihre Gesichter eingeschrieben waren, drückten jenen Seinszustand, jene Tatsache aus: Jenna und Joanna. Fortuni und

Fortaggi. In diesem Sinne konnte man behaupten, dass der lumineszierende Schmetterling am Ende des Buches den wissenschaftlichen Namen *Joeanna fortunaggi* trug.

Mit diesen Worten und ohne weiter auf die Blicke seiner Superautorin zu achten, die sich verwirrt und geschmeichelt fühlte, verabschiedete sich der Verleger und entschwand.

75

Gleich am Tag nach ihrer Begegnung mit Radelpha hatten Joanna und Jenna ein Buch zu schreiben begonnen. Dieses Buch war nicht das achte von Joanna Fortaggi oder das fünfte von Jenna Fortuni; es war für sie beide das erste. Ihre Aufgabe wurde dadurch erleichtert, dass jede die Wörter schon in der anderen Autorin hervortreten fühlte, noch ehe diese sie ausgesprochen hatte. So konnten Jenna und Joanna umso schneller arbeiten. Jenna hatte zögernd die ersten Wörter vorgeschlagen. Joanna hatte sie auf ihrem Bildschirm niedergeschrieben und ein paar weitere hinzugesetzt. Und als die beiden Schriftstellerinnen diese Wörter aneinanderfügt hatten, hatten sie gesehen, dass wieder andere Wörter den Satz auf sinnvolle Weise vervollständigten. So waren sie rasch vorangekommen.

Regelmäßig las Joanna ihrer Kollegin die Wörter, die sie gemeinsam gefunden hatten, noch einmal vor. Sie stellten überrascht fest, dass Wörter, wenn sie erst einmal miteinander verbunden waren, einen Einfluss auf ihr Umfeld ausübten: manchmal war es zum Guten, aber manchmal schadeten sie einander auch, und dann gab es keine andere Lösung, als das misstönende Wort zu ersetzen. Es war eine spannende Arbeit.

Für beide war es eine völlig verrückte Erfahrung, dass sie ihr nächstes Buch mit Wörtern verfassten, die ihrem Geist direkt entsprangen. Noch vor wenigen Wochen hätten sie nicht geglaubt, dass man so etwas tun konnte. Damals wären sie noch versucht gewesen, auf Sammlungen zurückzugreifen. Aber die Wörter waren da und bewiesen, dass es möglich war. Man konnte sie auf den Bildschirmen lesen, schwarz auf weiß. Sie entstanden, ohne dass Jenna und Joanna sie in ihrem Geist herannahen sahen, und flossen dann schnurstracks in die Seite ein, die einmal ein Buch werden sollte.

Am mysteriösesten war natürlich die Herkunft dieser Wörter. Der winzige Moment, in dem eines von ihnen aufstieg, war unmöglich zu fassen. Jennas und Joannas Bewusstsein hatte während der ersten Augenblicke neutral und leer gewirkt. Die beiden Schriftstellerinnen hatten sich vor ihren Bildschirmen gefragt, welche Wörter sie wohl finden konnten. Aber plötzlich, schneller als ein Wimpernschlag, war ein komplettes Wort da gewesen und hatte eine ganze Schar von anderen Wörtern im Gefolge gehabt. Jenna und Joanna hatten sie ergriffen, und wieder andere Wörter hatten sich bis zu ihnen durchgedrängelt.

Der Zufall hatte es so gewollt, dass die Niederschrift dieses ersten Buches in Jenna Fortunis Wohnung begonnen hatte. Am ersten Tag hatten sich die Schriftstellerinnen darangemacht, im Wohnzimmer auf ihren Bildschirmen zu schreiben. In ihrer Eile waren sie nicht einmal so geistesgegenwärtig gewesen, die Treppe hochzusteigen, um sich in Jennas Büro bequem einzurichten.

Am Ende des ersten Vormittags steckte Jennas Mann den Kopf aus der Tür seines Arbeitszimmers. Er schaute zu ihnen hinunter. Bevor er die Tür wieder zuzog, fragte er seine Frau, ob alles in Ordnung sei. Weitere Fragen stellte er nicht. Wahrscheinlich hatte er mitbekommen, dass sich in seinem Wohnzimmer gerade etwas Außergewöhnliches abspielte. Seine Antennen waren gut ausgebildet und superfein.

Auch Jennas Vogel zeigte sich für diese Vorgänge empfänglich. Weil er fühlte, dass er nicht genügend beachtet wurde oder dass sich hier etwas zusammenbraute, begann er zu dieser unüblichen Stunde sein Bad. Jenna schimpfte quer durchs Wohnzimmer mit ihm. Der Vogel scherte sich nicht darum, und bald waren auf dem Fußboden um seinen Käfig herum Pfützen entstanden. Das Herumgepfeife des badenden Vogels störte die Autorinnen erheblich. Als seine Badeschüssel leer war, machte sich der Vogel daran, mit dem Schnabel im Futternapf herumzurühren, bis auch die Körner samt diversen Flaumfedern rings um den Käfig verstreut lagen. Jenna war aufgebracht; sie musste das Schreiben sein lassen und sich um den Vogel kümmern. Sie warf ein Tuch über seinen Käfig. In diesem Moment unterbrach der Vogel sein Pfeifen und brachte ein Wort hervor – das erste an Jenna gerichtete. Sie hob das Tuch kurz an, und der Vogel, den Blick starr auf einen Punkt gerichtet, rief mit rollendem R: »Der Schrrrrriftsteller!«

Als das Tuch wieder über seinen Käfig fiel, versank der Vogel sofort in jene seltsame Starre, die Jenna immer an ein Standby erinnerte. Man konnte schlecht sagen, was in ihm ablief, wenn sich das schwarze Tuch über den Käfig senkte. Sein Leben und seine Bewegungen waren vorläufig ausgesetzt, und das war so leicht zu erreichen gewesen, als wenn Jenna auf einen Knopf gedrückt hatte.

Es war inzwischen allgemein bekannt, dass Joeanna Fortunaggi von den Bildschirmen so gut wie verschwunden waren, weil sie mitten in den letzten Arbeiten an ihrem Buch steckten. Die beiden Schriftstellerinnen waren nicht mehr so präsent. Sie hatten sich irgendwohin zurückgezogen und blieben für die Öffentlichkeit unsichtbar. Allerdings hatte das Fernsehen ihre Abwesenheit genutzt, um einige Dokumentarfilme über ihre Erfolge auszustrahlen. Wie zu erwarten gewesen war, hatten sich mehrere Sender darum geschlagen, exklusiv von der Premiere des nächsten Buches von Joeanna Fortunaggi berichten zu dürfen. Und natürlich hatte der Sender den Sieg davongetragen, der mit dem größten Podium, den höchsten Einschaltquoten und dem geschmeidigsten und flummihaftesten Moderator aufwarten konnte.

Was das Buch selbst betraf, hatte bisher keine der Fernsehanstalten sein Geheimnis lüften können. Manche Produzenten meinten behaupten zu dürfen, es werde ein großes und ergiebiges Werk, dessen Umschlag die Farbe von Senf oder von Heidelbeerkonfitüre haben werde. Aber nichts davon war sicher. Dieselben Produzenten waren ziemlich erstaunt gewesen, dass Joeanna Fortunaggi Tag und Stunde des Erscheinens so bereitwillig preisgegeben hatten. Das hatte die Spannung beinahe abgetötet. Und doch war es eine unvermeidliche Enthüllung gewesen, da sich das Erscheinen des Buches ja in einer Livesendung abspielen sollte.

In Wahrheit war Joeanna Fortunaggis neues Buch längst fertig. Jenna und Joanna waren einfach nur zu Hause geblieben. Nach all den Emotionen brauchten sie einen Vorwand, um durchatmen zu können und ein paar

Monate Urlaub zu machen. Die Flutwelle, die das Erscheinen ihres neuen Buches begleiten würde, sollte sie noch früh genug einholen.

Jenna Fortuni kümmerte sich um die Inneneinrichtung ihrer Wohnung. Das war neu für sie. Zum ersten Mal seit Jahren machte sie in der ganzen Wohnung klar Schiff. Sie fand ein gewisses Vergnügen daran, all diese Geräte und Reinigungsprodukte zu benutzen. Ihr Mann verließ jetzt häufiger sein Arbeitszimmer, um ihr dabei zuzuschauen. Er sagte, diese ganze Umtriebigkeit stimuliere seine Neuronen. Wenn sich der Tag neigte, bat Éden Fels Jenna manchmal, mit ihm ins Restaurant zu gehen. Hinterher wollte er noch in den Streichelzoo. Und danach wollte er in eine Autobahnraststätte und schließlich nach Hause. Jennas Mann plante immer ein gut gefülltes Programm. Wenn er ausging, fürchtete er, sich zu langweilen. Und dabei hatte er doch stets seinen Bildschirm bei sich, auf dem er in jedem beliebigen Moment herumtippen, spielen, sich entspannen, diskutieren, die Temperatur messen, Texte schreiben, reisen, herumwandern und sich zerstreuen konnte.

Eines Tages waren Jenna und ihr Mann nach der Mittagsruhe vor den Bildern von Jack und Pam, die an den Fenstern klebten, stehen geblieben. Sie hatten die Klebebilder schon lange nicht mehr bewusst angeschaut. Die beiden Knirpse waren so lustig und spöttisch wie eh und je. Sie hatten sich nicht um die kleinste Sommersprosse verändert. Ihre Wangen waren immer noch rund und rot. Über ihren Stirnen stand noch derselbe freche Haarschopf. Ihr Lächeln war immer noch nervig und siegesgewiss.

Jack und Pam würden nie mehr sein als das, was sie in diesem Augenblick zeigten. Jenna und ihr Mann wussten das nur zu gut. Jack und Pam würden nicht wachsen. Sie würden auf ewig zwei Schlingel sein, die nie auch nur

Mama oder Papa sagen könnten. Die Vorteile, die Jenna und ihr Mann beim Erwerb von Jack und Pam gesehen hatten, kehrten sich nun gegen die Klebebilder. Gewiss, sie machten keinen Lärm, und man konnte arbeiten, wenn sie sich in der Wohnung aufhielten. Sicher, sie aßen nichts und tranken nichts und kosteten kein Geld. Die Wohnung war immer schön aufgeräumt, und an den cremefarbenen Wänden des Wohnzimmers gab es keine Abdrücke von kleinen Handtellern, derentwegen man alles neu streichen musste. Jenna und ihr Mann konnten am Sonntag bis in die Puppen schlafen. Sie hatten ruhige Nächte und Tage. Sie hatten keine Augenringe. Sie wirkten jung und fit.

Aber für all das mussten sie einen hohen Preis zahlen: Jack und Pam waren auch nie von der Schule heimgekehrt, sie hatten nie die Küche mit ihrem Geplapper erfüllt. Jenna und ihrem Mann war nie das Herz vor Freude gehüpft, wenn sie die Stimmen ihrer Kinder vernommen hatten. Es war in ihrer Brust auch nie explodiert und geschmolzen. Jenna hatte beim Anblick ihrer Kinder nie gedacht, dass diese, wenn es Jenna nicht mehr gab, die Erinnerung an sie weitertragen würden. Ihr waren niemals plötzliche Einsichten über sich selbst gekommen, wenn sie sich im Spiegel ihrer Kinder betrachtet hatte. Was Jenna ganz für sich allein gelernt hatte, hatte sie nie an ihre Kinder weiterreichen können. Jack und Pam hatten flache Hirne. Tag für Tag hatten sie dieselbe freche und dümmliche Miene aufgesetzt. In der Schule waren sie sicher Versager. Jenna hatte ihnen nie Geschichten erzählen oder die Nägel ihrer niedlichen Füßchen schneiden können. Jack und Pam trugen tagaus, tagein runde Knobelbecher. Ihre Arme hatten Jennas Hals nie mit schlanken Girlanden aus Fleisch und Blut geziert. Und ihre eigenen Hälse hatten nie nach

Pony gerochen oder nach Vanilleplätzchen. Jack und Pam hatten Klebstoffgeruch.

Jenna und ihr Mann seufzten. Sie warfen einander fragende Blicke zu. Beide hatten ihre Gedanken zu Ende gedacht. Ihre Schlussfolgerungen waren identisch: Die Zeit für Jack und Pam war vorbei. Von einem plötzlichen Antrieb erfasst und mit einer Spur von Hast fassten sie den Beschluss, sich ihrer Klebebilder zu entledigen.

Die beiden Bilder waren mit Leim angebracht worden. Man bekam sie nicht so leicht ab. Der an den Scheiben haftende Kleber hinterließ breite beigefarbene Schmuddelstreifen. Jenna und ihr Mann rückten ihnen mit Schabemessern zu Leibe. Jennas Mann erinnerte seine Frau beim Kratzen daran, dass er es gewesen war, der damals den Kleber aufgetragen hatte. Dieser große Tag stand ihm noch im Gedächtnis. Auch Jenna erinnerte sich gut: Als sie Jack und Pam an ihrem Fenster hatte kleben sehen, hatte sie ein tiefes und mächtiges Gefühl überwältigt. Mit einem Mal war die Wohnung offen und ausgefüllt zugleich. Dabei waren die Dinge noch an ihrem Platz, und doch schien alles geplündert und völlig durcheinandergebracht worden zu sein.

Alles in allem war es nicht so einfach, Kinder, die jahrelang festgeklebt waren, abzulösen und wegzukratzen. Zum Ende des Nachmittags waren die Scheiben noch immer nicht völlig sauber. Trotz aller Kratzanstrengungen verblieben an manchen Stellen noch kleine Spuren, die verrieten, dass hier ein Stickerkind geklebt hatte.

Wenn Jenna am Abend ins Bett ging, zogen diese Stellen ihren Blick an. Ein winziges Fragment von Jacks Kopf klebte noch an seiner alten Stelle. Es war nur ein Schnipselchen seiner Wange, aber es genügte, um Jacks Blick und seine spöttische Art heraufzubeschwören. Die Spuren schienen untilgbar zu sein. Jenna musste wieder an ihre Klebebilder denken. Jack und Pam waren immer noch da.

77

Eines Nachmittags faulenzte Joanna Fortaggi in ihrem Wohnzimmer. Es war einer jener bernsteinfarbenen Nachmittage, die Joanna so mochte. Sie hatte den Herbst schon immer geliebt. Wahrscheinlich lag es daran, dass sich in dieser Jahreszeit Kühles und Warmes vereinten – genau wie in ihr. Hatte sie ihrem ältesten Sohn nicht den entzückenden und überzeugenden Vornamen Oktober gegeben, obwohl er im Juli geboren war?

Und genau in diesem Moment betrat Oktober das Wohnzimmer. Er sah Joanna nicht. Joanna hatte sich auf der Couch halb ausgestreckt und die Füße auf einen Stuhl gelegt. Im Verborgenen, wo die Kinder sie nicht entdecken sollten, blätterte sie gerade ihr nächstes Buch durch, das sie hinter ihrem Bildschirm versteckt hielt. Das Buch war am Vortag eingetroffen, in einer Holzkiste, von Eilboten zugestellt. Diesmal war die Kiste nicht besonders groß gewesen. Joanna hatte nicht im Stroh herumwühlen müssen, um ihr Buch zu finden.

Joanna legte ihre Tarnvorrichtung hin und schaute ihrem Ältesten hinterher. Wegen des Chips, den er unter der Haut trug, verspürte sie in seiner Gegenwart neuerdings ein leichtes Unwohlsein. Nun ja, es war nicht weiter schlimm. Eine winzige Platte, eine harte Oberfläche von der Festigkeit einer Erbse in seinem jungen Wesen, das sich noch in ständiger Umwälzung befand. Joannas ältester Sohn durchquerte das Wohnzimmer. Er ging schnurstracks in die Südwestecke. Oktober führte eine Dummheit im Schilde; Joanna sah das an der Art, wie er sich auf die Innenseite der Wangen biss. Diese versteckten Bisse kannte Joanna an ihrem Sohn, seit er klein war. Das Zeichen war deutlich: Ihr Ältester schickte sich an, etwas Verbotenes zu tun. Joanna konnte das auch an seiner Materie ablesen und an der Art, wie er sich zwischen den Möbelstücken hindurchwand, um ja keinen Lärm zu erzeugen.

Oktober setzte sich an den Tisch. Die Herbstsonne umgab sein fettiges Haar mit sattem Licht. Die Jalousien setzten sich in Bewegung und fuhren geräuschlos bis auf halbe Höhe hinab. Joanna schloss daraus, dass ihr Sohn es seinem Chip so befohlen hatte. Ein paar Minuten verstrichen. Man hörte nicht, was Oktober machte. In der Höhlung der Couch verborgen, konnte Joanna nur seinen Rücken sehen. Sie zog den logischen Schluss, dass er gerade ein Buch las. Daran wäre nämlich nichts Erstaunliches gewesen. Die ganzen letzten Monate hindurch hatte er sich trotz Joannas Ermahnungen in alte Bücher versenkt, die buchstäblich in Stücke fielen. Diese Bücher hatten meist keinen Einband mehr. Joannas Sohn musste sie auf einem Flohmarkt gefunden haben, oder vielleicht hatten seine Freunde sie in einem Trödelladen aufgestöbert. Wie oft hatte Joanna, wenn sie nach Hause kam, von ihrem Ältesten nur den Scheitel hinter einem Buch hervorragen sehen – einen Scheitel übrigens, der immer ein Haarshampoo nötig gehabt hätte! Ihre Blicke waren sich selten begegnet. Bei diesen Gelegenheiten hatte Joanna ihm nicht nur geraten, sich die Haare zu waschen, sondern ihn auch davor gewarnt, dass ihm bald Stielaugen wachsen würden.

Natürlich hatte Joanna inzwischen andere Ansichten über Bücher. Ihre Meinung hatte sich von Grund auf verändert. Joanna war in die Bücher hineingegangen. Eins hatte sie sogar wirklich geschrieben. Diese Wendung brachte sie in Verlegenheit. Wie sollte sie es ihren Kindern erklären? Joanna hatte noch nicht die richtigen Wörter dafür finden können, aber sie versuchte ihren Meinungswandel durch kleine Gesten begreiflich zu machen: Sie schimpfte ihren Sohn nicht mehr aus, wenn sie ihn mit der Nase im Buch überraschte, und seit einigen Tagen strich sie ihm sogar sanft übers Haar. Aber natürlich nur, wenn es sauber war.

Oktobers Rücken bewegte sich noch immer nicht. Joanna konnte sich nicht entschließen, ihre Anwesenheit kundzutun. Es vergingen noch einige Minuten in absoluter Stille. Joanna vernahm nicht einmal das Geräusch von Buchseiten oder Schreibpapier. Gerade fragte sie sich, ob ihr Sohn nicht mit seinem Bildschirm beschäftigt war, als Oktober mit einem Satz aufsprang und aus dem Zimmer rannte. Kaum hatte er es verlassen, erhob sich auch Joanna mit einem Ruck und eilte in die Südwestecke. Sie wollte gern erfahren, in was für ein Buch sich ihr Sohn vertieft hatte. Mit einigen schnellen Schritten erreichte sie den Stuhl, auf dem er gesessen hatte.

Joanna hatte sich nicht getäuscht. Auf dem Tisch zeichnete sich das Rechteck eines Büchleins ab. Es war ein seltsames Heft, das da auf der Holzplatte lag. Joanna hatte nicht viel Zeit. Sie griff nach dem Büchlein. Die erste Überraschung war, dass es nicht von einem Verlag kam. Es war ein zusammengebasteltes Büchlein. Sein Umschlag war aus einer Pappe, die kaum dicker war als das Papier. Kurz und gut, das Buch bot ein jämmerliches Erscheinungsbild. Es ähnelte einem Spielzeug. Joanna erkannte eine Pappverpackung wieder, wie man sie etwa bei tiefgefrorenen Himbeeren fand. Auf dem Umschlag, oberhalb des Buchtitels, war der Name des Autors verzeichnet, und zwar per Hand und mit einer ungeschickten Schrift, die neutral zu wirken versuchte. Als Joanna ihn las, durchfuhr es sie wie ein Pfeil. Der Autor dieses Büchleins war Oktober Fortaggi.

Joannas Augen füllten sich mit Tränen. Es rührte sie, dass ihr Sohn zur gleichen Zeit wie sie selbst auf den Gedanken gekommen war, ein Buch zu schreiben, und dass er dabei ihren Nachnamen gewählt hatte und nicht den ihres Mannes. Dass er sein Buch mit der Hand zu schreiben begonnen hatte, haute sie wirklich um. Es war so romantisch. Und es war so unschuldig. Joanna fühlte sich plötzlich in die fernen Zeiten zurückversetzt, als sie davon zu träumen begonnen hatte, Schriftstellerin zu werden. Diese aus dem Handgelenk heraus gezeichneten naiven Buchstaben waren einfach entwaffnend. Sie schienen beinahe zu zucken. Ein Stift, der auf der Tischplatte lag, kündete davon, dass der Text noch nicht vollendet war.

Joanna klappte den Umschlagdeckel vorsichtig auf und achtete darauf, ihn nicht mit einer Träne zu benetzen. Oktober hatte Löcher in die Seiten gemacht und sie mit Bindfäden zusammengebunden. Joanna wusste, dass sie etwas Schlimmes tat. Und doch stürzte sie sich, ohne zu zögern, auf die erste Zeile.

78

Seit sie in das Buch eingetreten war, hatte Joanna das Gefühl, in ein anderes Universum vorzudringen. Hier gab es wenig Luft zum Atmen, und die Konturen waren nicht klar definiert. Die Entfernungen, die Räume verschwammen. Dinge und Personen tauchten aus dieser Vagheit auf, als wären sie schon immer dort gewesen. Sie wurden nicht weiter erklärt. Sie traten aus einem Nebel hervor. Soweit Joanna das Gelesene verstehen konnte, handelte es sich um eine Erzählung, in deren Mittelpunkt ein junger Mann stand. Begleitet wurde er von Teilchen, die aus diversen Bildschirmen gekommen waren. Der Text war voller Lücken. Er war ungeschickt. Er wies unverständliche Verkürzungen auf. Oktober hatte offenbar nicht begriffen, was man in einem Buch machen musste. Joanna konnte oft nur Spekulationen anstellen. Aber sie sah mit Erleichterung, dass es sich um keine Sammlung handelte.

Der junge Mann war in sämtlichen Szenen präsent. Es gab praktisch keine Zeile, in der er nicht agierte und irgendwelche Glanztaten vollbrachte. Dieser Held übte magische Gewalt auf Gegenstände aus. Das Universum gehorchte ihm. Mit der Kraft seines Geistes bestimmte er, was geschah. Wenn ihm ein Ereignis missfiel, beschloss er einfach, es ungeschehen zu machen. Dieser junge Mann war allein. Er hatte nicht einmal Gegner. Auf Seite sechs passierte allerdings etwas, womit Joanna im Grunde schon gerechnet hatte: In der Nähe des Jungen tauchte eine weibliche Figur auf. Diese Figur war weniger wichtig. Sie war deutlich älter als der Junge, und obwohl das entsprechende Wort nirgends geschrieben stand, ließen ihre Rolle und ihre Haltung an eine Mutter denken. Joanna überflog diese Zeilen mit pochendem Herzen.

Die alternde Figur der Mutter wurde kaum einmal sichtbar. Wo es doch der Fall war, stellte Joanna pikiert fest, dass sie mit gemeinen Adjektiven versehen war. Sie blieb halb im Nebel verborgen. Sie hatte Handlungen begangen, für die der Held sie ohne Weiteres hätte fortjagen können. Manchmal war es die Mutter, die sich den Jungen vornahm. Der überzog sie dann mit Verwünschungen. Diese Wortfolgen konnten sich über viele Zeilen erstrecken. Die Teilchen aus den Bildschirmen versammelten sich, um die Mutter zu vertreiben. Diese Szenen liefen auf nichts hinaus: ohne Übergang und tieferen Grund standen sich Mutter und Junge plötzlich wieder nahe, und ihr Bündnis wurde nicht weiter infrage gestellt.

Die Frau tauchte noch in einer anderen Szene auf. Es ging darum, dass der Junge ihr eine magische Kraft übertragen wollte. Der Text verriet nicht, worin sie bestand, aber es wurde deutlich, dass diese Kraft der Figur bisher gefehlt hatte. Dann erschien eine weitere Frau im Buch. Ihre Attribute waren stolz und aufgeblasen. Joanna verstand gar nichts mehr. Vielleicht handelte es sich um ein anderes Kapitel. Der Text ging nicht weiter. An dieser Stelle mussten Joannas Sohn die Kräfte oder die Inspiration verlassen haben, oder vielleicht hatte ihn eine elektronische Nachricht bei der Arbeit unterbrochen.

Oktober konnte jeden Augenblick zurückkommen. Joanna legte das Büchlein wieder hin und entfernte sich vom Tisch. Aber gleich darauf überlegte sie es sich noch einmal; sie machte kehrt und griff nach dem Buch ihres Sohnes. Dann ging sie raschen Schrittes zum Sofa, schob ihre Hand unter ein Kissen und zog ihr eigenes Buch hervor. Sie verbarg die Bücher an ihrem Busen und steuerte den Bücherschrank an. Dort öffnete sie die Glastür und stellte die beiden Bände hinein, einen neben den anderen, sodass man die Cover gut sehen konnte. Als sie die Tür wieder geschlossen hatte, trat sie ein paar Schritte zurück, um das Arrangement begutachten zu können.

Joanna war mit der Wirkung zufrieden. Das zusammengeschusterte Buch von Oktober und das elegante Buch von Joanna standen sich gegenüber. Sie berührten sich fast und bildeten nach hinten einen Winkel, in dem sie sich mit einer gewissen Herzlichkeit zu gratulieren und auf die Schultern zu klopfen schienen. Ja, zwischen diesen beiden Büchern gab es eine gewisse Kameradschaft. Sie waren wie gute Freunde. Sie ermutigten sich gegenseitig. Sie amüsierten sich gut.

Es war kein Zufall, dass Joanna die Bücher gerade auf dieses Brett gestellt hatte. Sie hatte den mittleren Einlegeboden gewählt, etwa in Augenhöhe ihres Sohnes. Oktober war nicht besonders groß. Und er war sehr neugierig.

79

In den Stunden vor jener Sendung, in der ihr neues Buch erscheinen sollte, hatten Jenna Fortuni und Joanna Fortaggi eine unglaubliche Zahl von Nachrichten erhalten. Jenna hatte sich richtig überflutet gefühlt. Ihr war nie bewusst gewesen, dass sie so viele Freunde hatte. Ohne es zu merken, hatte Jenna in letzter Zeit mehrere Hundert kennengelernt. Und zu ihren Grillpartys und Geburtstagsfeiern hatte sie auf ihrem Balkon fast noch einmal so viele empfangen.

Alle diese Katalogfreunde traten jetzt in Erscheinung. Sie taten es im Hunderterpack, pünktlich, zur selben Stunde, alle zusammen. Sie waren derselben Logik gefolgt. Sie gehorchten demselben Antrieb. Diese Katalogfreunde zeigten auch mehr oder weniger dieselben Reaktionen. Ihre Nachrichten enthielten, wenn man von ein paar Kommas oder Punkten absah, dieselben Texte. Auf jeden Fall war die Tonlage einheitlich: Die Freunde hatten sich alle für die Variante *Aufrichtigste Glückwünsche* entschieden.

Das Problem für Jenna lag darin, diesen Namen Gesichter zuzuordnen. Sie konnte sich nicht mehr an Karabinette, Protzator, Koala95, Kleine-Mühle-im-Wind oder Minimax371 erinnern. Zum Glück bewies Jennas

Mann in diesen Dingen erstaunliches Talent. Er war ihr eine außerordentliche Hilfe. Nicht nur, dass er jedem Namen ein Gesicht zuordnen konnte und Jenna in wenigen Worten auf die typischen Merkmale hinwies – er hatte ihr auch angeboten, die Nachrichten für sie zu beantworten. Die Wörter, die er geschrieben hatte, waren dezent und reizend. Das hätte manch einen verwundern können, aber Jennas Mann hatte ein klares, genaues und scharfes Auge auf die Katalogfreunde geworfen. Nicht umsonst zählte er in seinem Beruf zur Weltspitze. Er hatte chamäleongleiche Fähigkeiten und eine unersättliche Neugier auf alles, was von Nahem oder Weitem mit den Metamorphosen des Lebens zu tun hatte. Und all das, ohne auch nur einen Fuß aus seinem Arbeitszimmer setzen zu müssen.

Joanna Fortaggi war ebenfalls mit Nachrichten und Anrufen überschwemmt worden. Sie aber hatte nicht den Boden unter den Füßen verloren. Die Nachrichten kamen aus allen vier Himmelsrichtungen. Joannas Freundinnen aus der ganzen Welt wussten über das bevorstehende Erscheinen ihres nächsten Buches Bescheid. Auch sie reagierten alle in derselben Minute. Sie wollten ihrer Freude Ausdruck verleihen. Joanna musste ihnen versprechen, gleich morgen Übersetzungen des Buches in alle ihre Sprachen anzustoßen. Die Freundinnen aus der ganzen Welt waren hocherfreut. Selbstverständlich war das reine Höflichkeit. Joanna Fortaggi wusste es genau: Ihr Buch würde bei diesen Freundinnen sofort Richtung Bücherschrank wandern und dort in einen hundertjährigen Schlaf verfallen. Diese Freundinnen hatten nie auch nur für eine Sekunde ein Buch betreten. Und ganz bestimmt hatten sie das auch nicht vor. Wahrscheinlich wussten sie kaum, wie man solch ein Ding in die Hand nahm.

Joannas chinesische Freundin war erst viel später auf dem Bildschirm erschienen, kurz vor der Sendung. Sie sagte, dass sie sehr beschäftigt sei. Ihre Arbeit fraß die ganze Zeit auf. Vor dem Geschnurr ihres Dampfkochers erklärte sie Joanna, dass sie jetzt Mittagspause habe. Sie backe sich gerade ein paar Brötchen.

Während Joanna noch mitten in ihrer Antwort steckte, begann die chinesische Freundin schon wieder zu sprechen. Der Ton funktionierte nicht richtig. Trotzdem gelang es Joanna, ein paar Wörter aufzuschnappen: »Aber wir haben immer sehr glücklich von diese Kommunikation«, sagte ihre Freundin. »Ich wünsche Ihnen die Freude von spielen! Ich wünsche Ihnen ein glücklich, ein glücklich!« Die Freundin zeigte ein breites Lächeln, und ihre Augenschlitze krümmten sich zu zwei kleinen Monden. Als der Kocher einen Klingelton vernehmen ließ, hob sie sein Oberteil ab und holte zehn Brötchen heraus, die feucht und weiß waren wie Schwämme, was sie mit Wohlgefallen kommentierte.

80

Als sie am Abend des Erscheinens ihres neuen Buches auf dem Podium Platz nahmen, kam es Jenna Fortuni und Joanna Fortaggi so vor, als habe sich alles verändert. Das Studio war während ihrer Abwesenheit völlig neu konzipiert und umgebaut worden. Nie zuvor hatten Jenna und Joanna den Studios so große Aufmerksamkeit gewidmet. Böden und Wände waren von einer anderen Farbe und aus einem neuen Material, und die Techniker bedienten Geräte, die ebenfalls neu wirkten. Ihre Kameras waren nicht mehr so massiv. Aus den großen viereckigen Maschinen waren elegante und geschmeidige

Kästchen geworden, die mit Leder ummantelt waren und in hohem Tempo auf langen Zylindern dahinglitten.

Die Moderatorin, die sie in Empfang nahm, war – wie überhaupt immer – von Kopf bis Fuß ein einziges Lächeln. Bis zum Beginn der Sendung war noch etwas Zeit, und sie war noch nicht fertig angekleidet. Ihre Haare baumelten noch ein bisschen herum. Als die beiden Autorinnen das Podium betraten, begrüßte sie sie herzlich, indem sie erst Jennas und dann Joannas Hand zwischen ihre Handflächen presste. Die Handflächen waren stark und feucht.

Diese Moderatorin gehörte zu dem Dreigespann, das der Sender nach dem Ableben seines höchst angesehenen Talkmasters in größter Eile eingestellt hatte. Der kautschukartige Talkmaster hatte tatsächlich das Zeitliche gesegnet. Ja, genau jener Moderator, dessen Gesichtshaut eine seltsame Struktur hatte und der in der Welt der Fernsehzuschauer im Verdacht stand, womöglich ein Faik zu sein, war aus den Studios verschwunden. Er war aus ihnen wegradiert worden wie durch einen Spezialeffekt. Durch seinen Tod hatte der Talkmaster persönlich die Antwort geliefert: Ja, bis dahin war er durchaus lebendig gewesen.

Der kautschukhafte Talkmaster war etliche Jahrzehnte auf Erfolgskurs gewesen. Er hatte die Studios beherrscht. Er hatte tausende Stars in die Falle gelockt und Generationen von Schriftstellern in die Enge getrieben. Sein Gesicht war eine bekannte Marke. Zu allen Zeiten und so weit das zerhäckselte Gedächtnis eines alteingesessenen Fernsehzuschauers zurückreichte, hatte dieser Talkmaster immer aufs Neue geliefert, was schon beim ersten Hinschauen zu erkennen gewesen war: einen großen, rechteckigen Kopf; weite Hautflächen, die für die Kameras glatte Flaniermeilen und somit ein Glücksfall waren; eine ganz besondere Textur, die an Kautschuk erinnerte. Diese Unveränderlichkeit hatte leider auch ihre Kehrseite in sich getragen. Im Laufe der Jahre hatte das so oft gesehene Gesicht des Gummimoderators die Zuschauer genervt. Er hatte Ungeduld erzeugt: Es war einfach nervig, dass der Moderator nichts weiter war als drei verschiedene Mienen, ein Augenzwinkern und ein rechteckiges Stück Haut. Konnte sich diese Oberfläche nicht verändern? Konnten diese Stirn, diese Wangen, diese Lippen sich nicht wandeln? Was gab es wohl im Hinterstübchen dieses Kopfes?

Es lag sicher an Gedanken dieser Art, dass das Ableben des Gummimoderators einen solchen Wirbel auslöste. Sein Tod bot endlich Gelegenheit, ihn in einem anderen Licht zu betrachten. Als der Fernsehkanal mitbekam, wie groß das Interesse war, verkündete er, dass man die sterbliche Hülle des Moderators vierundzwanzig Stunden lang live präsentieren werde. Auf diese Weise konnten die auf ihn gerichteten Kameras allen zeigen, wie faszinierend sein Gesicht in dieser neuen Variante war. Und tatsächlich hatte das Gesicht des Talkmasters, den die Kameras auf seinem Totenbett zeigten, von seinem Glanz verloren. Seine Frisur hatte sich nicht verändert. Der Scheitel war immer noch schnurgerade und weiß. Auch die Wangen hatten ihre sonderbare Textur behalten. Aber sein Blick unter den Lidern war verschwunden. Seine kleinen Augenhöhlen waren leer. Der Talkmaster war schutzlos. Er gab zu erkennen, dass sein Mund eine missmutige Falte aufwies. Ohne sein Lächeln gehörte dieser Mund nicht mehr zu ihm. Der Moderator schmollte. Als er sich in den Tod verabschiedet hatte, hatte er in den Augen aller Menschen das Innere seiner Maske verlassen.

Die Fernsehzuschauer waren ergriffen und entzückt.

Aber die große Frage stand noch immer im Raum: War dieser Moderator ein Faik gewesen? Eine sterbliche Hülle war ja kein Beweis. Die Zuschauer hatten ein Recht darauf, informiert zu bleiben. Sie wollten wissen, was sich in dieser Maske verbarg, in diesen leeren Augen, diesem Mund, der an nichts mehr erinnerte, und diesen Falten aus grauem Kautschuk.

Der Druck war gestiegen. Er war so groß geworden, dass der Sender schließlich nachgeben musste. Nach einem kurzen Tauziehen und einem deutlichen Rückgang der Einschaltquoten erklärte er sich einverstanden, den Moderator den Blicken der Welt preiszugeben. Man ordnete an, dass sein Geheimnis gelüftet werden sollte. Die Kameras begannen wieder zu drehen, und unter ihrer Kontrolle nahmen ordnungsgemäß behandschuhte Spezialisten eine Autopsie vor. Auf diese Weise konnten die Geheimnisse, die der Talkmaster für sich behalten hatte, endlich überallhin verbreitet werden.

Der Obduktionsbericht war mit kleinen Überraschungen gespickt. Die Fernsehzuschauer waren erstaunt, wie viele Informationen man ihnen immer vorenthalten hatte. Und was noch befriedigender war: Man förderte Details zutage, von denen selbst der Moderator nichts geahnt hatte. An seinem Knochengerüst entdeckte man beispielsweise ein frühes Stadium von Verschleiß. Der Moderator hatte dicke Mandeln. In seinen Därmen kam bei der Autopsie ein Polyp ans Tageslicht. Die Spezialisten versicherten, dass es keine bösartige Geschwulst war.

In seinem Abschlussbericht hatte der Fernsehsender verkündet, dass die Zeugungsorgane des Moderators normal entwickelt waren. Das Gehirn hatte man aufgeschnitten. Es hatte nichts Nennenswertes preisgegeben. Das Herz des Moderators war nach Aussagen des Senders blutrot. Es wog einhundertzwanzig Gramm. Seine Leber wurde als so violett wie eine Kalbsleber beschrieben. Seine Lungen waren vollkommen rein und rosa. Seine Arterien waren untadelig. Laut dem Bericht des Senders hatte der Moderator mehrere Goldzähne und eine Prothese, die *Brücke* genannt wurde. Sein Gesicht war dreimal abmontiert worden. Des Weiteren hatte sich herausgestellt, dass dieses Gesicht ganz und gar mit Polyester gefüttert war.

81

Die Produzenten hatten nicht mit Effekten gegeizt. Das Dekor des Podiums war eine Farbexplosion. Jenna konnte sich denken, weshalb: Den Produzenten war es nicht gelungen, genügend Indizien zur Farbe des neuen Buches zusammenzutragen. Der Beweis dafür war der prächtige, das ganze Studio überspannende Regenbogen. Dieser Regenbogen war ganz einfach hinreißend. Er war breiter und reiner als alle Regenbögen, die Jenna in ihrem Leben gesehen hatte. In ihrer träumerischen Stimmung und ihrer Langenweile malte sie sich aus, wie sie ihn erkletterte, um auf seiner Krümmung hinabzurutschen und auf der anderen Seite zu landen. Genau an dieser Stelle war Larsen Frols Platz.

Es gab so viele Gäste, dass Joanna Fortaggi und Jenna Fortuni zwischenzeitlich beinahe vergaßen, dass sie sich auf einem Studiopodium befanden. Sie hatten eher den Eindruck, auf einem Fest zu sein oder auf dem Jahrmarkt. Die beiden Schriftstellerinnen saßen auf dem mittleren Sofa. Es war kein besonders guter Platz, weil die größere der beiden Moderatorinnen die ganze Zeit vor ihnen stand, um das Wort nach rechts oder nach links weiterzugeben und eine Verbindung zwischen den verschiedenen Sofas herzustellen.

Die drei Moderatoren machten einen guten Job. Man hatte sie wegen ihrer Figur ausgewählt; wenn sie nebeneinanderstanden, konnten sie eine Pyramide bilden, denn die Moderatorin in der Mitte war ein wenig größer als ihre Kollegen. Aber an diesem Abend hatten die Moderatoren gar keine Zeit, an solche Pyramiden zu denken. Jeder betätigte sich in seiner Zone, und sie hatten tüchtig zu tun, um die auf zehn Sofas verteilte Menge der Talkgäste in Schach zu halten.

Während der Abwesenheit von Jenna und Joanna hatten sich auch die Sendungen ein wenig verändert. Die Mode des Einwortredens, die noch sehr im Schwange gewesen war, als sie sich aus den Studios zurückgezogen hatten, war seltsamerweise in sich zusammengebrochen. Jetzt drückte sich niemand mehr in einzelnen Wörtern aus. Höchstens noch ein paar alte Moderatoren, die eine nostalgische Sehnsucht nach den Wortmaschinen verspürten und sie in Sendungen zur späten Nachtzeit noch einmal anwarfen. Diese Sendungen schaute sich niemand an. Die Moderatoren konnten dort ihre Pfeife rauchen.

Jenna und Joanna kannten nicht einmal die Hälfte der Stars auf dem Podium. Zum größten Teil waren diese Stars erst hervorgetreten, nachdem Jenna und Joanna beschlossen hatten, in die Bücher hineinzugehen. Mit diesem Abenteuer waren sie beide so beschäftigt gewesen, dass sie sich nicht über die neuesten Entwicklungen informiert hatten. Ein paar Schauspieler minderen Ranges konnten es sich nicht verkneifen, loszuprusten und hinter vorgehaltener Hand zu schwatzen. Die Moderatoren mussten sie pausenlos zur Ordnung rufen und gleichzeitig so tun, als würden sie die Gespräche aufmerksam leiten. Jenna hatte immer stärker das Gefühl, dass diese jungen Luftikusse eigentlich Promis waren. Auch die Kategorie der Schriftsteller war vertreten. Obwohl sie von ihren Büchern begleitet wurden, hatte man sie nicht wegen dieser Werke eingeladen. Sie sollten vielmehr das neue Buch von Joeanna Fortunaggi beklatschen. Denn was war bemerkenswerter als ein Buch, dessen Erscheinen von Autorenkollegen gefeiert wurde?

Um sich die Zeit zu vertreiben, nahm Jenna Fortuni die Schriftsteller unter die Lupe. Sie waren ausnahmslos Professoren, Doktoren, Experten, Neurobiologen oder auch alles zusammen. Man hatte die übliche Zusammensetzung gewahrt: ein anerkannter Autor, auf dem die Pfeiler der Sendung sicher ruhen konnten. Dieser Schriftsteller war eine sichere Bank. Er war liebenswürdig und folgsam. Dann drei Schriftsteller von mittlerer Bedeutung, die ein Stück weiter weg saßen. Man hatte sie gebeten, nicht zu lange Reden zu schwingen. Es war ziemlich auffällig, dass man diese Autoren mehr oder weniger nach dem Zufallsprinzip herausgepickt hatte, in Erwartung zukünftiger Leistungen. Aus ihrer bisherigen Produktion und der gegenwärtigen Sympathie des Publikums ließ sich noch nicht erraten, wer von ihnen den Durchbruch schaffen und eines Tages berühmt sein würde. Jenna war ein wenig überrascht, als sie unter ihnen Maculato Buffalo Walk Hispu Hispi Hey entdeckte, der sich auf seinem Sofa bequem ausgebreitet hatte. Neben dieser Gruppe strahlten vier ganz neue Schriftsteller, die erst vor Kurzem ihr erstes Buch veröffentlicht hatten und höchstwahrscheinlich wieder verschwinden würden, ohne irgendwelche Spuren zu hinterlassen. Deshalb widmeten die Moderatoren ihnen keine allzu große Aufmerksamkeit. Sie erteilten ihnen mit einer Art ruppiger Herzlichkeit das Wort. Jenna wusste nicht, ob es sich dabei um Geringschätzung oder Mitleid handelte.

Larsen Frol hatte man ans andere Ende des Podiums gesetzt. Als Jenna den ihm zugewiesenen Platz sah – ganz am Rand eines Sofas –, begriff sie, dass er noch immer eine Kategorie für sich bildete. Die Talkmaster hatten nie bestimmen können, ob Larsen eher Künstler oder Schriftsteller war oder doch eher Star, Experte, Akrobat, Musiker oder Abenteurer. Daher hatten sie die Gewohnheit, ihn vorsichtshalber so oft wie möglich einzuladen. Es kam darauf an, ihn nicht vergessen zu haben, falls ein Literaturmoebelpreis plötzlich verfügen sollte, dass Larsen Frol genial war.

82

Endlich waren Joeanna Fortunaggi an der Reihe. Die langbeinige Moderatorin schob sich zur Seite, und über den beiden Schriftstellerinnen spuckten die Spots noch glühendere Feuer. Die Moderatorin verkündete pompös, dass Joeanna Fortunaggi etwas enthüllen wollten. Welcher Art diese Enthüllung sein würde, ließ sich natürlich leicht durchschauen, denn das Erscheinen des Buches war in den Fernsehprogrammen und Einstiegsworten zur Sendung angekündigt worden. Aber da auf den Podien eine ewige Gegenwart herrschte, waren die Talkmaster dazu verdammt, so zu tun, als hätten sie kein Gedächtnis und als wäre für sie alles neu.

»Wenn ich mich nicht irre, möchten Sie uns etwas mitteilen?«, wiederholte die Moderatorin und wandte sich Joanna Fortaggi mit einem so schönen Lächeln zu, als wollte sie sie gleich in die Arme schließen. Joanna war nicht weiter beeindruckt. Sie wusste, dass diese Art von Lächeln unumgänglich war. »So ist es«, erwiderte sie. Es gehe um das Erscheinen ihres neuen Buches.

Man durfte nicht zu schnell vorankommen. Die Moderatorin schnitt Joanna das Wort ab und sagte mit Glitzerfünkchen in den Augen: Ein Buch, das Joanna gemeinsam mit einer anderen Person geschrieben hatte, oder? Dabei schielte sie mit strahlendem Lächeln zu Jenna Fortuni hinüber, die fünf Zentimeter neben Joanna saß. »Ähm, ja, so ist es«, fuhr Joanna Fortaggi fort und drehte sich ihrerseits zu Jenna hinüber. Sie habe das Buch gemeinsam mit Jenna Fortuni geschrieben, wie schon das ...

Die Moderatorin unterbrach sie erneut. »Jenna Fortuni, die mit Joanna die Superautorin Joeanna Fortunaggi bildet, nicht wahr?«, rief sie mit runden Augen und ruckelte mit ihrem Kinn dabei zwanghaft von oben nach unten, weil sie hoffte, Joanna in diese Bewegung mit hineinzuziehen. Gleichzeitig trat sie nun völlig zur Seite, um der Kamera die Existenz von Jenna Fortuni zu enthüllen. Der Kamera durfte nicht der kleinste Krümel entgehen.

Joanna Fortaggi konnte nicht anders, als der Moderatorin zuzustimmen und im gleichen Takt mit ihr zu nicken. Man konnte diesem Sog nicht widerstehen. Es gab Moderatoren, denen gegenüber man sich immer schutzlos fühlte. Sie trugen diese Gabe in sich.

Jenna Fortuni lächelte auf ihrer Seite still vor sich hin. Die Kamera ruhte auf ihr. Jenna ließ sich Zeit. Die Kamera musste erst einmal eine Weile an ihr lecken, musste hinschauen und noch einmal hinschauen. Jenna machte es sich in ihrem Auge bequem. Dieses Auge war schwarz, aber offen. Man sah nicht, was es in sich behielt. Vor den Kameras verstrich die Zeit viel langsamer. Die Minuten wollten einfach nicht anbrechen. Aber wozu die Eile? Jenna wusste ja, dass ihr Moment noch nicht gekommen war.

Die großgewachsene Moderatorin fuhr enthusiastisch fort: »… Jenna Fortuni und Joanna Fortaggi, die man, wenn ich Sie erinnern darf …« – und dabei linste sie nicht einmal auf ihre Handzettel – »… Zwillingsschwestern genannt hat, literarische Cousinen und was sonst noch alles. Man hat sie mit den Flügeln eines schönen Schmetterlings verglichen, und heute Abend werden sie exklusiv für Sie, liebe Zuschauer, ein neues Buch erscheinen lassen. Meine Damen und Herren, ich bitte Sie um Applaus für das neue Buch von Joeanna Fortunaggi!!!« So triumphierend die Moderatorin das auch ausrief, tief in ihr nagte die Furcht, das Publikum könnte nicht richtig aufgepasst haben und ihr verloren gehen, sodass sie plötzlich ganz allein dastünde.

Der Applaus setzte ein. Er wurde künstlich verstärkt, weil man das heutige Studiopublikum für ein wenig lasch befunden hatte. Das Publikum wurde immer für lasch befunden. Offenbar war das Publikum, das sich die Produzenten erträumten, noch nicht entwickelt worden. Die Moderatorin beugte sich leicht nach vorn und schaute angestrengt in eine Richtung. Jenna und Joanna waren diese Mimik gewohnt; sie begriffen, dass ihr Buch von dorther kommen würde. Und tatsächlich, eine adrette junge Frau erschien genau in der Ecke, auf die Moderatorin und Kameras starrten. Die junge Frau trug auf ihren Unterarmen eine viereckige Schachtel.

Daraufhin wandte sich die großgewachsene Moderatorin Jenna Fortuni zu und erteilte ihr die höchste Erlaubnis, eine Emotion auszudrücken: Was sie denn gerade verspüre? Es müsse doch ein sehr bewegender Augenblick sein, wenn man das neue Buch auf sich zukommen sah. Was empfand Jenna wirklich? Hatten Schauer sie von Kopf bis Fuß durchlaufen? Verspürte sie beim Gedanken an dieses neue Buch, das soeben erschien, unbändige Freude und großen Stolz? Von diesen Fragen bedrängt, entschied sich Jenna Fortuni dafür, geheimnisvoll zu bleiben. Sie hüllte sich in ihr Lächeln. Ihre Gefühle, so erklärte sie, ließen sich nur schwer ausdrücken.

Im selben Augenblick empfing Jenna die viereckige Schachtel aus den Händen der jungen Frau, die genau vor ihr haltgemacht hatte. Mit einer Drehung des Oberkörpers reichte Jenna die Schachtel an Joanna Fortaggi weiter. Joanna nahm sie nicht in die Hand, sondern hob den Deckel, den man so aufgesetzt hatte, dass es ein Kinderspiel war, ihn abzunehmen.

Jenna, Joanna, die Moderatorin und die Kamera beugten sich über die offene Schachtel. Wegen der vielen Personen war es schwer, etwas zu erkennen. Jenna und Joanna zogen ihre Köpfe bereitwillig etwas zurück, sodass die Kamera die Schachtel bis in die letzten heimlichen Winkel durchwühlen konnte. Das Innere der Schachtel erschien auf den Kontrollbildschirmen. Zum Vorschein kamen Schichten von schimmerndem weißem Seidenpapier, wie man es in Pralinenschachteln findet. Beim Anblick dieser Papierschichten wagte die großgewachsene Moderatorin verfrühte Voraussagen. Sie kündigte an, dass Joeanna Fortunaggis neues Buch gewiss seidig und elegant sein werde. Ihre beiden auf Abstand gebliebenen Kollegen schlugen in die gleiche Kerbe: Das Buch werde weiß und glänzend sein. Es habe auch schokofarbene Töne. Einer der Talkmaster behielt seine Armbanduhr im Auge, damit die Sekunde des Erscheinens ganz exakt eingeläutet werden konnte.

Nach diesen Kommentaren und einer neuerlichen Applaussalve glitt die Kamera nach hinten, und Joeanna Fortunaggi durften sich erheben und ihr Buch an sich nehmen. Joanna Fortaggi schob ihre Hände in die

Schachtel. Sie zerriss einige Lagen Papier. Neben ihr wartete Jenna Fortuni darauf, ihr Buch ebenfalls in die Hand nehmen zu können, um es der Kamera darzubieten.

83

Bis dahin war alles perfekt nach Plan gelaufen. Alles spielte sich nach den unverrückbaren Prinzipien ab, die beim Fernsehen üblich waren. Moderatoren, Fernsehzuschauer und Talkgäste wussten noch nicht, dass sich die Welt verändern würde. Und wie hätten sie es auch ahnen können? Um sie herum gab es nichts, das darauf hingedeutet hätte. Die Veränderung war nicht sichtbar. Sie nahte gerade erst heran. Sie brach aus dem Inneren einer Schachtel hervor, unter den ungeduldigen Fingern von Joeanna Fortunaggi, die immer noch Papierschichten zerrissen.

Und da steckte die Veränderung ihre Nasenspitze hervor. Joeanna Fortunaggi hatten das Buch entdeckt. Sie nahmen es fest in ihre schönen Hände und hielten es zu zweit der Kamera entgegen. Und tatsächlich sah Joeanna Fortunaggis neues Buch so aus, wie die drei Moderatoren es vorhergesagt hatten: elegant, seidig, flaumweich und weiß, vielleicht mit dem Anflug eines goldenen Widerscheins.

Wenn es nach dem schlichten und durchsichtigen Plan der beiden Schriftstellerinnen gegangen wäre, hätte eine von ihnen genau jetzt das Buch öffnen sollen, ohne auch nur darüber nachzudenken. Es gab nichts Einfacheres als diese Geste; sie hatten sie ja schon dutzende Male ausgeführt. Dann hätte eine der beiden ins Buch eintauchen und dem gesamten Sonnensystem eine Seite live vorlesen sollen.

Aber jetzt, vor den Kameras und den zahlreichen Talkgästen, konnten Jenna und Joanna plötzlich keinen Finger mehr rühren. Sie waren vollkommen gelähmt. Es schien, als wären sie komplett zurückgerudert. Ihr Buch war wie die anderen. Es ruhte in ihren Händen wie ein weißer, glänzender Karton. Es war nicht mehr sicher, ob er überhaupt gefüllt war. Unter dem Blick der Kameras fanden sie nichts von dem wieder, was sein Gewicht ausgemacht hatte. Auch ihre Hände fühlten sich seltsam an: Sie hielten das Buch wie einen Gegenstand, von dem sie nicht wussten, wie man ihn loswerden konnte.

Statt übers ganze Gesicht zu strahlen, standen die beiden Schriftstellerinnen stumm und dumm da; ihr Buch lag jetzt halb versteckt in Joannas Händen, fast in einer Falte ihrer Tunika. Joanna hielt ihren Blick auf diese Falte gesenkt. Was Jenna Fortunis Blick betraf, so wussten die Kameras nicht, wo er eigentlich war. Bestimmt irgendwo zwischen ihrem Augenlid und ihrer Fußspitze.

Welch jämmerliches Schauspiel Jenna und Joanna abgaben! Es war ganz und gar nicht, wie es hätte sein sollen. Überhaupt nicht, wie sie es vorgesehen hatten. Eigentlich hätten sie gerade gemeinsam in ihrem Buch blättern sollen, während die Welt um sie herumtobte. Wie unfähig sie sich doch anstellten! Joanna Fortaggi spürte, wie die Wut über diesen Fehlschlag in ihrem Bauch kochte. Alles in ihr war in Unordnung. Jenna Fortuni war auch nicht mutiger: Schweißtropfen traten bei ihr hervor und begannen über ihre Kopfhaut zu laufen wie lauter kleine Tierchen. Sie wagte sich nicht mehr zu rühren, da sie fürchtete, einer dieser Tropfen könnte auf ihr Buch fallen. In ihrem Kopf stürzten die Gedanken ins Bodenlose. Sie sah wieder all das vor sich, was sie dazu gebracht hatte, mit Joanna Fortaggi auf diesem Podium zu sitzen. Sie sah ihr gemeinsames Abenteuer in den ersten Büchern vor sich. Sie sah ihre Verblüffung und ihr Unbehagen bei der Entdeckung der Sammlungen. Sie sah sich und Joanna mit dem Verleger am Tisch sitzen. Danach auch mit Radelpha, die sich als außergewöhnliche und zugleich ganz normale Frau erwiesen hatte. Jenna sah wieder vor sich, mit welchem Elan sie ihr erstes Buch geschrieben hatten. Sie sah noch einmal, wie sie sich genau diesen Augenblick ausgemalt hatte, diese Szene, wo die Kameras Joeanna Fortunaggi dabei hätten filmen sollen, wie sie ihr Buch hochzeigten und dann aufschlugen. Ein Buch, das sie geschrieben hatten. Es hätte geöffnet werden können und müssen. Welche Revolution das gewesen wäre. Was Joeanna Fortunaggi damit alles herbeigeführt hätten. Glück und frische Luft, für immer. Und nun sah sich Jenna erbärmlich auf dem Podium herumstehen, gelähmt und sprachlos vor den aufgereihten Kameras. Nicht einmal dazu imstande, den Arm auszustrecken und eine gesunde Geste zum eigenen Buch hin zu vollführen. Ihre dummen Hände konnten nichts ergreifen. Und weil Jenna nicht einmal ihr Buch in den Händen hielt, wirkte sie noch linkischer als Joanna, die sich zumindest an dieses Objekt klammern konnte.

Neben ihr hatte Joanna Fortaggis Körper zu zittern begonnen. Es war kein starkes Zittern, aber es reichte, um die Gedanken auf sich zu ziehen und die Ungezwungenheit der Gesten zu zerstören. Und in diesem Moment, der von unvergleichlicher Einfachheit hätte sein sollen und in dem ihre Hände das Buch mit luftiger Anmut hätten teilen und auseinanderziehen müssen, fand sich Joanna von einem Sturm herumgeworfen und innerlich überwältigt. Das Buch zu öffnen, war ein Ding der Unmöglichkeit.

Was Jenna und Joanna wirklich widerfuhr, bekamen die Moderatoren nicht mit. Immerhin lösten ihr Schweigen und ihre Lähmung eine gewisse Unschlüssigkeit aus. Die Moderatoren schauten auf ihre Zettel.

In diesem Augenblick ereigneten sich auf dem Podium zwei Dinge: Zuerst begann Larsen Frol in seiner Sofaecke aus vollem Halse zu jodeln. Dieser Gesang war unerwartet, charmant, nervend, packend und zu alledem vollkommen unangebracht. Larsen erklärte den Talkgästen, die in seiner Nähe saßen, dass er diese köstliche Kopf- und Schlundmusik bei einem Aufenthalt in den Alpen kennengelernt hatte. Er war zum Fan geworden. Und nun hatte er plötzlich Lust bekommen, das Erlebnis mit anderen zu teilen. Diese unerwarteten Erklärungen lösten ein kleines Durcheinander aus. Die Kameras, begierig wie immer, aber leicht überfordert, versuchten sich auf ihn zu richten.

Die großgewachsene Moderatorin, die am nächsten bei Joeanna Fortunaggi stand, begriff, dass man, um die Lage zu retten, die Aufmerksamkeit wieder auf das Buch lenken musste, und nahm es Joanna Fortaggi aus der Hand. Dieser Kontakt hatte nichts Ungewöhnliches, aber normalerweise erfolgte er an genau festgeschriebenen Stellen, nämlich am Ende oder ganz zu Beginn einer Sendung, um einen Schriftsteller vorzustellen oder zu verabschieden. Joanna schien keinen Widerstand entgegenzusetzen. Ihre Finger ließen das Buch fahren.

Als die Kameras das sahen, machten sie kehrt und fuhren wieder zur Moderatorin hinüber; Larsen Frols helles Jodeln hatte nichts im Gefolge gehabt. Sie richteten sich auf ihren Arm, der sich gerade erhob, um das Buch den Objektiven darzubieten. Und da machten

Joanna und Jenna, zwei Schlafwandlerinnen ähnlich, im selben Moment eine ungenaue Bewegung auf ihr Buch zu. Sie stürzten sich gewissermaßen in Zeitlupe auf das Werk. Ihre Arme fuhren unbeholfen und wie betäubt aus, und das Resultat dieser drei verschiedenen Armbewegungen war, dass das Buch, von Joannas Handgelenk (oder war es Jennas Handrücken?) der Moderatorin aus den Händen geschleudert, mit einem Mal lautlos durch die Luft flog. Die Kameras beobachteten, wie es sich drehte. Sie sahen, wie es herumwirbelte. Sie sahen, wie es sich ein Stück weit öffnete und wieder schloss, wie es sich weitete und wieder zusammenzog und schließlich mit dem Rücken nach unten auf der glatten und ebenen Oberfläche eines Studiotisches landete.

Es war ein peinlicher Anblick, der sich da bot. Das Buch war auf die falsche Seite gefallen. Es war auf seinen breiten Rücken geknallt, was wirklich nicht hätte passieren dürfen. Das Buch lag total liederlich da. Die frische Luft strich um seine Eingeweide, das Innere war zur Schau gestellt. Und zu beiden Seiten seines offenen Herzens war es zerteilt, preisgegeben, weiß und gewölbt, bedeckt mit kleinen Strichen und Rundungen und braven Zeilen, die neugierig machten.

Die großgewachsene Moderatorin war unweit von Joeanna Fortunaggi stehen geblieben. Sie hatte den Sturz des Buches verfolgt, ohne einzugreifen. Sie hatte gesehen, wie es ihrer Hand entglitten war und sich in der Luft gedreht hatte. Als das Buch hinabgefallen war, hatte sie es sich nicht verkneifen können, ein »Ah!« auszustoßen, das von ihrem Mikrofon weitergereicht wurde. Dann starrte die Moderatorin auf die offenen Seiten, und über ihre Augen huschte etwas, das die Kameras einfingen und sofort in die Welt ausstrahlten. Es war wie ein Splitter Licht oder wie eine Spiegelscherbe. Auf jeden

Fall etwas Rasches. Von einem scharfen, stechenden Glanz.

Die großgewachsene Moderatorin schaute dann auf Joeanna Fortunaggis Hände, die ihrem Buch zu Hilfe geeilt waren. Das Buch wurde wieder zugeklappt wie eine Schatzkiste. Es war eine schamhafte Geste. Und wie alle Personen nah und fern war auch die Moderatorin erleichtert. Aber die Erleichterung füllte sie nicht ganz aus. Die großgewachsene Moderatorin war nämlich die Person gewesen, die am dichtesten beim zerteilten Buch gestanden hatte. Ihre Augen waren am schnellsten und tiefsten in seine Seiten eingedrungen. Sie war die Zeugin gewesen, deren Netzhaut ungewollt die meisten Buchstaben empfangen hatte und deren Gehirn ganze Worte entziffern und wider Willen sogar einige Satzfetzen zusammenfügen musste.

Obwohl die Moderatorin einen eigentümlichen Anflug von schlechtem Gewissen verspürte, war auch ihre Neugier heftig angestachelt worden. Jede Menge Fragen stürzten sich auf sie, und alle waren auf ganz blöde Weise klar und kindlich: Was hatten Joeanna Fortunaggi auf die anderen Seiten gebracht? Gab es da noch weitere Sätze? Wie ging die Passage, die sie im Buch gesehen hatte, weiter? Schließlich und endlich: Womit füllte man die Seiten? Plötzlich sprang ihr der verborgene Inhalt der Bücher ins Gesicht. Die Moderatorin war wie vor den Kopf geschlagen. Wie jemand, der plötzlich merkt, dass er lebendig ist, und erst einmal bewusst und tief Atem holt. Und das tat die Moderatorin denn auch.

Als sie sah, dass Joeanna Fortunaggi ihr Buch wieder zugeschlagen hatten, glaubte die Moderatorin, dass sie es nun auf dem Studiotisch ruhen lassen wollten, geschlossen für alle Zeiten. Das entsprach nicht ihren Wünschen. Sie war begierig darauf, mehr von ihm zu sehen. Getrieben von einer Kraft, die aus einem unbekannten Bereich aufstieg, und unter Missachtung aller Regeln, aller Gebräuche, aller Rundschreiben und unumstößlichen Prinzipien, die ihr seit der Kindheit eingetrichtert worden waren, und ohne den Strom der Wörter, die ihr routiniert von den Lippen flossen, zu unterbrechen, streckte die Moderatorin die Hand aus – und mit mehr als heroischem Elan, in Übersteigung ihres ganzen Berufsstandes und von allem, was sie hätte sein können und was sie an ihre Existenz band, öffnete. sie. das. Buch.

DIE MODERATORIN ÖFFNETE TATSÄCHLICH DAS BUCH.

Eine Moderatorin öffnete auf dem Podium eines Fernsehstudios ein Buch. Eine Moderatorin, die nicht neu im Geschäft war und ihre Arbeit gar nicht schlecht machte, öffnete in diesem Moment in einer Livesendung ein Buch. Eine Moderatorin überflog eine Seite. Und die Kameras konnten nicht anders, als die ganze Szene zu übertragen.

Es war wirklich das erste Mal, dass man die Kameras zusammenzucken zu sehen meinte. Die Kameras schienen zurückzuweichen. Sie zeigten so etwas wie eine winzige Abwehrbewegung, bei der das Bild unmerklich schwächer wurde und zitterte. Das Bild schien zu drucksen und zu stottern. Es wusste nicht, ob es sich wieder fangen sollte. Dann war es tapfer neu erstanden wie eine Flamme.

Die Bilder waren eindeutig genug. Sie zeigten, dass die Moderatorin, während sie so tat, als würde sie den Gästen Fragen stellen, treuherzig begonnen hatte, mithilfe ihrer rechten und ihrer linken Hand das Buch zu öffnen. Soweit man das beurteilen konnte, hatte sie diese Bewegung ganz spontan vollführt. Die Zeitlupe war unwiderlegbar: Die Hände der Moderatorin hatten sich zunächst wie zwei Schwalben auf dem Rand des Buches niedergelassen. Dann hatten diese Hände mit einer unschuldigen Geste seinen Deckel einen Zentimeter angehoben, dann zwei, dann drei, und auf diese Weise den nötigen Raum geschaffen, damit drei Finger der rechten Hand genauso engelhaft unschuldig in das Buch hineinschlüpfen konnten. Aber das war noch nicht alles: Unter Ausnutzung eines gerade beendeten Satzes und des darauffolgenden kurzen Auflachens im Publikum war der Blick der Moderatorin auf die bedruckten Seiten gefallen und dann wie aus Versehen in das Buch hineingeglitten. Als er wieder hinausgekommen war, hatte nichts Angeekeltes in ihm gelegen. Im Gegenteil, er schien sich dort ein wenig zu lange aufgehalten zu haben.

Das war das eigentlich Schockierende. Diese Ungeniertheit und Selbstgefälligkeit. Den Talkgästen, die in der Nähe der Moderatorin saßen, wurde davon richtig übel. Die gestandenen Autoren auf dem Podium hielten sich die Augen zu. Die meisten der debütierenden Autoren saßen stoisch da. Aber als das Buch geöffnet worden war, hatte man aus ihrer Runde angewiderte Uuhs und Börks vernommen, ähnlich den Lauten, die jemand beim Erbrechen von sich gibt. Die Programme wurden unterbrochen. Auf allen Bildschirmen liefen immer wieder dieselben Bilder. Sie zeigten die Geste der Moderatorin. Die Kameras waren wie verrückt, und in Thailand begann ein Krawatte tragender Talkmaster die neue Methode bereits nachzuahmen.

85

Die Kameras verspürten das dringende Bedürfnis, dieses neue Buch zu durchwandern und zu erforschen. Seine Originalität bestand darin, dass es geöffnet und besucht werden konnte. Jenna Fortuni und Joanna Fortaggi überließen es bereitwillig den Objektiven. Die Kameras stürzten sich darauf.

Das Buch lag in strahlendem Glanz da. Es war von einem blendenden und makellosen Weiß. Unter dem Namen seiner Autorinnen zog ein zweiter Name den Blick auf sich. Er hob sich in ebenso großen Buchstaben vom Papier ab. Den Leuten, die ihn entzifferten, kam es so vor, als wäre er zum ersten Mal auf einem Deckblatt zu sehen. Jenna und Joanna lieferten die Erklärung: Es war der Name ihres Verlages, der künftig EDITION DELPHARA hieß.

Unter dem Deckblatt präsentierte die fünfte Seite einen dichten und gedrängten Text, der aus Reihen sehr kleiner Schriftzeichen gebildet war. Sie folgten in gleicher Höhe aufeinander und liefen über mehr als zweihundertdreißig Seiten. Ganz am Ende des Bandes, auf der letzten Seite, standen acht Gebote pyramidenförmig übereinander. Sie besagten:

Bücher sind voll
Bücher sind erwachsen
Bücher sind frei
Bücher brauchen keinen Anstandswauwau
Künstliche Tricks und Kniffe schaden dem Buch
Ein Buch ist etwas Lebendiges
Ein Buch ist etwas Tätiges
Ein Buch ist etwas zutiefst Wirksames

Unter den Geboten hatten Jenna Fortuni und Joanna Fortaggi noch zwei Sätze angefügt. Einen, um ihrem Verleger zu danken. Den anderen, um zu erklären, dass sie dieses Buch ihren Ehemännern und allen ihren Kindern widmeten.

86

Als Jenna Fortuni am Ende dieses verrückten Abends nach Hause kam, brannte sie darauf, mit ihrem Mann über das Erscheinen ihres Buches zu sprechen. Es war alles so spannend gewesen, dass sie kaum Zeit gehabt hatte, ihn auf dem Laufenden zu halten. Jenna hatte ihm lediglich zu verstehen gegeben, dass Joanna Fortunaggi alle beide das Prinzip der Sammlung aufgegeben hatten, um zu etwas Soliderem zurückzukehren. Sie hatte die Worte *Schreiben*, *Lektüre* und *im Buch* ausgesprochen, ohne ins Detail zu gehen.

Jennas Mann hatte nicht total überrascht gewirkt. Er hatte keine Einzelheiten hören wollen. Er hatte Jenna nur gefragt, ob sie der Prozess des Schreibens viel Zeit gekostet habe. Jenna hatte ihm eine Antwort gegeben, woraufhin Éden Fels ein kurzes Grunzen ausgestoßen hatte. Er hatte noch hinzugefügt, dass seine eigenen Recherchen in letzter Zeit so ziemlich in dieselbe Richtung gingen. Dann war er in sein Arbeitszimmer hochgestiegen. Und Jenna hatte in ihrer Nervosität kurz vor Erscheinen des Buches nicht den Mut gefunden, das Thema in seiner Gegenwart noch einmal anzusprechen.

Jenna zog die Wohnungstür hinter sich zu. Sie warf die Autoschlüssel auf das Flurschränkchen. Sie rief quer durchs Wohnzimmer nach ihrem Mann. Die Antwort war Schweigen. Der Vogel war bereits auf Standby gestellt. Jennas Mann hatte das Tuch über den Käfig geworfen. Jenna erklomm die Innentreppe und blieb vor dem Arbeitszimmer ihres Mannes stehen. Sie klopfte mit mehreren kleinen Schlägen. Immer noch Stille. Éden Fels war nicht zu Hause. Stutzig geworden, öffnete Jenna die Tür einen Spaltbreit, und zum ersten Mal seit langer, langer, langer Zeit hatte sie Édens ganzes Arbeitszimmer im

Blick. Die Möbel und die Regale standen noch am gewohnten Platz. Die Bretter des Regals, das sich rechterhand über die gesamte Wand erstreckte, waren mit Knüllpapier bedeckt und mit Blättern, die kreuz und quer übereinander lagen. Jennas Mann wandte beim Aufräumen seltsame Methoden an. Auf jeden Fall war sich Jenna bewusst, dass alle diese Blätter zu nichts dienten. Sie waren nur da, um aus dem Raum das Arbeitszimmer eines Schriftstellers zu machen.

Von der Schwelle des Arbeitszimmers aus fielen Jenna eine Vielzahl von Details ins Auge, die sie schon vergessen hatte. An den Wänden hingen Skizzen. Diese Skizzen stellten nichts dar. Jennas Mann hatte eine Grünpflanze. Jenna konnte sich nicht vorstellen, dass er daran dachte, sie zu gießen. Die Pflanze war klein und verstaubt. Dennoch schien sie bei guter Gesundheit zu sein. Das oberste Blatt hatte eine schöne helle Farbe. Verblüfft nahm Jenna den charakteristischen Geruch von frischer Tinte wahr. Und welche Papiermengen in diesem Arbeitszimmer gewachsen waren! Die aufgeschichteten Papiere und Blätter erinnerten an einen um den Tisch gewundenen Kranz. Das Arbeitszimmer ihres Mannes war wie ein Nest. Als Jenna das verschlissene rote Leder des Stuhls sah, dachte sie, dass man ihn bald einmal ersetzen müsste. Der Sitz trug den Abdruck zweier Halbkreise, zweier Halbmonde, die sich tief in die Polsterung gepresst hatten. Die Pobacken ihres Mannes. Auf dem Tisch wartete der Bildschirm von Éden Fels. Ein blinkendes Kontrolllämpchen zeigte an, dass der Apparat bereit war, sich unverzüglich wieder ans Werk zu machen. Ein Stift ohne Schutzkappe lag daneben. Jenna entdeckte dort auch den Bergkristall, nach dem sie überall gesucht hatte. Auf dem Tisch hielt ein Foto, auf dem sie selbst zu sehen war, einen Moment lang ihren Blick fest.

Ein glattes, lächelndes Gesicht. Die silbern gerahmte Jenna war fern und undurchsichtig, aber auch vertraut und zuversichtlich. Von dieser Seite des Gesichts aus konnte man nichts erraten. Die klaren Augen und die helle Stirn wussten den Ameisenhaufen der Gedanken sehr gut zu verbergen.

87

Jenna stieg eben die Treppe hinunter, als das Alarmsignal ertönte. Dieser Alarm ließ sich vernehmen, wenn der Name ihres Mannes auf den Bildschirmen oder sonst irgendwo in der Welt genannt wurde. Er ertönte täglich. Jenna war das gewohnt. Sie hörte ihn praktisch schon gar nicht mehr. Aber ein Klingelton, der erschallte, wenn Jennas Mann nicht zu Hause war, gewann eine besondere Bedeutung. Plötzlich klang er dramatisch. Von einer Intuition getrieben, durchquerte Jenna schnurstracks das Wohnzimmer, um ihren Bildschirm aus der Tasche zu holen. Der gebieterische Alarmton rief sie dorthin. Sie setzte sich aufs Sofa und legte sich den Bildschirm auf den Schoß. Der Bildschirm wurde heller. Ohne Übergang tauchte vor Jenna plötzlich das Gesicht ihres Mannes in einer Nahaufnahme auf. Es füllte den ganzen Bildschirm aus.

Es war das erste Mal seit etlichen Jahren, dass Jenna ihren Mann auf einem Bildschirm sah. Eigentlich das erste Mal seit jenem Abend, als bei Éden Fels die sogenannte Podiumskrise ausgebrochen war. Jenna konnte kaum glauben, was ihr da vor Augen stand. Ihr Mann in einer Fernsehsendung! Und es war keine Wiederholung, denn Jenna erkannte seinen aktuellen Haarschnitt wieder und das Sakko, das er erst seit Kurzem trug. Jennas Mann war schlecht gekämmt, aber er schien ganz in seinem Element zu sein. Offenbar verspürte er nicht einmal einen Anflug von Verlegenheit. Es war, als hätte ihn die Podiumskrise nie getroffen und als wäre er gleich wieder umgekehrt an jenem Abend, als er von einer Sendung, bei der er nicht Piep gesagt hatte, nach Hause gekommen war. Damals hatte er die Tür geschlossen, das Sakko abgelegt und in sachlichem Tonfall erklärt: Ich habe mir die Podiumsallergie eingefangen.

Jetzt aber war Jennas Mann auf dem Bildschirm gerade dabei, eine Antwort zu formulieren, offenbar eine boshafte Antwort, denn Jenna erkannte die kleine Falte in seinem Mundwinkel wieder, die bei ihm immer ein Anzeichen für eine innerliche Lachsalve war. Sie ging mit den Augen näher an den Bildschirm heran. Hinter dem Hals ihres Mannes gewahrte sie die Oberkante der berühmten grünen Samtcouch, von der die ganze Sendung ihren legendären Namen hatte. Von dieser Couch aus hatte Jenna selbst schon oft geplaudert. Ihr Mann hatte nicht das richtige Hemd an. Jenna bedauerte, ihn bei der Kleiderwahl nicht beraten zu haben. Das Hemd, das er trug, war zerknittert. Jenna hatte den Eindruck, dass auf ihm geschrieben stand: Fünf Tage getragenes Dreckshemd.

Das Gespräch nahm seinen Lauf. »Éden Fels«, sagte der Moderator und schaute verstohlen auf seinen Handzettel, »wir alle wissen, dass Sie auch der Gatte der Romanautorin Jenna Fortuni sind. Wurde Ihr Projekt, Ihre nächsten Bücher lesen zu lassen, in irgendeiner Weise von Jenna Fortunis und Joanna Fortaggis Vorgehen beeinflusst?«

Jennas Mann zeigte ein noch feineres Lächeln. Jenna saß verkrampft da. Ihr Mann wusste die Ironie zu handhaben. Es war eine furchterregende Situation. Wenn man im Fernsehen von einer abwesenden Person sprach, war das immer riskant. Erst recht, wenn es um die eigene Gattin ging. Und noch mehr, wenn diese Gattin selbst Bücher schrieb. Jenna hatte nicht die geringste Ahnung, was ihr Mann antworten würde. Würde er die Lorbeeren selbst einheimsen wollen? Würde er seine Frau würdigen? Immerhin war Éden Fels der berühmteste noch nicht gestorbene Autor der Welt.

Das Warten war von kurzer Dauer. Jennas Mann lächelte nicht mehr. Er legte in der Luft seine Fingerspitzen aneinander, beugte sich nach vorn und sprach Worte aus, die unverzüglich auf den Bildschirmen erschienen und für einen Zeitraum, der ins Unendliche hin offen war, nicht wieder von ihnen verschwinden würden. Wie sein Gesichtsausdruck ankündigte, hatte er gewichtige Dinge zu sagen. Im Prinzip handelte es sich um die folgenden: Joeanna Fortunaggis Geste, den Zugang zu ihrem Buch zu öffnen, werde nicht nur Éden Fels beeinflussen. Joanna und Jenna seien künftig Leitbilder. Sie hätten einen neuen Weg gebahnt. Sie hätten viele andere inspiriert. Dank diesen beiden Schriftstellerinnen hätten Jennas Ehemann und alle Autoren und Leser die eigentliche Natur des Buches wiedergefunden und für sich angenommen. Seine erste, authentische Natur. Seine wahre Natur, die darin bestand, dass es erfüllt, reichhaltig, vertikal und vor allem unergründlich und tief wie ein Brunnen war.

Mit diesen Worten strich ein frischer Wind um alle Gesichter auf dem Podium. Es war, als hätte jemand ein Fenster aufgestoßen. Aber man wusste ja, dass es in Fernsehstudios keine Fenster gab. Der Talkmaster war bis ins Innerste elektrisiert. Es sei eine so schöne Verlautbarung gewesen. Eine so wunderbare Entdeckung. Er wollte noch andere Wörter hinzusetzen, um seiner

Begeisterung Ausdruck zu verleihen, hatte dabei aber nicht mit der Unerbittlichkeit des Abspanns gerechnet, der alles mit seinem durchsichtigen Vorhang zu bedecken drohte. Der Talkmaster musste sich ihm beugen. Er beglückwünschte Jennas Ehemann und dankte ihm vielmals. In seinem Überschwang dankte er auch gleich noch den Technikern, den Fernsehzuschauern, den anwesenden Stars, dem Chef des Senders, den Maskenbildnerinnen, den Studioausstattern und überhaupt jedem Bewohner der Erde, während der Abspann, fließend und überhängend wie eine Tischdecke, sich von oben nach unten über den Bildschirm ausbreitete.

Jenna saß in ihrem Wohnzimmer kerzengerade auf dem Sofa. Der Bildschirm lag ihr immer noch auf den Knien. Sie wusste nicht, was sie tun sollte. Sie hatte ein scharfes und überempfindliches Bewusstsein für die Präsenz aller Dinge, die um sie herumstanden. Für all diese Möbelstücke, die sie umgaben. Diese Gegenstände kamen ihr ganz besonders unbeweglich vor. Ihre Existenz war angehalten und hing in der Schwebe. Jenna war erstaunt, wie schwer sie waren und wie unveränderlich. Nein, Jenna wusste nicht, was zu tun war. Sie wusste nicht, wie sie sich verhalten sollte. Sie wusste nicht, was sie in Zukunft sein würde. Nach einer Weile entspannte sie sich und stieß einen kleinen Seufzer aus. Im selben Augenblick begann ihr Bildschirm zu rattern. Er vibrierte und klirrte leise und hörte gar nicht wieder auf.

Originaltitel:
Noëlle Revaz: L'Infini livre

Die Übersetzung wurde gefördert
von der Stiftung Pro Helvetia.

prohelvetia

Bibliografische Information
der Deutschen Nationalbibliothek
Die Deutsche Nationalbibliothek verzeichnet diese
Publikation in der Deutschen Nationalbibliografie;
detaillierte bibliografische Daten sind im Internet
über http://dnb.d-nb.de abrufbar.

www.wallstein-verlag.de
Vom Verlag gesetzt aus der Garamond
Umschlaggestaltung: Susanne Gerhards, Düsseldorf
Druck und Verarbeitung: Pustet, Regensburg
ISBN 978-3-8353-1870-0